나 여기 가고 있다

나 여기 가고 있다

1판 1쇄 인쇄 2017년 8월 10일
1판 1쇄 발행 2017년 8월 20일

—

지은이 임지나

—

발행처 문학의숲
발행인 이은주

—

신고번호 제300-2005-176호
신고일자 2005년 10월 14일

—

주소 (121-896) 서울특별시 마포구 양화로7길 84
전화 02-325-5676
팩스 02-333-5980

—

값은 표지에 있습니다.
ISBN 979-11-87904-05-2 03810

문학의숲
수 필 선

나 여기 가고 있다

임지나 수필집

문학의숲

10년 전쯤 어느 날, 인생 2모작을 글쓰기로 정했다며 임지나 작가가 오렌지글사랑 문을 처음 두드리던 때가 생각난다. 3년 만에 문예공모에 입상했고, 수업시간마다 글을 써낼 만큼 열심이었다. 물이 흐르다 보면 도랑이 생기는 법. 마침내 수필집이 나왔다.

독자는 글을 읽어가면서 모천을 향해 물결을 힘차게 거슬러 올라가는 한 마리 연어를 연상하게 될 것이다. 남존여비 사상에 젖은 아버지는 남동생과 달리 취학연령이 넘은 딸을 초등학교에도 보내지 않았다. 학교 문턱도 넘지 못할 뻔했는데 어머니의 배려로 천막학교에 다니게 되고, 우여곡절 끝에 중학교를 졸업한 후 보따리 하나 들고 집을 나와 독학으로 대학까지 졸업한다. 외국인 사위를 극구 반대하는 아버지를 뒤로하고 미국에 온 다음, 이민생활의 어려움을 극복하고 오뚝이처럼 일어섰다. 그녀의 발자취는 여인을 덮쳐오던 거역하기 어려운 시대의 물결을 한 인간이 어떻게 이겨내고 마침내 승리했는가를 생생히 보여준다.

때로 시간은 무겁다. 작가는 무겁디무거운 시간의 뚜껑을 열고 깊이 묻어놓았던 사연을 하나씩 풀어놓았다. 조곤조곤 들려주는 그 이야기들이 가만가만 번져가 독자의 가슴을 촉촉이 적셔주리라 믿는다.

정찬열 / 시인. 수필가

길고 긴 터널을 빠져나와

암담한 세월이었다. 아무리 둘러봐도 내 손을 잡아줄 동아줄은 보이지 않았다. 허허벌판에 혼자 버려진 것 같은 쓸쓸함. 그 벌판에서 나는 아득히 보이는 다른 세상을 꿈꾸기 시작했다. 저 들판을 가로질러 흰 구름이 둥실둥실 흘러가는 곳, 그 너머로 가보고 싶었다.

무조건 한국을 떠나고 싶었다. 그 어디든 좋았다. 지금의 남편과 결혼한 것은 어쩌면 그 어둠에서 탈출하고 싶은 내 욕구의 출구였는지도 모른다. 그러나 미국이라고 내가 원하는 것들이 저절로 이루어지는 것은 아니었다. 오랫동안 가슴 깊이 쌓인 상처를 잊기 위해 그저 묵묵히 일에 열중했다.

그 끝이 어딘지 몰랐고 어떻게 벗어나야 하는지 알지 못했다. 내 인생의 11월을 맞은 어느 날 문틈으로 새어든 좁쌀만큼의 햇살을 따라 느릿느릿 터널 밖으로 빠져나왔다. 그 터널의 끝에서 햇볕 쏟아지는 벌판을 보았다. 여기 저기 우뚝 솟은 산들이 보이고, 무성한 나무숲들이, 넓고 넓은 바다가 보였다.

걸어온 길보다 가야 할 길이 더 짧아진 지금 어머니를 생각한다. 그분의 간절한 소원을 이루지는 못했지만, 오늘 굳건한 삶의 의지로 다시 선 딸을 보며 어머니는 무한한 축복을 해주실 것이다.

2017년 8월
임지나

차례

1부
울지 마라 울지 마라

2부
함께 어울려 살아야 한다

울지 마라
울지 마라

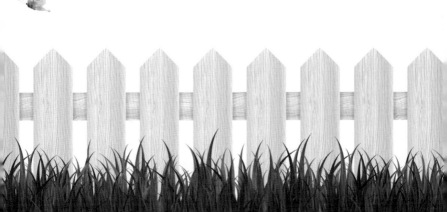

어머니의 금메달

딸 둘은 금메달, 아들 둘은 목메달이라는 말이 있다. 요즘 우리나라 여성들의 위치를 한 마디로 대변하는 말이다. 그러나 내가 태어날 때만 해도 우리나라 여성의 위치는 집에서 살림하는 사람 정도였다. 그래서 딸이 여럿 태어나면 크게 실망하여 딸을 그만 낳으라고 '딸 그만'이란 이름을 지어주기도 하고 아들을 낳으라는 뜻으로 순남이, 복남이, 영남이 등등 남男 자를 넣어 이름을 짓기도 했다. 딸이 태어나는 것을 모두 여자 탓으로 돌리고 남자들은 첩을 두기도 해 이래저래 여자들의 삶이 곤혹스러웠다.

이제 그런 것들은 모두 고리타분한 옛날이야기가 되었다. 내 아들도 결혼하더니 부모의 뜻보다는 아내의 뜻을 먼저 따른다. 그래야 집안이 편안하기 때문이다. 자연히 주도권이 며느리한테 넘어갔다. 오죽하면 잘난 아들은 국가의 아들, 돈 잘 버는 아들은 사돈의 아들, 빚진 아들이 내 아들이라는 우스갯소리가 생겼을까.

내게는 오빠와 남동생이 하나씩 있다. 아버지는 남존여비 사상이 유난한 분이었다. 대대손손 핏줄을 잇고 집안의 흥망을 좌우하는 것은 아들이라 생각해 내가 태어났을 때는 호적에 올릴 생각조차 하지 않았다. 남동생이 태어나지 않았다면 난 아마 호적에 잉크도 못 적셨을지 모른다.

여자를 남자의 부속품 정도로 여긴 아버지는 딸은 애써 키워봐야 남의 집 좋은 일이나 시킨다고 생각했다. 그래서 내가 학교에 갈 나이가 돼도 그냥 내버려두더니 동생은 일곱 살이 되자마자 바로 초등학교에 입학을 시켰다. 어린 나이에도 불공평하다고 생각되었다. 그런 아버지의 처사에 어머니가 울고불고했지만 결정권은 아버지에게 있었다.

동생이 동네 아이들과 어울려 학교에 갈 때마다 나는 큰길까지 따라나가 동생의 모습이 가물가물 보이지 않을 때까지 지켜보았다. 내가 아버지의 딸이 아닐지도 모른다는 생각이 들기도 했다. 아버지는 늘 나를 다리 밑에서 주워왔다고 말해 나는 어머니한테 그 사실을 확인해 보기도 했다. 어머니는 그게 "니가 이뻐서 놀리는 거야."라고 했지만 나는 내가 정말 업둥이일지도 모른다는 생각을 지울 수가 없었다. 그러지 않고서야 어떻게 나만 학교에 보내지 않는단 말인가.

그러던 어느 날 어머니가 나를 어딘가로 데려갔다. 천막학교였다. 말이 학교지 맨땅에 가마니를 깔고 네 귀퉁이에 막대기를 세워 천막으로 뜨거운 햇빛을 가린 것이 전부였다. 열서너 명 남짓한 남녀 학생들이 가마니 바닥에 줍다 남은 이삭처럼 흩어져 있었다. 학생들이라고 했지만 모두 다 큰 처녀 총각들이었다. 선생님이 어머니와 잠깐 얘기를 나눈 뒤 나를 그들 사이에 앉혔다. 어머니는 내게 집을 찾아올 수 있을지 묻고 연신 눈가를 훔치며 돌아갔다.

어머니는 자신이 아버지에게 무시당하며 사는 것은 못 배웠기 때문이라고 했다. 못 배운 설움이 뼛속까지 맺힌 어머니는 딸에게는 절대로 그 설움을 대물림하고 싶지 않았다. 그래서 무슨 일이 있어도 기어코 나를 공부시켜야겠다고 결심했다. 아침마다 어머니는 천막학교에 가는 나를 배웅하며 "선생님 말 잘 듣고 공부 열심히 하라."고 귀에 딱지가 붙도록 일렀다. 어머니의 당부가 아니더라도 나는 한눈팔지 않고 열심히 공부했다. 그러나 천막학교에 다니는 것도 쉬운 일은 아니었다. 걸림돌은 어디에나 있는지 같이 공부하는 심술궂은 언니 하나가 자꾸 나를 괴롭혔다. 자잘한 심부름을 시키기도 하고 그녀의 책보와 친구들의 책보까지 내게 들게하기도 했다. 선생님한테 이르면 학교를 못 나오게 하겠다는 위협에 어머니한테도 그 사실을 얘기하지 못했다.

천막학교에서 공부를 시작한 지 일 년쯤 지났을 때 학교가 문을 닫게 되었다. 젊은 선생님이 집안이 넉넉한 것도 아니고 독지가가 있는 것도 아니어서 부모의 반대를 무릅쓰고 그 일을 하기엔 버거 웠던 모양이었다. 선생님은 후일을 약속했지만 그날이 언제가 될지 배움의 터를 잃은 나는 실 끊어진 연처럼 다시 황량한 들판에 서 게 되었다. 희망 없는 몇 달을 우울하게 보냈다. 백방으로 알아봤지 만 어머니도 뾰쪽한 수가 없어 한숨만 푹푹 쉬었다. 어머니의 가슴 이 숯처럼 타고 내 가슴에서도 단내가 났다. 그때 아버지가 갑자기 다른 동네로 이사를 결정했다.

새 동네로 이사한 뒤 어머니를 따라 동생이 전학한 초등학교에 구경을 갔다. 하늘은 스스로 돕는 자를 돕는다고 했다. 그 초등학 교 안에 공민학교가 있었다. 공민학교는 초등학교에 못 간 아이들 을 가르치는 학교였다. 어머니는 나를 데리고 공민학교에 갔다. 나 는 한달음에 달려가 교실 안을 기웃기웃 들여다보았다.

초등학교 뒤쪽의 허름한 목조 건물이었지만 가지런히 놓인 책상 과 의자, 앞에 큼지막히 걸린 칠판이 정말 딴 세상을 보는 것 같았 다. 가슴이 붕붕 뛰었다. 어머니는 그 즉시 나를 공민학교에 집어 넣었다. 대부분의 언니 오빠들은 나를 꼬마라 부르며 예뻐해 주었 다. 그러나 여기서도 두 언니가 나를 괴롭혔다. 나는 그들이 원하 는 것들을 고분고분 들어주며 공부만 열심히 하기로 했다. 내가 제일 어린 데다 이 반에 들어온 막내였기 때문이었다.

　천막학교에 비하면 나무랄 데 없는 공민학교였지만, 내 꿈은 동생이 다니는 2층 붉은 벽돌 건물, 초등학교에 가는 것이었다. 공민학교에 다닌 지 일 년쯤 지난 어느 날 선생님이 초등학교 편입시험을 보도록 추천장을 써주었다. 4학년에 편입시험을 치러 운 좋게 합격을 했다. 그 짧은 실력으로 초등학교 4학년에 편입했다는 것을 믿을 수 없었다. 그것은 순전히 어머니의 간절한 소원을 들어준 하느님의 은총이었다. 천막학교와 공민학교, 겨우 2년을 다니고 초등학교 4학년에 월반하는 딸을 보며 어머니는 훌쩍훌쩍 울었다.

　"이렇게 똑똑하고 공부를 잘하니 너는 판사가 되고도 남겠다"하는 어머니의 손을 잡고 나는 꼭 소원을 이루어주겠다고 약속했다.

　딸은 키워봐야 소용없다는 아버지의 생각은 잘못된 것이었다. 아버지의 인생을 이해하지 못해 나는 늘 미워하고 갈등했었다. 요즘처럼 딸이 금메달인 세상에 아버지가 살았더라면 나는 꽤나 자랑할 만한 딸이 아니었을까. 어쩌면 지금 아버지는 하늘나라에서 자신을 자책하고 계실지도 모르겠다.

　어머니의 손을 잡고 천막학교에 가던 날이 눈에 선하다. 공민학교를 거쳐 초등학교 학생이 되고, 중학교, 고등학교, 대학을 마쳐 지금의 내가 있게 된 것은 순전히 어머니 덕택이다.

　당신이 원했던 판사가 되지는 못했지만, 미국 땅에 건너와 당당히 살아가는 딸을 내려다보며 "내 딸이 참말로 금메달감이네." 하고 흐뭇해하실 것 같다. 딸로 태어났지만 나는 진정 '어머니가 만들어준 금메달'이었다.

양반,
고것이 뭣이 중헌디

아버지한테 야단을 맞게 생겼다. 하필 그때 아버지가 올 게 뭔가. 여자들의 몸가짐에 대해서는 유별난 잣대를 들이대는 아버지, 여인의 말소리가 담장을 넘어도, 팔을 활개치며 걸어도, 남편의 말에 토를 달아도 안 되는 것이 양반집 여인의 행실이라고 했다. 자연히 내 주장이 센 나는 늘 야단을 맞고 그 때문에 매를 맞는 일도 많이 생겼다.

나는 양반 같은 것에는 관심이 없었다. 그러나 아버지의 교육은 혹독한 엄부형嚴父形으로, 자녀들을 엄격하게 매로 다스려야 한다는 것이 아버지의 교육지침이었다. 때문에 우리 형제들은 어릴 때부터 아버지 앞에 무릎을 꿇고 앉아 가르침을 듣는 훈련을 쌓아야 했다. 주로 양반의 도리, 나라에 대한 충성, 부모에 대한 효도,

사람들과의 관계, 친구 간의 의리와 우정 뭐 그런 것들이었지만 내 귀에는 하나도 들어오지 않았다. 그렇다고 그 자리를 벗어날 수 있는 것도 아니어서 아무리 오금이 저려도 아버지의 나가라는 명이 있기까지 자리를 지켜야 했다. 그렇지 않으면 어떤 벌이 내릴지 알 수 없었다.

아버지가 집에 있으면 나는 꼼짝없이 방 안 통소 노릇을 했다. 모든 행동이 제약을 받기 때문이었다. 그러나 아버지가 외출을 나간 순간 우리 집은 내 세상이 되었다. 동네 아이들은 우리 집 밖에서 아버지가 나가는 것을 보고 있다가 뛰어 들어오곤 했다. 아버지가 집에 없으면 동생과 나는 노상 싸웠다. 나는 누나라 질 수 없었고 동생은 아들이라 아버지의 든든한 뒷심을 믿기 때문이었다. 그때마다 어머니가 혼을 냈지만 매질을 하지는 않았다. 어머니가 매를 들어도 우리의 싸움은 멈추지 않았다. 어머니의 매는 아무리 맞아도 무섭지도, 아프지도 않아 오히려 야단을 치다 지친 어머니가 아이들은 싸우며 크는 거라고 포기하곤 했다.

나는 주로 남자 아이들과 어울렸다. 남자 아이들과 딱지치기, 구슬치기, 재기차기, 자치기를 했다. 여자 아이들과는 고무줄놀이, 오재미, 땅따먹기를 했다. 여자 아이들과 놀든 남자 애들과 어울리든 나를 이기는 애들이 별로 없어 나는 늘 대장 노릇을 했고 동생은 그런 내 뒤를 졸졸 따라다니며 말썽을 피우곤 했다.

아버지는 내가 사내아이들과 어울려 선머슴처럼 노는 것을 호되게 야단쳤다. 딱지치기, 재기차기 같은 것들은 천한 놀이로 상놈들이나 하는 것이라고 했다. 대대로 내려오는 양반집 여식이 그렇게 놀아서는 안 된다는 것이었다. 양반 얘기만 나오면 나는 머리가 아팠다. 아버지는 조상님 중 누가 판서 벼슬을 지내고 참판을 하고 몇 대 할아버지가 나라에 공을 세웠다는 둥의 이야기를 계속했다.

아버지는 내가 놀아야 할 동무들을 골라주기도 했다. 정이와 선이는 아버지가 골라준 이웃 집 동무들이었다. 아버지가 그 애들과 친하게 지내라고 한 것은 그 애들의 아버지 때문이었다. 정이의 아버지는 도청 직원이고 선이의 아버지는 시의원이었다. 시청에 부탁할 일도 도청에 가지도 않는 아버지가 그 애들을 고른 이유를 알 수 없었다.

정이네 집은 우리 집 대문 건너편에 있었다. 마당이 없어서 마루에서 대문을 열면 바로 골목길이었다. 판자로 된 담을 빗물이 떨어지는 처마 밑까지 올려붙여 햇빛이 쨍한 날에도 집 안은 침침하고 어두웠다. 정이는 마당이 널찍하고 햇살이 마음껏 굴러다니는 우리 집을 좋아했다. 선이네 집은 우리 집 대문에서 왼쪽으로 세 집을 내려가 있었다. 선이는 자기 집에 우물이 있어도 푸른 물이 출렁거리고 사람들이 북적대는 우리 집으로 물을 길러 왔다.

빈촌인 동네에서 아버지는 지도급에 있는 집의 자녀를 내 친구로 붙여준 것이다. 윗물이 맑아야 아랫물이 맑다는 것을 가르치려 함이었을까. 그러나 아버지는 그 애들의 아버지와 친하게 지내지 않았고 그 애들이 특별히 공부를 잘한 것도 아니었다. 그 애들이 싫지는 않았지만 나는 재식이, 장수, 구봉이, 순자, 정옥이, 영자 등과 어울려 마음껏 재기차고 딱지치고 고무줄 넘고 공기놀이 하는 것이 더 신나고 재미있었다.

내가 이 동네로 이사 왔을 때 봉순이는 골목대장이었다. 그에 비해 정옥이는 옥수숫대처럼 키만 큰 어병하고 물렁한 속 빈 강정이었다. 봉순이는 정옥이한테 아주 못되게 굴었다. 봉순이가 정옥이에게 갑질을 하자 다른 아이들도 덩달아 위세를 떨었다. 시작부터 꺾어야 한다고 생각했는지 새로 이사 온 내게 무조건 제 말에 따르라고 했다. 봉순이는 나나 정옥이 같은 엑스트라에게 신경을 쓰지는 않았지만 멋대로 노는 것도 용납하지 않았다. 같은 처지인 정옥이와 나는 쉽게 친해졌다. 정옥이와 가까이 지내며 나는 그녀가 모자란 것이 아니라 마음이 풀잎처럼 여리고 정이 많다는 것을 알았다. 정옥이도 자기한테 마음을 열어준 나를 같은 나이임에도 언니라고 부르며 따랐다.

그날은 동구 밖 신작로에서 등넘기를 하는 중이었다. 땅 하는 신호와 함께 긴 다리로 쏜살같이 달려와 등을 넘던 정옥이가 곤두박질을 쳤다. 엎드렸던 애가 약간 꿈틀거린 탓이었다. 나는 맨땅에

헤딩할 뻔한 정옥이를 잽싸게 잡아 세웠지만 곧이어 달려온 봉순이를 피하지는 못했다. 봉순이가 정옥이를 불도저처럼 밀어붙이며 셋이 엉켜 땅바닥에 구르고 말았다.

화가 머리끝까지 오른 봉순이가 다짜고짜 정옥이의 머리채를 잡고 땅바닥에 패대기치며 분풀이를 해댔다. 사색이 된 정옥이가 보리타작하듯 봉순이의 매를 맞고 있었다. "그만해! 정옥이가 일부러 그런 것 아니잖아." "넌 뭐야?" 내가 얼떨결에 밀어버린 통에 저만치 나가떨어져 궁둥이를 땅에 찍은 봉순이가 소리를 질렀다.

"감히 내게 덤벼?" 봉순이가 뿔난 황소처럼 달려들었고 우린 서로의 머리채를 잡고 땅바닥에 엎어졌다. 봉순이는 나보다 덩치가 크고 힘도 셌다. 나는 봉순이 밑에 깔려 숨을 쉴 수가 없었다. 싸움을 말리는 애들도 없고, 봉순이는 요절을 낼 듯 나를 덮쳐 눌렀다. 그녀의 앙다문 이빨이 내 얼굴을 향해 톱니바퀴처럼 내려오고 있었다. 나는 젖 먹던 힘까지 동원해 팔꿈치로 봉순이 얼굴을 사정없이 쳐올렸다. 예기치 못한 내 공격에 봉순이가 저만치 나가 떨어졌다. 그 틈을 타 재빨리 그녀의 배 위에 올라타고 넓적한 얼굴에 소나기 같은 주먹을 연신 날렸다. 마침내 봉순이가 앵하고 울음을 터뜨렸다. 싸움은 우는 사람이 진다.

그 장면을 아버지가 본 것이다. 양반 집 딸이 그것도 길바닥에서 머리채를 잡고 난장판을 치다니 있을 수 없는 일이었다. "집으로 와!" 집안 망신시킨 벌 받을 준비를 하고 나는 아버지 앞에 서서 종아리를 걷었다. 아버지가 막 회초리를 들고 내 종아리를 내려치려는 순간 정옥이 엄마가 화들짝 달려왔다. "어르신, 경아를 용서해주세요. 경아가 싸운 것은 우리 애 때문이에요." 정옥이 엄마가 손을 비비며 용서를 빌었다.

"남편이 상이군인이 된 뒤 정옥이가 아이들한테 늘 놀림받고 봉순이한테도 자주 맞았어요. 오늘은 경아가 우리 아이를 말려주다 그런 거예요." 아버지는 못 이기는 척 매를 내려놓으며 싸우지 말라는 한마디만 했다. 그 뒤 정옥이는 가끔 아버지가 집에 있는 날에도 우리 집에 놀러왔다. 아버지는 내가 누구와 놀든 간섭하지 않았고 못 본 체하는 것 같았다.

널찍한 마당에서 바람을 일으키며 딱지치기하던 재식이, 장수, 수봉이. 고무줄놀이, 줄넘기, 오재미 놀이를 하던 정옥이, 순자, 영자 모두 생각난다. 아버지가 나가자마자 우르르 모여들던 생글생글한 얼굴들, 봉순이와 한판 붙었던 신작로 길가 놀이터, 그 시절의 그곳에 다시 한 번 가보고 싶다.

엄마는
세상에서
가장 위대한 간호사

급성전염병 메르스 코로나바이러스가 한국을 무섭게 위협하다 고개를 숙였다. 메르스 관련 뉴스를 보다 초등학교 때 앓았던 장티푸스(염병) 생각이 났다. 우리는 당시 광주에 살았는데 그 시에서 가장 큰 양동시장이 우리 동네에 있었다. 시장은 사방에 쓰레기가 널려 있어 파리가 날고 쥐들이 들락날락했다. 꿀꿀대는 돼지의 오물, 꼬꼬댁대는 닭의 똥도 여기저기 쌓여 있어 전염병을 옮기기에 딱 좋은 환경이었다. 동네는 늘 시끌벅적하고 싸움판이 자주 벌어졌다.

우리 집은 그 동네에서 깨끗한 편이었다. 워낙 정갈한 어머니가 넓디넓은 마당을 티끌 하나 없이 손질하기 때문이었다. 담장 밑에 꽃도 심었고 대문 안으로 들어서면 왼쪽 끝으로 큰 우물 옆에 돌을 깐 장독대가 있었다. 동그란 우물에 벽을 쌓지 않아 우물가는 장독대와 같은 바닥면이었다. 자칫 발을 잘못 디디면 우물 속에 빠질 염려가 있었지만 다행히 그런 불상사는 일어나지 않았다.

우물의 깊이는 2미터가 채 되지 않았지만 땡볕 가뭄에도 마르는 일이 없었다. 사람들이 우물가에 서서 물을 길을 때면 신발의 흙이나, 검불, 기타 이물질이 우물 속으로 떨어지곤 했다. 동네 사람들은 채소와 나물, 과일, 생선, 고기, 쌀 등등 온갖 것들을 우리 우물에 가져와서 씻었다. 가끔 거기서 빨래를 하기도 했는데, 지금 생각하면 그 우물이 얼마나 비위생적이었는지, 없던 병도 생길 것 같은 환경이었다. 그러나 동네 사람들이 우리 우물을 마시고 아팠다거나 한 적은 없었다.

우리 동네에서는 그 누구도 위생에 대해 말하는 사람이 없었고 또 위생에 대해 아는 사람도 없었다. 우리 아버지만큼 유식하고 까다로운 분도 위생을 염려하거나 불평을 한 적이 없었다. 그러니 다른 사람들이야 오죽했으랴. 채소와 쌀, 생선을 씻고 빨래를 한 오물은 다 어디로 갔을까. 일부는 우리 집 담장 옆 하수구를 따라 광주천으로 흘러갔겠지만 나머지 구정물은 십중팔구 우물로 도로 흘러들었을 것이다.

그러나 겉으로 보이는 우물물은 가을 하늘보다 더 푸르고 맑아 그 누구도 우물이 전염병의 원인일 것이라곤 생각하지 않았다. 동네 아줌마들은 두레박으로 물을 퍼올려 물동이를 가득 채운 뒤 출렁출렁 시원한 물을 벌컥벌컥 들이키며 더위를 식혔다. 창자를 얼릴 듯 가슴을 타고 내려가는 그 물속에 그토록 무서운 병균이 들어 있었을까. 우물이 나와 동생을 쓰러뜨리는 원인이었는지는 알 길이 없다.

6학년이 시작되는 해 초순이었다. 전염병이 돈다는 소문이 유령처럼 떠돌고, 문둥이가 애기를 죽여 간을 내 먹었다는 흉흉한 소문까지 바람을 타고 거리를 누볐다. 그 소문에 놀라 어머니는 우리 남매 걱정을 하며 잠을 설치기도 했다. 어떤 엄마들은 하교 때마다 직접 학교에서 아이들을 데려오기도 했다. 그러던 어느 날 동생과 나는 심한 고열에 구토, 설사와 복통을 앓으며 드러눕게 되었다. 어머니가 밤새 뜬눈으로 간호하고 약국에서 약을 사다 먹였지만 소용이 없었다. 열은 더 끓어오르고 땀은 비 오듯 흘러 기침과 구토로 삽시간에 중환자가 돼버렸다. 아버지는 멀리 타 도시로 외출 중이었다. 겁이 난 어머니가 밤중에 우리 남매를 업고 끌며 대학 병원으로 데리고 갔다.

병원에서는 우리 남매에게 장질부사, 속칭 염병이란 진단을 내렸다. 염병의 원인이 무엇이었을까. 지금이야 그런 병쯤 문제가 되지 않지만 그 시절의 염병은 그야말로 저승사자였다. 당시에는 염병이 가장 위험한 전염병 중 하나였다니, 걸리면 그만큼 많은 사람이 죽었다는 의미였다.

우리 집은 어느새 유령의 집이 돼버렸다. 두 아이가 한꺼번에 염병에 걸려 누운 것을 보고 저주받은 집이니, 귀신이 씌웠다느니 수근대는 사람들도 있는 모양이었다. 염병이 창궐한 집에 아이들을 놀러 보낼 부모가 어디 있겠는가. 아이들뿐 아니라 물을 길러 오던 동네 아낙들의 발길도 손가락으로 셀 정도로 뜸해졌다. 날마다 동네 사람들과 아이들로 진을 치던 우리 집은 산속의 암자 같이 적막했다.

우리 남매를 간호하는 어머니는 염병에 완전 노출된 상태였다. 염병은 전염병이라 그 누구도 안전지대가 아니었지만 어머니는 상관하지 않았다. 병원에서 준 식단에 따라 우리 남매에게 매일 새 음식을 해 먹였다. 주로 마른 음식으로 식생활을 조절하고 풋것이나 날것, 익히지 않은 음식은 절대 먹이지 않고 가까이 두지도 않았다. 두 아이를 병원에 데리고 다니며 매일 씻기고 소독된 옷으로 갈아입혀야 하는 것이 어머니의 일과였다. 아파서 보채고 우는 우리를 재우고, 동생의 대소변을 받아내며, 집 청소와 소독을 하느라 어머니의 몸은 하루가 25시간이라도 모자랐다. 거기다 까다로운 아버지의 시중까지 들어야 했으니 앓아누운 우리보다 어머니가 먼저 쓰러질 판이었다. 어머니의 하루 하루는 총알 없는 전쟁터였다.

여자는 약하나 어머니는 강하다는 말이 있다. 심한 고열과 구토로 동생의 몸은 나보다 몇 십 배 빨리 무너져내렸다. 창살처럼 툭툭 불거진 뼈마디가 물에 젖은 창호지처럼 축 처진 살가죽을 뚫고 나올 것 같았다. 동생은 걸을 수도 앉을 수도 설 수도 없었다. 뻥 뚫린 두 눈이 껌뻑거리는 것을 보고 살아 있다는 것을 알 수 있었지만, 그는 무덤에서 나온 미이라 같았다.

내 머리도 많이 빠져 듬성듬성 바둑무늬 같았으나 동생의 머리는 반질반질한 바둑판이었다. 몇 올 남은 뿌연 머리털이 천정에 걸린 거미줄처럼 하늘거렸다. 동생이 죽을지도 모른다는 두려움에 나는 어머니를 붙들고 엉엉 울었다. "울지 마라. 엄마가 있는데, 너희들은 절대 죽지 않는다. 내가 그렇게 두지 않을 것이야." 등을 토닥이며 달래주다 끝내 슬픔을 참지 못하고 우리를 끌어안고 울어버린 어머니. 어머니 가슴의 심장 뛰는 소리가 기차의 칙칙폭폭 소리 같았다.

뜨거운 한여름에도 따뜻한 음식을 억지로 먹이고, 꼭 옷을 입혀 잠을 재웠다. 몸을 따뜻하게 보호해야 하고, 열을 내리기 위해 땀을 내야 한다고 했다. 한시도 소홀히 간호할 수 없는 병이었다. 오죽하면 '염병을 앓다 땀도 못 내고 죽을 놈'이라는 욕이 있을까. 그만큼 염병에 걸리면 십 중 팔구는 죽는다는 얘기이리라.

이따금 무심히 껌뻑거리는 눈과 가늘게 흔들리는 콧김을 느꼈지만 동생은 이미 죽음의 문턱에 올라 있었다. 동네 사람들은 동생이 죽을 거라며 끌끌 혀를 차곤 했다. 그들의 동정어린 말에 어머니는 핏대를 세우며 싸울 듯이 퍼부었다. "내 자식들은 안 죽어. 나를 두고 절대로 안 죽어. 그런 말할 거면 우리 집에 오지 마." 우리를 간호하는 어머니는 미친 사람 같았다. 동생을 등에 업고 한 편에 내 손을 잡고 집에서 병원으로, 병원에서 집으로 팽이처럼 뱅뱅 돌았다. 가끔 아버지가 동행하기도 했지만 우리 남매를 챙기는 사람은 언제나 어머니였다. 나는 종종거리며 어머니를 따라가다 다리가 아프면 그냥 땅바닥에 주저앉아 심술을 부렸다. 사정을 뻔히 알면서도 왜 그런 심통을 부렸는지, 어머니의 속을 많이 아프게 했었다.

세상에서 가장 훌륭한 간호사는 아픈 자식을 간호하는 어머니다. 어머니는 의사나 간호사가 일러주지 않아도 본능적으로 우리 남매에게 필요한 것이 무엇인지를 다 알았다. 동생한테서 한시도 눈을 떼지 못한 채 나를 간호하며 까다로운 아버지의 시중을 드느라 눈을 깜빡일 시간조차 없었다.

평생 종교를 가져본 적 없는 어머니였지만 절박한 상황에 어느 신인들 붙잡고 애원하지 않았으랴. 바쁜 틈을 쪼개 어머니는 밤마다 목욕재계하고 뒤뜰에 정안수를 떠놓고 꺽꺽 울며 자식들을 살려달라고 두 손이 닳도록 빌고 또 빌었다. 그런 어머니의 마음을 헤아리지 못한 채 나는 동생만 생각한다며 매일 짜증을 부렸다.

내 자식을 키우며 비로소 열 손가락 깨물어 아프지 않은 손가락 없다는 그 참뜻을 깨달았다.

겨울로 접어들며 동생과 나는 서서히 회복세를 보였다. 동생의 머리가 성글성글 메워지기 시작하고 부챗살처럼 구겨졌던 살가죽이 다리미질하는 듯 펴지기 시작했다. 높고 높은 하늘이라 말들을 한다. 그 고난의 시간, 어머니는 저 하늘보다 더 높은 사랑으로 우리 남매를 살려냈다. 날개 없는 천사, 어머니의 그 눈물겨운 간호와 희생이 없었다면 과연 오늘 내가 여기 있을 수 있을까. 물이 철철 넘치던 우리 집 우물가에서 메르스쯤 아무것도 아니란 듯 어머니가 두레박으로 시원한 물을 연신 퍼올렸다.

생애
첫 가출의 추억

이층 계단을 뛰어오르다 비명을 지르며 발목을 잡고 주저앉았다. 발바닥이 바늘에 찔린 듯 아팠다. 계단에 구부리고 앉아 들여다보니 발바닥에 까만 것이 박혀 피가 나고 있었다. 발바닥을 찌르고 튕겨진 듯 저만치에 심지가 부러진 조그만 연필이 뒹굴고 있었다. '이게 뭐야? 어디서 온 거지. 누가 이런 것을 아무데나 둬가지고.' 송곳 같은 내 비명 소리를 듣고 아들이 달려와 연필 심지를 빼내고 약을 바른 뒤 반창고를 붙여주었다. 그래도 발바닥은 여전히 불이 난 듯 욱신거렸다.

심지가 부러진 연필 토막이 다시 발견된 것은 다친 발이 아물어가던 며칠 뒤였다. 세면대 앞에서 브러시를 찾느라 한참 서랍을 뒤적거릴 때였다. 찾던 부러시는 보이지 않고 서랍 맨 뒤쪽 구석에 며칠 전 내 발바닥을 찔렀던 그 노란 연필이 보였다. '아니 저것이 왜 또 여기 있지? 누가 이것을 서랍에 넣어두었나?' 나는 연필을 들고 찬찬히 들여다보았다. 심지가 부러져 아무짝에도 쓸모가 없는 것 이었다. 그때 아련히 떠오르는 한 기억이 나를 먼 어린 시절로 데 려갔다.

초등학교 5학년 때였다. 지금은 공책이나 연필 같은 학용품 때 문에 공부에 지장을 받는 아이들은 거의 없을 것이다. 그러나 내 가 초등학교에 다닐 때는 연필 한 자루 공책 한 권을 사기가 쉽지 않았다. 공책과 연필이 다 닳아 새것을 사달라고 며칠 동안 어머니 에게 졸라댔다. 그러나 막상 돈을 줄 아버지가 들은 체 만 체했다. 공책은 달랑 한 장이 남았고, 한 자루뿐인 연필도 다 닳아서 손에 쥐고 글을 쓰기가 힘들었다. 어머니는 늘 학용품을 아껴 쓰라고 했 지만 공책 한 권과 연필 하나를 더 이상 아낄 방법이 없었다.

학용품을 살 때마다 아버지는 엊그제 사줬는데 벌써 다 썼냐고 했지만 공책을 찢어낸 것도 아닌데 어쩌란 말인지. 연필도 한 자루 뿐이라 더 빨리 닳는 것 같았다. 결국은 사주면서 아버지는 매번 그렇게 내 진을 뺐다. 그까짓 학용품을 못 사줄 만큼 가난한 살림 도 아니었는데 아버지는 이상하리만치 인색하게 굴었다. 아마 내 가 딸이어서인지도 몰랐다. 딸은 공부시킬 필요가 없다는 것이 아 버지의 생각이었다. 아버지는 성질이 급하고 몹시 완고했다. 원인보다는 결과로 따지기 때문에 화를 잘 내고 그 뒤에는 자주 매가 따르기도 했다.

그만하면 됐다 싶었던지 아니면 아침마다 입이 퉁퉁 부어 학교에 가는 내가 불쌍했던지 어느 날 아버지가 연필과 공책 살 돈을 주었다. 하늘을 날 것 같은 기분으로 등굣길에 시장 통을 지나게 되었다. 마침 장날이었다. 매일 지나다니는 길이었지만 그날따라 모든 것이 새롭게 보였다. 확성기를 통해 나오는 "노오란 샤쓰 입은 말없는 그 사람이~"란 유행가가 행인들의 발걸음을 흥겹게 했다. 하늘거리는 원피스와 블라우스들, 색색의 리본들, 갖가지 머리핀들이 유난히 반짝거렸다.

이것저것 눈요기를 하며 가다 보니 이번엔 사탕과 과자들이 산더미처럼 쌓인 점포들이 줄줄이 이어졌다. 선비 과자, 건빵, 비가, 카스텔라, 빨간 사탕, 노란 사탕, 눈깔사탕 이름조차 알 수 없는 과자와 사탕들이 가게 좌판에 수북이 쌓여 있었다. 보기만 해도 침이 꼴깍 넘어갔다. 동생도 과자에서 눈을 떼지 못하고 자꾸 내 손을 잡아당겼다. '누나 과자 먹고 싶다.' 동생의 눈은 그렇게 말하고 있었다. 동생이 침을 꿀컥 삼키고 내 목구멍에서도 절로 꼴깍 소리가 났다. 내 손은 땀이 촉촉이 배어 있었다.

내가 슬며시 돈을 내밀자 독수리가 먹이를 채가듯 사탕가게 아저씨가 얼른 돈을 집어넣고 과자 봉지를 동생 손에 들려주었다. 입

안에서 살살 녹는 과자와 달콤한 사탕은 침을 삼키기조차 아까웠다. 동생과 나는 서로 마주보며 사이좋게 나눠 먹었다. 사탕은 금방 다 없어지고 빈 봉지만 덩그러니 남았다.

달콤한 사탕의 맛이 채 가시기도 전에 나는 정신이 번쩍 들었다. '학용품 살 돈을 써버리다니! 아버지가 나를 가만두지 않을 것이다. 정말 잠깐 정신이 돌았었다. 그 돈이 어떤 돈인데 과자를 사먹다니.' 수업 시간에도 선생님 말소리는 들리지 않고 아버지의 노한 얼굴만 대문짝만 하게 떠올랐다. 방과 후 나는 동생을 집으로 보내고 동네를 빙빙 돌았다. 어느덧 해가 기울고 사방은 어두워졌다.

오후 내내 동네를 돌다 시외버스 정류장에서 외갓집으로 가는 버스를 탔다. 차장 언니가 몇 살이냐고 물었다. 얼른 두 살을 낮춰 대답했다. 나이 때문이란 것을 눈치 채서였다. 다행히 차장 언니는 속아주었고 얼마 후 나는 외갓집 동네쯤에서 내렸다. 깜깜한 밤이라 어디인지 알 수가 없었다. 인기척에 놀란 개구리가 풍덩 논으로 뛰어드는 바람에 땅바닥에 털썩 주저앉고 말았다. 아버지한테 매를 맞더라도 집에 갈 것을 잘못했다는 생각이 굴뚝같았다.

외갓집에 온 지도 벌써 사흘째다. 그러니까 사흘 전 그날 밤 외갓집을 찾지 못해 결국 어느 낯선 시골집에서 하룻밤 신세를 지기까지 했다. 한마디 말도 없이 집을 나와버렸으니 집에서는 아마 난리가 났을 것이다. 어머니는 딸이 걱정돼 잠을 못 이루었을 것이고 아버지는 부모를 기만한 딸년이 괘씸해 화가 나서 고스란히 밤을 새웠을 것이다. 아버지의 노한 얼굴을 떠올리면 집에는 영원히 돌아갈 수 없을 것 같았지만 어머니의 글썽거리는 눈물을 떠올리면 당장 집으로 가고 싶었다.

해질 무렵 붉은 노을이 산등성이에 걸리고 강둑에서 신나게 뛰놀던 아이들이 하나둘 집 안으로 빨려들어가면 나는 터덜터덜 외갓집으로 들어와 통나무 마루 귀퉁이에 걸터앉았다. 들판에 선 한 그루 나무처럼 혼자라는 생각에 가슴이 미어질 것 같았다. 먼 하늘을 바라보며 한숨짓는 어머니가 보였다. 아버지는 침침한 방에서 숨 넘어가듯 무량청정정방심無量淸淨正方心을 외고 있었다. 한참 집 안을 들여다보다 되돌아설 때였다. 누가 내 목덜미를 덜컥 잡았다. 아버지의 성난 얼굴이 금방 나를 내려칠 것 같았다. "아버지 잘못했어요!" 나는 한 발 뒤로 물러서며 큰 소리로 부르짖었다.

"왜 그러니?" 사촌오빠가 밥을 먹으라며 내 어깨를 흔들었다. 마루 끝에서 잠깐 졸았던 모양이었다. 영문을 모르는 외사촌오빠가 등을 토닥거리며 달랬지만 구석에 처박힌 내 책가방을 안고 오빠 품에 쓰러져 엉엉 울고 말았다. 외갓집에서는 내가 왜 외갓집에 왔는지를 몰랐다. 외갓집 식구들이 물어보지 않았지만 물어봤더라도 나는 사실을 말하지 못했을 것이다. 내가 계속 훌쩍거리자 외숙모가 오빠한테 말했다. "내일은 열일 제쳐놓고, 저 애 데리고 고모 집에 가봐라. 무슨 일이 있는 게 틀림없다. 그러지 않고서야 왜 혼자 여기에 왔겠니?"

다음날 오빠를 따라 집으로 왔다. 가슴은 벌써 지진이 난 듯 흔들리고 있었다. 나는 아버지한테 죽도록 맞을 각오를 했다. "아, 뭐 해, 어서 애들 밥 차려주지 않고." 나를 잡고 우느라 정신없는 어머니를 보고 아버지가 한마디했다. 집에 들어서자마자 몽둥이를 맞고 쫓겨날 것을 상상했던 나는 뜻밖이었다. 공책 살 돈을 까먹고 도망까지 쳤으니 아버지 성격에 큰 사단이 날 일이었다. 그래서 도망친 것 아닌가. 며칠 동안 얼마나 가슴을 졸였던가.

그러나 오빠 등 뒤에서 아버지의 얼굴을 본 순간 나는 알았다. 아버지의 얼굴도 몽당연필만큼이나 졸아들었다는 사실을. 내 가슴이 까맣게 타는 동안 아버지의 가슴은 이미 재밖에 남지 않았다는 것을. 그리고 무서워 고개를 들지 못하는 나를 흘끗 훔쳐본 아버지의 얼굴에 안도의 미소가 연기처럼 번지는 것을 나는 보았다. 그 뒤에도 꽤 걱정을 했지만 더 이상 혼나는 일은 없었고, 아버지는 공책과 연필을 두말없이 다시 사주었다.

노란 몽당연필을 만지작거리다 서랍을 열고 가만히 도로 집어넣었다.

구정물통 속
쉰 보리밥 한 덩이

'음식 버리면 죄 받는다.' 어른들이 곧잘 했던 말이다. 요즘 젊은 이들은 마켓에서 물건 살 줄은 알아도 요리할 줄은 모른다. 우리 며느리를 봐도 그렇다. 결혼한 뒤 우리 집에서 6개월을 같이 살았지만 며느리가 저녁을 지은 것은 손으로 꼽을 정도다. 그것도 "우리 오늘 저녁에는 뭘 해 먹을까?" 하고 내가 억지 춘향이 노릇을 해서 겨우 얻어먹은 저녁이었다.

냉장고 안에는 채소, 과일, 생선, 고기가 빵빵하게 채워져 있다. 그러나 언제 그것들이 요리가 되어 식탁에 오를지는 알 수 없다. 시부모와 같이 살아도 그러는데 하물며 저희들끼리 살면 오죽할까. 패스트푸드가 매일 그들의 식탁을 장식할 것이다.

냉장고 안의 채소나 고기들은 이리저리 뒹굴다 말라비틀어지거나 곰팡이가 핀다. 차라리 냉장고를 비워두는 것이 좋을 것 같은데 며느리는 부지런히 잘도 채운다. 잔소리를 할 수도 없고 해봐야 고부 사이만 나빠지니 눈총 받기 싫어 참는다. 소비를 해야 경제가 돈다는 며느리의 말이 틀린 것은 아니다. 허기가 무엇인지 모르는 젊은이가 음식의 소중함을 알기까지는 내가 살아온 만큼의 시간이 필요할지도 모른다. 이럴 때면 늘 돌아가신 친정아버지가 생각난다.

소나기를 퍼부을 듯 시커먼 먹구름이 낀 어느 여름날 오후 끈적끈적 달라붙는 염천 더위에 우리 집 꿀꿀이마저 녹아떨어졌다. 모든 것이 정지된 무더운 오후, 아버지는 부처님처럼 마루에 앉아 등을 꼿꼿이 세우고 숨넘어갈 듯 '무량청정정방심'을 읊고 있었다. 아침에 새로 갈아입은 하얀 모시 등받이가 오줌을 싼 듯 지도를 그리며 등에 찰싹 달라붙어 있었다.

아버지의 '무량청정정방심'은 한없이 맑고 깨끗한 마음, 즉 마음을 비우는 무욕無慾의 뜻이란다. 그러나 나는 그 뜻 같은 것은 알고 싶지도 않았고 아무래도 좋았다. 아버지가 수행에 몰입한 그 시간이 마음대로 공중을 날 수 있는 하늘의 새처럼 자유로웠기 때문이었다.

우리 집은 시내에서 좀 떨어진 한적한 신흥 주택가였다. 지대가 다른 집들보다 높아 응접실 마루에 서면 다른 집들의 지붕이 보이고 큰길이 한눈에 들어왔다. 또 우리 집 앞을 지나가는 골목길도 환히 보였다. 집이 꽤 커서 방 셋에 응접실을 갖춘 본채가 있고 따로 방 세 개와 큼직한 부엌이 있는 별채가 옆에 있었다.

별채 옆 헛간에는 어머니의 귀염둥이 꿀꿀이가 살았다. 꿀꿀이는 어머니의 발자국 소리만 듣고도 벌떡 일어났다. 부엌 앞에는 큼직한 구정물통이 있고 어머니는 밥을 지을 때마다 꿀꿀이에게 줄 뜨물과 음식 찌꺼기들을 구정물통에 모았다.

그날은 어머니가 집을 비운 날이었다. 시장에 갔거나, 동네 마실? 아니다. 아버지를 두고 마실 갈 어머니가 아니니 틀림없이 아버지의 심부름을 갔을 것이다. 어머니가 없는 집은 낯설고 냉랭해 남의 집 같았다. 마루에 서서 고개를 달팽이처럼 쑥 빼고 동네 초입의 골목길을 연신 내다보았다. 해는 푸석푸석 기울어들고 내다보이는 골목길도 빈 둥지처럼 쓸쓸했다. 문득 어머니가 오기 전에 저녁을 해놓고 싶었다. 어머니가 돌아와 놀랄 것을 생각하니 신이 났다.

부엌으로 들어섰으나 무엇을 해야 할지 어리둥절했다. 밥을 해 본 적이 없어서였다. 아버지는 부엌 일을 가르치라고 어머니에게 늘 잔소리했지만, 어머니는 절대 그런 일을 시키지 않았다. 공부나 열심히 하라며 오히려 내가 부엌에 들어오는 것조차 싫어했다. 나는 어머니가 외동딸인 나를 공주처럼 받들어주는 것을 당연하게 생각했다.

까치발을 딛고 몇 번 시도한 끝에 구석에 걸린 대바구니 밥통을 내렸다. 뚜껑을 열자 쉰내가 물씬 코를 찔렀다. 하루살이들이 윙윙거리며 날아갔다. 쉰밥을 구정물통에 버리고 바구니는 깨끗이 씻어 밖에 널었다.

어머니가 밥을 짓던 모습을 떠올리며 맑은 물이 고일 때까지 바가지를 흔들어 돌을 걸러냈다. 솥에 물을 붓고 손등으로 가늠을 해 연탄불에 올렸다. 제대로 밥을 했는지는 알 수 없지만 내가 혼자서 밥을 지었다는 사실이 자랑스럽고 흐뭇했다. 이젠 밥 같은 것은 얼마든지 할 수 있다는 자신감도 생겼다. 앵앵거리는 불청객 파리를 쫓아내며 부엌 청소까지 말끔히 끝냈다.

아버지가 부엌 쪽으로 걸어나왔다. 청소하는 딸이 대견한지 입가에 잔잔한 웃음이 번졌다. 그러다 수돗가를 지나치던 아버지의 눈이 휘둥그레졌다. 아버지가 구정물통에 둥둥 뜬 밥덩이를 본 것이다. "이리 온!" 아버지의 목소리가 부르르 떨리고 있었다. 순간 나는 큰일이 났다는 것을 직감했다. 심장이 벌집처럼 웅웅거렸다. "네." 하고 부엌에서 급히 뛰어나오다 수돗가 시멘트 바닥에 미끄러지고 말았다. 궁둥이에서 불이 번쩍 했다. 뼈가 부러졌는지 콕콕 쑤시고 지끈거리는 궁둥이를 어루만질 틈도 없이 아버지 앞에 고개를 푹 숙이고 섰다. 아버지는 구정물통에 둥둥 뜬 밥덩이와 내 얼굴을 험상궂은 표정으로 번갈아 보았다.

"아니, 밥을 버리다니? 이게 무슨 짓이냐?" 나는 콕콕 쑤시는 궁둥이를 연신 만지며 대답을 하지 못했다. "이게 뭐냐?" 구정물통속 밥덩이를 가리키며 아버지가 내 머리를 쥐어박았다. 아버지 이마에 툭 불거진 핏줄이 터질 듯 꿈틀거렸다. 퉁퉁 불은 보리밥덩이가 쉰 나물을 뒤집어쓰고 나를 비웃듯 빙빙 돌고 있었다.

"밥이 쉬어서 버렸어요." "뭐? 그렇다고 밥을 버려? 전부 건져서 한 톨도 남기지 말고 먹어. 밥을 버리다니. 못된 것 같으니라고." 아버지는 내 머리를 한 번 더 쥐어박고 마당 쪽으로 걸어 나갔다. 나는 엉엉 울며 쉰 밥덩이를 구정물통에서 모두 건져냈다. 어머니는 왜 안 오는지, 어머니가 미웠다. 왜 밥을 쉬게 놔둬가지고. 괜히 밥한다고 수선을 피워 쉰밥을 먹게 생겼다. 눈물 콧물을 섞어 깨진 보리밥 알들을 꾸역꾸역 입 안으로 밀어넣었다.

그날 밤 나는 밤새 복통에 설사를 했다. 밥을 버린 죗값을 톡톡히 받았다. 어머니는 그까짓 보리밥 한 덩이 때문에 자식을 죽일 뻔했다고, 저승사자는 무엇을 하는지 모르겠다고 아버지 몰래 악담을 퍼부으며 밤새 나를 간호했다.

냉장고를 열고 청소를 시작했다. 맨 뒤 구석에 흰 비닐봉지가 보였다. '이건 또 뭐야. 며느리가 뭘 사다 처박아뒀군.' 하고 꺼내보니 꺼뭇꺼뭇 곰팡이가 핀 두부였다. 쉰내가 확 풍겼다. 아뿔싸! 내가 얼마 전에 마켓에서 사온 두부였다.

　음식 버리면 죄 받는다는 말 우리 며느리에게 할 게 아니다. 우리 아버지가 이것을 봤더라면 저 쉰 두부도 내가 다 먹어야 했을 것이다. 요리는 못해도 경제를 돌릴 줄 아는 소비가 필요한 시대란 사실을 우리 아버지는 어떻게 받아들일까.

그리운 친구
금자와 선생님

금자는 내 초등학교 때의 라이벌 친구다. 사람들이 가끔 초등학교 동창을 만났다는 얘기를 하면 부러울 때가 있다. 나는 초등학교 시절의 추억이 별로 없다. 그것은 내가 초등학교를 1학년부터 다니지 않았기 때문이다. 내가 금자를 만난 것은 D초등학교로 전학을 가서였다. 나는 동생과 함께 같은 날 장티푸스로 쓰러져 일 년 만에 회복을 했었다. 회복 후 다니던 학교에 복학을 신청했지만 무단결석으로 처리돼 이미 정학 처분이 내려진 상태였다. 부모님의 무지로 학교에 휴학계를 제출하지 않아서였다. 내가 학교를 못 다니게 되었다는 사실에 어머니는 기가 막혔다. 어떻게 얻은 배움의 기회인데 그만둘 수 없다며 학교로 쫓아갔다.

어머니는 날마다 교장 선생님을 찾아가 눈물로 호소했다. 처음에는 냉정하게 규칙만 내세우던 교장 선생님이 어머니의 딱한 사정에 마음을 돌려 나를 D 학교로 전학을 시켜주었다. 딸의 공부라면 물불을 가리지 않는 어머니 덕분에 나는 D 학교에서 초등학교 6학년을 다니게 되었다.

담임 선생님은 사범학교를 막 졸업하고 교직 생활을 시작한 지 얼마 되지 않은 젊은 분이었다. 선생님은 그늘에 있는 학생들, 특히 가정 환경이 좋지 않은 학생들에게 많은 관심을 가졌다. 우리 반에는 근처 고아원 출신의 아이들이 두 명 있었다. 처음 전학해서 나는 그들 옆에 앉게 되었다. 자신들이 고아라는 사실 때문에 다른 아이들과 어울리지 않던 그들이 친구가 없는 전학생인 내게는 의외로 친절히 대해주었다.

담임 선생님은 아이들 하나 하나에게 많은 신경을 썼다. 점심을 가져오지 않은 고아원 애들에게 가끔 선생님의 점심을 주기도 했다. 내가 5학년 때 다니던 S 초등학교의 담임 선생님과는 전혀 다른 모습이었다. 외로운 제자들을 챙기는 선생님이 믿음직스런 오빠 같기도 하고 존경스런 아버지 같기도 했다. 어머니는 내가 학교를 옮긴 것이 걱정이 되는지 "선생님 말 잘 듣고 공부 열심히 하라." 아침마다 학교에 갈 때면 이르곤 했다.

어머니의 당부가 아니라도 나는 공부하는 것이 좋았다. 공부를 잘하니 선생님의 예쁨도 받고 친구들의 부러움도 사고 우쭐하게 폼도 잡을 수 있었다. 공부에 재미를 붙이자 성적은 옥수숫대처럼 쑥쑥 올라갔다. 거의 매일이다시피 선생님을 찾아오는 몇몇 학부형들이 금방 내게 관심을 보였다. 6학년의 성적은 중학교 진학에 필수적이었다. 그러나 나는 중학교 진학 같은 것은 알지도 못했고 꿈도 꾸지 못했다. 그런 내 뜻과는 상관없이 나는 유명해져 매일 선생님을 찾아오는 스타 그룹 엄마들의 눈에 띄게 되었다.

생전 처음 받아보는 많은 사람들의 관심에 나는 풍선처럼 부풀기 시작했다. 금자를 못 본 것은 내가 풍선처럼 너무 부푼 탓도 있었고, 또 햇볕이 잘 드는 양지 쪽만 바라본 탓이겠지만 금자가 늘 있는 듯 없는 듯 늘 그늘에 있었기 때문이었다. 금자는 응달에 핀 들꽃 같았다. 좁은 이마 아래로 모양 없이 둥글납작한 코, 유난히 튀어나온 광대뼈, 홀쭉이 흘러내린 양 볼이 삼각형 모습으로 참 못생긴 얼굴이었다. 금자는 미련해 보이지는 않았지만 거무죽죽한 피부에 주근깨가 온 얼굴에 흩어져 예쁜 데라곤 없는 촌스러운 아이였다.

담임 선생님이 금자를 유난히 아끼고 사랑해주지 않았다면 아마 졸업할 때까지 그녀의 존재는 눈에 띄지 않았을지도 모른다. 금자는 특히 수학을 잘했다. 물론 수학만 잘한 것은 아니었지만 금자가 못 푸는 수학 문제는 없는 것 같았다. 나도 수학을 못하는 편이 아니었으나 금자와 겨룬다면 KO를 당할 게 뻔했다.

그 시절 학교에서는 선생님 심부름하는 것을 더 없는 영광으로 여겼다. 대부분 그런 일은 반장이나 선생님을 자주 찾아오는 학부형의 자녀들에게 주어졌다. 그러나 우리 반에서는 금자가 선생님의 모든 심부름을 도맡아 했다. 금자는 반장도 부반장도 아니었다. 선생님이 금자를 예뻐하고 신뢰하자 반장인 봉요는 금자를 따돌림하기도 했다.

우리 반에는 부잣집 애들도 많고 예쁜 애들도 많았다. 혜화는 공부는 별로였지만 하얀 장미꽃처럼 예뻤다. 아버지는 어느 은행의 지점장이고 어머니는 미인대회 출신이라고 아이들이 소곤거렸다. 혜화의 어머니가 우리 교실에 나타나면 교실 안이 환해지곤 했다. 오빠는 유명 S 대학을 제일 많이 간다는 S 고등학교에 다니고 언니도 남들이 부러워하는 J 여고에 다녔다. 그러나 혜화는 돌연변이처럼 이류 중학교에 가야 할 참이었다. 혜화 어머니가 계속 선생님을 찾아오더니 어느 날 나는 혜화와 짝꿍이 되었다.

가정 방문 때, 혜화 어머니는 선생님에게 최고급 커피세트를 선물했다는 소문이었다. 나는 커피가 무엇인지 몰랐지만 부잣집 딸인 반장 봉요, 성숙이, 연숙이 등이 입방아를 찧으며 커피 이야기를 해댔다. 선생님에게 그런 고급 선물을 한 사람이 어찌 혜화뿐이었을까. 그러나 선생님은 금자의 손을 잡아주었다. 선생님이 금자를 앞에 세운 것은 가정 방문이 끝난 뒤였다. 아이들이 금자를 시샘하며 지게꾼 아버지와 식모살이 어머니에 대해 쑥덕거리자 선생님이 직업에는 귀천이 없다고 점잖게 나무랐다. 소신껏 가난한 제자를 지켜준 선생님이 참으로 존경스러웠다.

금자의 아버지가 지게꾼이고 어머니가 식모인 것은 누구의 잘못도 아니며 부끄러워할 일은 더욱 아니었다. 금자는 그런 아이들의 쑥덕거림에 대항해 싸우거나 울지 않았다. 오히려 담담하게 그것들을 받아들이고 인내했다. 그런 조용한 태도가 점점 내 마음을 흔들었다. 겉은 깊은 호수처럼 잔잔했지만 가슴은 많이 아프다는 것을 선생님은 알고 있었다.

금자는 수학뿐 아니라 모든 과목에서 나와 선두를 다퉜다. 한번은 금자와 내가 앞에 나가 어려운 수학 문제를 풀게 되었다. 한참 문제를 풀어가던 중, 답이 막혔다. 얼른 처음부터 다시 풀기 시작했지만 막혔던 그 자리서 또 당황했다. 잘못하면 문제를 풀지 못하고 자리로 들어가야 할 판이었다.

그때였다. 자신의 문제를 다 풀고 막 들어가려던 금자가 내 곁으로 살며시 다가섰다. 그러고는 넌지시 푸는 방법을 알려주었다. 덕분에 나는 무난히 문제를 풀고 칠판을 내려왔다. 커닝을 한 셈이지만 그녀의 마음이 참으로 고마웠고 영원히 잊을 수 없다. 공부를 잘한다는 것은 누군가에게 베풀 수 있는 지식과 아량을 쌓는 일이 아닐까? 그 뒤 나는 금자와 손을 잡고 눈을 맞추며 내가 아는 것과 가진 것은 무엇이든 나누며 우정을 쌓았다.

졸업을 앞두고 나는 고민에 빠졌다. 아버지가 중학교 진학을 반대해서였다. 선생님이 금자와 나를 불렀다. 가정 형편이 어려운 금자, 아버지가 진학을 반대하는 나, 둘 모두 J 대학의 부속 중학교 장학생 시험에 응시를 해보라고 했다. 우린 나란히 그 학교에 원서를 내고 시험을 쳤는데 나는 합격을 하고 금자는 아깝게 떨어졌다.

졸업을 마지막으로 나는 금자와 헤어졌다. 초등학교 때의 유일한 친구, 하얀 셔츠와 까만 치마의 촌스럽던, 어려운 환경에서도 늘 꿋꿋하게 자신의 자리를 지키던 금자, 그리고 그늘에 선 제자의 손을 꼭 잡아준 선생님. 지금쯤 어느 하늘 아래서 서로를 그리워할까.

담장 너머 실루엣

마루에 서서 담장 너머 집을 바라보았다. 실루엣은 어디에도 보이지 않았다. 혹시나 했던 기대는 여지없이 무너졌다. 실루엣이 서 있던 마루 쪽은 여전히 무거운 침묵 속에 아직도 겨울이 둥지를 틀고 있었다.

D 초등학교 입구에서 시작된 골목길은 우리 집을 왼쪽으로 돌아 T자로 서 있는 그 집을 바라보며 큰길이 만나는 곳에서 끝이 났다. 봄에는 눈부신 꽃넝쿨이 골목길 입구부터 그 집 대문 앞까지 이어지고 여름엔 큰 나무들이 중간 중간 시원한 그늘을 만들어 젊은이들이 우리 골목길에서 자주 데이트를 하곤 했다.

나는 아침마다 우리 집에서 정면으로 보이는 큰 대문 집을 바라보며 큰길로 나와 왼쪽으로 돌아서 학교에 갔다. 집에 올 때도 같은 길을 반복해서 왔기 때문에 하루에 두 번씩 꼬박꼬박 그 집 앞을 지나다녔다. 큰 대문 집은 다른 집들보다 추녀가 높았고 밝은 원색을 배합해 다른 집들보다 더 화려해 보였다. 대문 오른쪽 담이 좀 낮은 편이라 우리 집 마루에 서면 담장 너머 그 집의 커다란 기둥이 보였다. 그러나 처마 밑은 그늘이 져 방문 앞의 마루는 잘 보이지 않았다.

어느 날 대문 집 추녀 아래서 얼핏 설핏 움직이는 사람의 모습이 보였다. 늘 그 집 앞을 지나다녀도 대문에서 누가 나오는 것을 보지 못해 빈 집인가 할 만큼 서늘한 느낌이 들던 곳이라 한참을 지켜보았다. 침침한 그늘 밑이라 거기서 움직이는 물체가 누구인지는 알아볼 수가 없었다. 내가 지켜보는 것을 알았는지 그는 나무에 붙은 베짱이처럼 미동도 하지 않고 나와 시선을 맞추는 것 같았다. 거리가 너무 멀어 얼굴의 윤곽도 볼 수 없었지만 누군가와 마주본다는 것이 쑥스러워 한참 후 방으로 들어와버렸다. 그날 이후 내가 마루에 설 때마다 그 실루엣이 기다렸다는 듯 기둥에 붙어 서는 것이었다.

실루엣은 분명히 남자였다. 누굴까? 처음엔 서로 마주치는 것이 쑥스러워 토방 밑으로 내려서거나 방으로 들어와버렸지만 곧 누가 먼저랄 것 없이 같은 시간에 거기 서서 서로를 바라보기 시작했다. 그런 일이 계속되자 점점 실루엣에 대한 호기심이 생겼다. 말은 나누지 않았지만 둘 사이에 뭔가 통하는 것이 생기기 시작했다. 차츰 그 시간이 기다려지고 그런 내가 부끄러워 얼굴이 화끈거렸다. 어떤 때는 공부 시간에 실루엣의 모습이 떠오르기도 해 애를 먹었다. 누가 내 속을 훤히 들여다보는 것 같고 쳐다보는 것 같아 가슴이 출렁거렸다. 사랑이란 나무는 물을 주지 않아도 소담스럽게 푸른 잎을 피워내고 튼튼하게 자라기 시작했다.

이제 마루에 설 때 실루엣의 모습이 보이지 않으면 맥이 풀렸다. 숙제를 안 하고 학교에 가는 것 같았다. 그 집 앞을 지나며 행여 그가 나를 보러 대문을 열고 나오지 않을까 가슴을 졸이기도 했지만 그런 일은 일어나지 않았다.

함박눈이 꽃잎처럼 날리던 어느 겨울날이었다. 우리 집 대문 초인종이 고장난 벨처럼 울렸다. 후다닥 뛰어가 대문을 열었으나 목화송이 같은 눈만 펑펑 내려앉을 뿐 대문 앞에는 아무도 없었다. 소복이 쌓인 눈 위에 한 쌍의 발자국이 인증人證처럼 박혀 있었다. 쏟아지는 눈을 받아 마시며 골목길은 적막 속에 빠져 있었다. 큰 대문 집 담장 너머는 뿌연 눈에 가려 아무 것도 보이지 않았다.

심난한 마음에 밖으로 나왔다. 친구 영주를 불러내 하굣길에 가끔 들르던 공원으로 올라갔다. 서릿발 같은 바람이 경주를 하듯 쌩쌩 귀를 찔렀다. 바람이 나무에 부딪칠 때마다 흰 눈이 수북이 목덜미를 파고들었다. 봄부터 늦가을까지 찾아드는 소풍객들로 쉴 틈 없던 공원은 발아래 출렁이는 하얀 눈바다를 내려다보며 모처럼 한가한 시간을 보내고 있었다.

영주와 나는 눈싸움을 하며 공원에서 이리저리 뒹굴면서 오랜만에 시간 가는 줄 모른 채 깔깔거렸다. 영주와 헤어져 집으로 와서 대문을 열려고 할 때였다. 하얀 곰 하나가 내 앞을 막아섰다. 깜짝 놀라 다시 보니 모자를 푹 눌러쓴 학생이었다. 나는 거만하게 누구냐고 물었다. 그는 내 질문에 대답은 하지 않고 머뭇거리며 연신 발로 땅바닥만 툭툭 차댔다. 내가 무슨 짓이냐는 듯 눈을 똑바로 치뜨자 가까스로 쳐다본 그가 내 손에 쪽지 하나를 쥐어주고 도망치듯 뛰어가버렸다.

꼬깃꼬깃 접은 쪽지에는 D 초등학교 앞 제과점으로 나와달라는 간단한 내용이 간절하게 애원하듯 적혀 있었다. '뭐야 이게. 아까 공원에 가기 전 연달아 초인종을 누른 사람이 혹시 저 학생? 내가 문을 열었을 때는 아무도 없었는데.' 하긴 골목을 살펴보지 않고 곧장 문을 닫아버려 알 턱이 없었다. '그럼, 저 학생이 지금까지 여기서 기다렸단 말인가?' 그때 저쪽에서 아버지가 오고 있었다. 나는 아버지에게 들킬까봐 얼른 쪽지를 감춘 뒤 없애버렸다. 식구들 눈에 띌까 두렵기도 했지만 문득 길 건너 대문 집 실루엣 생각이 나서였다. 그 뒤로 나는 한동안 마루에 서지 않았다. 왠지 눈 오는 날 그 학생이 주고 간 쪽지가 맘에 걸렸고 괜히 실루엣한테 미안하다는 생각이 들었다.

얼마 후 내가 다시 마루에 섰을 때 큰 대문 집 추녀 밑은 아주 조용했다. 날마다 바라보아도 실루엣은 나타나지 않았다. 나는 달려가 해명이라도 하고 싶었다. 그 남학생은 전혀 모르는 사람이라고, 만나러 가지도 않았다고. 매일 추녀 밑을 바라보며 기다렸지만 그의 모습은 다시 볼 수 없었다. 그 겨울이 왜 그렇게 길던지 봄은 영원히 바다 건너로 가버린 것 같았다. 정말 그랬다. 내게는 봄이 오지 않았다.

이듬해 나는 고등학생이 되었다. 여전히 그 집 앞을 지나다녔지만 실루엣은 보이지 않았다. 그제야 나는 내가 무엇을 잃어버렸는지를 알았다. 한 번쯤 내 마음을 전하지 못한 것이 못내 아쉽고 후회스러웠다.

어느 날, 미연이가 우리 집에 놀러왔다. 고등학교에 와서 새로 사귄 친구였다. 미연이와 함께 마루에 서서 큰길 가 대문 집 추녀를 바라보았다. 그곳은 아직도 우중충한 겨울이 또아리를 틀고 있었다. "얘, 경아야 저기 저 집 보이지? 우리 오빠, 저 집에서 학생들 개인지도 한다. J 의대 다니는 큰오빠 있잖아." "뭐? 정말? 누구를?" "벌써 꽤 됐어. 이번에 오빠가 가르친 학생이 서울의 명문 고등학교에 들어갔다. 하숙하던 집주인 조카래. 오빠한테 자주 야단맞았다는데, 맨날 너네 집만 바라본다고. 너, 몰라?" 그 말에 나는 소스라

치게 놀랐다.

눈이 펑펑 쏟아지던 그날 내게 쪽지를 주며 수줍게 눈을 내리깔고 땅바닥을 비벼대던 학생, 바로 그였구나. 서울로 가기 전 내게 향한 마음을 전하려 했던 모양이었다. 제과점에서 오지 않는 나를 기다리며 얼마나 실망했을까. 미연이를 통해 소식을 전할까 하다가 그냥 접고 말았다. 나는 그에 대한 추억을 책갈피 속에 고이 끼워 넣었다.

나의 첫사랑이란, 눈 내리는 겨울 그 골목길이 떠오르고 어두운 처마 밑 실루엣의 모습을 보려 마루에 서던 시간이었다.

울지 마라
울지 마라

🐑

고등학교에 진학하기 위해서는 꼭 장학생을 뽑는 학교에 가야 했다. 그리고 이번에는 남녀 공학이 아닌 여고에 가고 싶었다. 전에 다니던 중학교는 JS 대학의 부속으로 남녀 공학이었다. 이상하게 그 시절의 남녀 공학은 사회 인식이 좋지 않았다. JS 부속중학교에 다니는 3년 동안 나는 알게 모르게 심한 열등감에 시달렸다.

부모들은 자신의 자녀들을 되도록 좋은 학교에 보내고 싶어 한다. 또 언니나 오빠가 있는 애들은 진학에 대한 조언도 받고 정보도 빨랐지만 나는 손을 내밀 수 있는 사람이 없었다. 더구나 아버지는 내가 중학교에 가는 것조차 반대를 했다. 그래서 장학생으로 간 학교가 JS 부속중학교였다.

내가 외부 고등학교의 원서를 제출하자 JS 부속중학교에서는 원서를 써주지 않았다. 학생들의 다른 학교 진학을 막는 것은 불법이 겠지만 그것을 따질 수도 없었다. JS 부속중학교에서 3년 동안 학비 한 푼 받지 않고 가르쳐준 은혜를 저버리고 다른 학교로 가겠다는 학생이 예쁠 리 없었다. 학교에서 장학생을 키우는 이유가 무엇이겠는가. 우수한 학생들을 키워 학교를 발전시키려는 목적일 것이니 나처럼 쪽박을 깨는 반항아가 예쁠 리 없었다. JS부속 고등학교에 장학생으로 가는 길 외에 다른 선택이 없었다

J 여고는 설립된 지 얼마 안 된 신생 학교였다. 훌륭한 교사진과 좋은 시설, 파격적인 장학생 대우로 앞으로의 전망이 좋다는 것이 주위 사람들의 평이었다. 원서를 낼 수 없는 나는 J 여고 교장 선생님을 직접 만나 도움을 청해보기로 했다. 내 얘기를 다 들은 교장 선생님은 원서 없이 입시 시험을 치르도록 배려해주었다. 그리고 성적이 좋으면 장학금을 주겠다는 약속도 했다. 본인의 장래는 본인이 정해야 한다는 것이 교장 선생님의 교육 방침이었다. 나는 원서 없이 시험을 치렀고 후기 수험생들 중 일등을 해 장학생 혜택을 받게 되었다.

J 여고에서의 일 년은 둥지에 갇혔던 새가 날개를 펴고 세상 밖으로 비상하는 시간이었다. 어떻게 여기까지 왔는지 꿈만 같았다. 지난날 천막학교, 공민학교, 초등학교 편입, 6학년 때 걸린 장티푸스, D 초등학교로의 전학, JS 중학교 장학생 그리고 J 여고의 장학생

이 되기까지 참으로 어둡고 긴 터널을 뚫고 나온 것 같았다. 매일 매일의 학교 생활이 보라빛 무지개였다. 꿈 같은 일 년이 봄빛처럼 지나가고 2학년이 되었다.

이학년 초 아버지가 시골로 이사를 했다. 드들강(지석砥石강)을 왼쪽에 두고 있는 조그만 시골 동네로, 전기마저 들어오지 않는 곳이었다. 사립문 밖 언덕에 서면 광주에서 목포로 가는 신작로가 드들강 다리를 건너 아스라하게 이어졌다. 다리를 건너기 전 주막집 앞에서 버스를 내려 둑을 타고 2킬로미터쯤 걸어 내려오면 우리 마을 입구가 나왔다. 그 입구의 초입, 왼쪽에서 두 번째가 우리 집이었다. 집 앞으로 수문을 통해 드들 강에서 방출된 물이 넘실넘실 흐르고 있었다. 그 물처럼 내 운명이 출렁대고 있었지만 아무도 그것을 알지 못했다. 인생의 불행이란 어느 날 갑자기 조용히 준비할 시간을 주지 않고 폭풍처럼 밀어닥친다.

집에서 멀지 않은 주막집 앞에서 시외버스를 타고 통학하면 좋으련만 나는 버스로 통학할 형편이 아니었다. 새벽에 일어나 4킬로가 넘는 길을 걸어가 남평역에서 기차를 타야 했다. 발 디딜 틈 없이 꾸역꾸역 포개진 사람들을 싣고 기차는 요란한 기적소리를 내며 달렸다. 종착역인 광주에 도착하면 내 교복은 꾸겨지고 축축히 젖어 말이 아니었다.

그 교복은 다음날 또 입을 수가 없었다. 읍내에 하나 있는 세탁

소는 드들강을 건너야 하고 비가 오면 물이 불어 갈 수가 없었다. 더구나 내가 집에 오는 시간에 세탁소는 이미 문을 닫은 뒤였다. 두 벌뿐인 교복을 어머니가 밤에 급히 빨아 숯불 다리미로 다려주기도 했다. 교복이 채 마르지 않을 때도 있었고 또 어머니가 농사일에 바빠 빨지 못할 때도 있었다.

석양빛을 등에 진 통학 열차가 기적을 울리며 기차역에 들어서면 하수구가 터지듯 쏟아진 통학생들은 뿔뿔이 흩어져 갔다. 종일 뙤약볕에 달궈진 자갈길이 지친 발목을 잡았다. 드들강 언덕의 겨울 밤, 짧은 해는 꽁지가 빠지게 달아나고 칼바람이 날을 세우고 몰아쳤다. 하얀 눈사람이 된 어머니가 꽁꽁 언 가슴에 나를 가만히 안아주었다

삼학년 겨울, 나는 동생과 함께 자취하는 내 짝꿍의 룸메이트로 합류했다. 그들 방에 들어온 지가 꽤 됐건만 방값을 지불하지 못해 가시방석이었다. 짝꿍의 동생은 노골적으로 눈을 흘겼다. 어머니가 돈을 구하지 못해 준다준다 하고 미뤘으니 화가 날 만했다. 돈을 빌릴 데도 없었지만 어쩌다 아는 사람을 만나도 차마 돈 얘기를 꺼낼 수가 없었다.

터벅터벅 자취집으로 돌아와 부뚜막에 주저앉았다. 어두운 밤하늘에 별들이 강물처럼 흐르고 있었다. 무수한 별무리가 와르르 쏟아져내릴 듯했다. 부엌 바닥에 종이를 깔고 앉았다. 바람이 부엌

문을 마구 흔들어댔다. 별을 바라보는 눈이 추적추적 젖어들고 나는 훌쩍거렸다. 그때 유난히 큰 별 하나가 가만히 속삭였다. '울지 마라 울지 마라.'

막상 고등학교를 졸업하자 갈 곳이 없었다. 그래도 학교를 다닐 때는 대학을 가겠다는 꿈도 있었고 졸업 후 취직을 하리란 희망도 가졌으나 졸업과 함께 그 모든 것이 날아가버렸다. 아버지는 내게 취직을 하든지 시집이라도 가라고 했지만, 시골에서 취직 자리를 찾을 수도 없었고 시집을 갈 상대도 없었다.

어느 날, 들일을 마치고 집 앞 물가에서 발을 씻고 있었다. 갑자기 쿵 하고 물속에 빠지고 말았다. 아버지가 지나가다 청승맞은 내 꼴을 보고 발로 차버린 것이다. 그렇게 반대하던 고등학교까지 졸업하고도 집에서 들일이나 해야 하는 내 꼴이 보기 싫고 아들들에 대한 꿈과 기대와 야망이 무너져 걷잡을 수 없는 상실감에 빠진 아버지의 화풀이였다.

지나가던 동네 아저씨가 나를 건져주었다. 서러움에 겨워 드들강 둑을 한없이 달렸다. 이를 악물어도 자꾸 눈물이 났다. 한참 후 나무 밑에 누워 하늘을 올려다보았다. 흰구름이 바람에 실려 떨어질 듯 떨어질 듯 흘러가고 있었다. 어디로 가는지 모른 채 끝없이 흘러가는 구름을 막연히 바라보았다. 그때 '울지 마라 울지 마라.' 하는 속삭임 소리가 들려왔다. 은하수가 흐르던 밤, 부엌에서 슬피울 때 별이 내게 들려준 말이었다. 그래, 내 길을 찾아가는 거야.

나는 눈물을 닦고 집으로 돌아와 헌 옷가지들을 주섬주섬 챙겼다. 울며불며 내 뒷덜미를 잡는 어머니를 뒤로하고 나는 '울지 마라 울지 마라.'고 중얼거리며 신작로 길, 뿌연 먼지 속으로 들어서는 버스를 향해 힘껏 뛰어갔다.

내 가슴에 심은
사랑의 꽃씨

중간고사를 보는 날이었다. 복부에 심한 통증을 느끼며 나는 시험 도중 쓰러지고 말았다. 시험 문제를 푸느라 정신이 없던 학생들은 뜻밖의 소동에 술렁거렸다. 시험을 감독하던 교수님이 급히 학교버스를 불러 나를 대학 병원으로 옮기게 했다. 나는 바로 응급실로 옮겨지고 얼마 후 연락을 받은 친구 수현이가 걱정스러운 얼굴로 병원에 나타났다. 병원에서는 빨리 집에 알리라고 했지만 나는 미적거리며 늑장을 부렸다. 집에 알려봤자 도움이 안 된다는 것을 알기 때문이었다.

동기생들보다 삼 년이나 늦게 시작한 나의 대학 생활은 그리 평탄하지 못했다. 우리 과 학생들은 주로 고등학교를 졸업하자마자 바로 대학생활을 시작했고, 나는 그들에 비해 몇 살 위인 재수생이었다. 그들은 갓 피어나는 꽃잎처럼 싱싱하고 발랄하고 모든 면에 여유가 있었다. 그 시절 대학생들 사이에는 만남의 방법으로 미팅이 대 유행이었다. 공부도 열심히 했지만 음악회도 가고 연극도 보고 데이트도 하며 대학생활을 즐기는 그들이 몹시 부러웠다.

미팅은 고사하고 꼭 참석해야 하는 학교의 모임이나 행사에도 빠듯한 스케줄이었다. 나는 학교 수업이 끝나기 무섭게 집으로 와 학생들 과외를 해야 했다. 광주는 서울 같은 대도시와 달리 과외 학생 모집이 쉽지 않았다. 때문에 가르치는 학생들을 놓치지 않기 위해 나만의 노하우를 계발해 학생들 적성에 맞게 과외를 해주기도 했다. 빨리 따라오는 학생도 있었지만 아무리 가르쳐도 소 귀에 경 읽듯 답답한 학생도 없지 않았다.

자녀들의 성적이 오르지 않으면 부모들은 내 탓을 했다. 성질을 있는 대로 부리고 자녀를 다른 곳으로 옮긴 뒤 밀린 수업료를 주지 않는 학부형도 더러 있었다. 학생 하나가 빠져나가면 경제적으로 심한 타격을 받았다. 그 학생 하나가 나의 대학 등록금과 생활비의 일부를 책임지기 때문이었다.

때론 학생들을 가르치는 일보다 학부모들 비위 맞추는 일이 더 힘들고 자존심이 상했다. 과외 학생들 성적이 오르고 내려감에 따라 내 생활도 썰물이 되고 밀물이 되었다. 끝없이 출렁대는 내 생활과 과로와 경제적 문제로 인해 몸이 버티지 못하고 손을 들고 만

것이다.

병원에서는 즉시 입원 수속을 밟으라고 했다. 그러나 나는 결정을 내릴 수가 없었다. 아버지는 내가 대학에 가는 것, 아니 중학교, 고등학교에 가는 것조차 반대를 했다. 그것을 무릅쓰고 어렵사리 대학을 가며 야무진 맹세를 했었다. 아버지가 생각한 열 배 스무 배의 성공을 해 여자를 무시하는 고루한 인식을 바꿔놓겠다고. 그런데 내가 병원에 실려온 순간 그 모든 것이 물거품이 될 참이다. 내가 병원에 있다는 것을 아버지가 알게 되면 내 대학 생활은 끝장날 것이다. 나는 그 사실을 알릴 수가 없었다. 성공은커녕 잎도 한 번 펴보지 못한 채 그렇게 쓰러질 수는 없었다. 나는 내 친구들과 의대생들에게 절대로 우리 집에 알리지 말 것을 부탁했다.

당시 내 친구 수현이와 의대생 성헌 씨는 연애 중이었다. 둘을 묶어준 사람이 나였다. 그렇게 알게 된 성헌 씨와 그의 의대생 친구들은 나를 돕기 위해 발 벗고 나섰다. 나는 어쩔 수 없이 수현이에게 돈을 빌려달라는 부탁을 했지만 그것이 가능하지 않다는 것도 알고 있었다. 내게 도움을 주지 못해 미안해 하는 그들에게 나는 더 큰 마음의 부담만 지워준 것이 괴로워 견딜 수가 없었다.

내 병은 급성 맹장염이었다. 급성 맹장염은 지체하면 복막염으로 번질 우려가 있다는 것이다. 바로 수술을 해야 한다고 했다. 그러나 대학병원은 예치금을 넣지 않으면 수술 수속을 밟을 수 없었다.

내 처지를 알고 있고 간절한 내 부탁을 잊은 것도 아니었지만 친구와 의대생들은 빨리 집에 알릴 것을 종용했다. 예치금 때문이었다. 그러나 나는 꼭 잠긴 자물통처럼 입을 다물어버렸다. 그 다급한 순간에 내 생명을 책임질 수가 없었다. 아버지한테 알린다 해도 당장 예치금을 넣을 수 있는 것도 아니었다. 우리 집에 그만한 돈이 있을 리 없고 어디선가 돈을 빌려야 할 것이다. 시골에서 돈을 빌릴 수 있으리라는 보장도 없었다.

그때, 의대생들의 스승인 교수님이 내 손에 튼튼한 동아줄을 쥐어주었다. 급성 맹장염이란 진단을 내린 그 의사 선생님이었다. 제자들한테서 내 사정을 듣고 교수님 부인이 운영하는 병원으로 옮겨 무료로 수술을 해주기로 한 것이다. 이 기쁜 소식에 의대생들과 내 친구들은 얼싸안고 환호를 질렀다. 나도 뜻밖에 내려온 동아줄에 울며 감사를 연발했다

나는 어릴 때부터 아버지한테 차별을 받으며 늘 피해의식에 젖어 있었다. 누구에게 빚진 것도 없고 잘못한 것도 없는데 왜 이렇게 힘들고 고생하며 살아야 하는지, 내가 받을 혜택을 다른 누군가가 누리고 있다는 망상에 사로잡혀 있었다. 내가 다른 사람들에게 빚진 것이 있다고 생각해본 적이 없었으며 억울하게 당한 만큼 보상받아야 한다는 강박감이 가슴 깊은 곳에 화석처럼 쌓여 있었다. 이 모든 불균형의 원인이 아버지한테로 모아지고 그것은 결국

부글부글 끓는 미움으로 쌓여졌다.

맹장에 돌이 있어 찾는 데 어려움을 겪고 시간도 많이 걸렸지만 교수님의 집도로 수술은 잘 끝났다. 병원 원장인 사모님까지 기꺼이 동참해 병실은 수술실이 아니라 스승과 제자, 의사와 환자가 마음을 열고 사랑을 나누는 사랑의 꽃밭이 되어 있었다. 교수님은 제자들에게 히포크라테스의 선서를 직접 몸으로 보여준 것이다. 그때 교수님 제자들, 내 친구들, 그리고 내 차가운 가슴속에 어찌 뜨거운 사랑의 꽃씨가 뿌려지지 않았겠는가.

회복실에 누워 있는 동안 학교에서 연락을 받은 어머니가 달려왔다. 어머니는 교수님과 원장님, 의대생들, 내 친구들의 손을 잡고 한없이 울었다. 원장님에게 약값으로 작은 성의를 표하고 교수님 부부와 의대생들 그리고 내 친구들 모두에게 점심을 대접했다. 교수님 부부를 보면서 의사는 사람의 병을 고치기만 하는 것이 아니라, 메마른 환자의 가슴속에 따뜻한 인간애를 심어주고 희망의 씨를 뿌려 그것이 꽃 피우도록 가꾸는 정원사란 것을 가슴 깊이 느꼈다.

어머니가 동네방네서 빚을 얻어 나를 보러 올 때 아버지는 모른 척했지만 동네 친척에게 슬쩍 내 안부를 묻고 안도의 숨을 내쉬었다고 한다. 지독하게 나를 구속했던 아버지의 가슴에도 교수님의 사랑의 꽃씨가 뿌려진 것일까.

그 뒤 내 친구 수현이와 성헌 씨는 가슴 아픈 이별을 했다. 내가 한국을 떠난 뒤 그들의 소식도 모두 끊겼다. 각박한 이민 생활 속에서도 가끔 교수님 부부와 내 친구들 그리고 의대생들, 그 고마운 사람들을 생각하면 나는 지금 남들에게 얼마만큼 고마운 사람인지 생각해보게 된다.

나를 키운 양육비는
오백만 원?

남편을 만난 곳은 힐사이드 하우스였다. 힐사이드 하우스는 미국 감리교 교단에서 파송한 선교 센터로 서울 한남동의 외인 주택 단지 안에 있었다. 카사비앙카라는 이태리 칸초네 노래에 나오는 하얀 집을 연상시키는 곳으로 한강을 내려다보고 있었다.

이 센터는 한국에 나와 있는 미군들과, 주한 미국 기관원들이 주로 드나들었다. 넓은 의미에서 보면 미국과 한국 사람들의 사설 문화 교류 센터였다. 한국인은 주로 학생들과 젊은 지성인들이었는데 그들은 실용적인 영어 회화가 목적이고, 감리교단은 복음 전파가 목적이었을 것이다.

그곳의 목사님이 남편의 동생이었고 남편은 동생을 방문하던 중이었다. 나는 방과 후와 주말에 목사님의 일을 도와주고 있었다.

그의 첫 한국 방문은 이승만 대통령이 민의民意에 밀려 경무대에서 하야하고 하와이로 망명을 떠날 때였다. 그때 이 대통령을 하와이로 데려간 비행사가 바로 남편이었다고 한다.

그는 한국 사람들을 참 좋아했다. 그의 열린 마음과 풍부한 유머감각은 한국의 젊은이들에게 신선한 청량제였다. 그는 늘 젊은이들에게 둘러싸여 있어서 나처럼 영어가 서툰 사람들에게는 그림의 떡이었다. 어쩌다 눈길이 마주쳐도 망설이다 보면 어느새 영어에 능숙한 이들이 벌써 말을 걸고 있었다.

그러던 어느 날 느닷없이 그가 내게 서울 관광 안내를 부탁했다. 나보다 훨씬 더 회화를 잘하는 학생들이 많은데 왜 하필 나한테 그런 부탁을 하는지 알 수 없었지만 그것이 싫지는 않았다. 서툰 영어로 관광 안내를 잘할 수 있을지 걱정이 되기도 했지만 일단 부딪쳐보기로 하고 그의 요청을 받아들였다.

관광을 마친 날, 그는 내가 미안할 정도로 "원더풀 투어"를 연발했다. 아무리 생각해봐도 그런 찬사를 받을 만큼 안내를 잘한 것 같지 않았지만 어쨌든 기분이 좋았다. 그리고 며칠 후 그는 미국으로 돌아갔다. 푸른 눈을 껌뻑거리며 어린애처럼 좋아하던 모습이 홀로 남은 내 가슴에 작은 씨앗으로 남았다.

일 년 후 그가 다시 한국을 찾았다. 이번에는 관광이 아니라 군 제대를 하고 미 8군의 하와이 대학 강사로 온 것이었다. 우린 자연스레 가끔 만났다. 파란 눈의 그를 만나면서 상처로 얼룩진 내 가슴에 푸른 새싹이 하나 토실토실 피어났다. 별로 특별할 것 없는 그의 존재가 잔잔한 호수에 던진 돌처럼 파문을 일으켰다. 조약돌이 퐁당 퐁당 물살을 가르고, 물결이 동그랗게 멀리 멀리 퍼져나갔다. 호수 끝에 서 있는 갈대들이 물결에 흔들거리고 그 위에 앉아 졸음에 빠졌던 잠자리 한 마리가 푸르르 날아갔다. 그와 함께라면 가슴속에 퍼렇게 멍든 상처도 깨끗이 아물 거라는 확신이 생겼다. 한국을 떠나 얼룩진 흔적들을 깨끗이 씻어내고 새로운 세계에서 꿈을 이루고 싶다는 욕망도 무럭무럭 피어올랐다.

내가 그와 결혼하겠다고 했을 때 아버지는 반대했다. 그러나 나는 이미 내 결심에 단단한 박음질을 해버렸다. 아버지가 무서워 입도 뻥긋 못하고 쩔쩔매던 어린 내가 아니었다. 어머니는 무조건 내 판단을 믿는 분이니 아버지인들 어찌할 수 있었으랴. 그러나 사실 나도 부모님에게 흰 눈처럼 그렇게 청결한 것만은 아니었다. 아버지한테 남편을 노총각이라고 소개했지만 그는 두 번이나 결혼에 실패한 중년의 이혼남이었다. 모든 것을 사실대로 까발려 평지풍파를 일으키고 싶지 않았지만 돌이킬 수 없는 거짓말을 하고 말았다.

얼마 후 우리는 구청에 혼인신고를 하고 서울 용산으로 이사를 했다. 이사한 뒤 어느 날 아버지가 우리 집에 찾아왔다. 무섭게 일그러진 아버지의 얼굴 표정을 보며 딸이 머나먼 외국으로 떠나는 것이 안타까워 그러는 것 같아 죄송한 마음이 들었다.

아버지가 나를 불러 앉혔다. "그래 미국에 가라. 그러나 내 돈 오백만 원을 먼저 갚고 가라." 당시 그 돈은 서울에 최고급 주택을 살 수 있는 돈이었다. 나는 그 오백만 원이 무엇을 뜻하는지 몰라 아버지를 멀뚱멀뚱 쳐다보았다. "그 돈은 지금까지 내가 너를 키워준 비용이다. 부모 말을 듣지 않고 네 멋대로 살겠다니, 내 돈은 갚고 가야지." 지금까지 나를 키운 값, 오백만 원! 그러니까 내 인생이 오백만 원짜리란 말인가. 어찌 그것뿐이란 말인가. 나는, 그 오백만 원의 열배 아니 백배가 되고 싶었다.

아버지는 내가 괘씸하고 미웠을 것이다. 진심으로 나를 키워준 비용을 받고 싶어 그러는 게 아닐 거라고 머리를 흔들었다. 아버지가 딸을, 자식을 영원히 못 볼지도 모른다는 두려움 때문에 해본 말이라고 고개를 저었지만 왠지 한없이 서러웠다. 아버지가 시골로 내려갈 때 약간의 돈을 드렸다. 물론 그것으로 아버지의 노여움을 풀 수는 없었다. 그 뒤 나는 어머니가 세상을 뜰 때까지 아버지를 만나지 못했다. 어머니가 돌아가신 그 해 11월 나는 남편을 따라 미국 하와이로 이민을 했다. 그리고 이주일 쯤 지나 아버지가 돌아가셨다는 전보를 받았다.

나를 키워준 값 오백만 원을 내놓고 가라던 아버지, 그렇게 허망하게 가시기 전에 빚을 내서라도 오백만 원 아버지 손에 쥐어드렸더라면 노여움이 좀 풀렸을까. 아버지가 정말 양육비를 받고 싶어 그러지는 않았을 거라고 생각하면서도 그때는 많이 슬펐었다. 조금만 더 빨리 인생을 알았더라면 한 번쯤 아버지의 노여움을 풀기 위해 노력했을 것을. 그러면 잠시나마 아버지의 사랑스런 딸로 살 수도 있었을 텐데. 그러한 회한을 수술할 수 없는 암처럼 가슴에 끼고 고통스럽게 살아왔다.

오늘 사랑하는 남편과 두 아들과 손자들을 오순도순 밥상 앞에 둘러앉히고 행복해 하는 딸을 보고 하늘에서 지금쯤 아버지의 섭섭한 마음도 다 풀어지지 않았을까.

엄마는
그래도 되는 줄
알았습니다

엄마는/그래도 되는 줄 알았습니다/하루 종일 밭에서 죽어라 힘들게 일해도//엄마는/그래도 되는 줄 알았습니다/찬밥 한덩이로 대충 부뚜막에 앉아 점심을 때워도//엄마는/그래도 되는 줄 알았습니다/한겨울 냇물에서 맨손으로 빨래를 방망이질 해도//엄마는/그래도 되는 줄 알았습니다/배부르다 생각없다 식구들 다 먹이고 굶어도//엄마는/그래도 되는 줄 알았습니다/……

이 시는 강원도 평창 출신인 심순덕 시인의 시다. 어머니가 돌아가신 뒤 그리움에 사무쳐 쓴 시라고 한다. 오늘은 내가 제일 좋아하는 분홍색 블라우스를 입었다. 그러나 이 옷을 입을 때마다 가슴 한켠에 슬픈 모습으로 새겨진 어머니의 모습이 떠오른다.

참 오래 전 일이다. 서울에서 셋방살이를 전전하다 어렵사리 내 집을 하나 장만했다. 허술하기 그지없었지만 내 집이라 그런지 며칠 밤 잠을 이루지 못한 채 흥분했다. 이 대단한 집을 어머니한테 한시라도 빨리 보여주고 싶어 서울로 올라오시라고 편지를 띄웠다.

아버지의 허락을 받아 어머니가 서울에 왔다. 서울 나들이가 처음인 어머니는 딸을 잘둔 덕이라며 짜글짜글 주름진 얼굴에 연신 함박꽃을 피웠다. 어머니가 싱글벙글하니 나도 덩달아 어깨가 올라갔다.

"오늘이 장날이냐, 웬 사람들이 이리 많으냐?" 물결처럼 쉬지 않고 밀리는 사람들, 빵빵거리며 줄지어 서는 버스들, 다람쥐처럼 잽싸게 들어와 손님을 꿰차고 달아나는 택시들, 서울 풍경을 보며 어머니는 벌린 입을 다물지 못했다. "서울은 매일 장날이에요, 어머니." 놀이터에 나온 어린애처럼 들뜬 어머니의 모습에 진즉 한번 구경시켜드리지 못한 것이 죄스러웠다. 오랜만에 실컷 웃는 어머니의 눈가에 명주실 같은 주름이 한 움큼씩 밀렸다. 그 곱던 복숭아빛 뺨에 군데군데 검버섯이 피어 있었다. 고된 농사일과 까다로운 아버지의 수발에 어머니가 폭삭 늙어버린 것 같아 울컥 목이 메었다.

내가 고등학교 이학년을 마칠 무렵 우리 집은 시골로 이사를 했다. 시골로 이사한 뒤 어머니의 고생은 해일처럼 밀어닥쳤다. 도시에 산다고 아버지의 유별난 시집살이가 덜하지는 않았지만 그래도 심한 육체적 고생은 없었다. 허나 농촌생활은 어머니를 완전한 농사꾼 아낙네로 바꿔버렸다. 많지는 않았지만 몇 마지기 논과 밭의 모든 농사일이 어머니의 몫이 되고 말았다.

아버지는 원래 농사일은 할 줄도 몰랐지만 아예 손을 대지도 않았다. 농사일을 모른 척하는 것이 아버지가 내세우는 양반의 도리라고 생각했는지 모른다. "좀 배웠더라면 남들처럼 장사라도 해볼 것을." 하며 어머니는 늘 신세한탄을 했다. 자신이 까막눈인 데 한이 맺혀서 우리 삼남매에게 공부 열심히 해서 훌륭한 사람이 되라고 마냥 당부했다. 그러나 오빠와 남동생은 공부에 흥미가 없었다. 그래서 어머니는 공부를 꽤 잘하는 편인 내게 모든 것을 걸었다. 자신의 딸이 누구보다 똑똑하다고 믿은 어머니는 내가 판사나 여학교 선생님이 되기를 원했다. 팔다리가 녹아날 듯 농사 일이 힘들어도 어머니는 자식들에게 노동일을 시키지 않았다. 특히 내게는 여자도 많이 배워야 남편에게 무시당하지 않는다고 그저 공부만 열심히 하라고 했다.

나는 정말 철이 없었다. 어머니의 등이 할미꽃처럼 휘어져 밤마다 끙끙 앓아도 허리 한 번 주물러드리지 않았다. 어쩌다 마지못해 어깨를 좀 주물러줘도 그 시간에 공부나 한 자 더 하라며 나를 밀쳐냈다. 그토록 간절한 어머니의 배려에도 불구하고 나는 여학교 선생님도 되지 않았고, 더구나 여판사와는 까마득히 먼 사람이었다. 거북이 등처럼 까칠한 어머니의 손을 어루만지며 가슴이 뭉클

했다. 빨리 돈을 많이 벌어 어머니를 호강시켜 드리고 싶었다.

어수선하던 집이 어머니의 손에 묵은 때를 말끔히 벗어던졌다. 집 안이 어느 정도 정리가 되자 어머니는 시골로 내려갈 채비를 했다. 가기 전날 어머니와 함께 시장엘 갔다. 찬거리를 사고 계산을 마친 뒤 돌아보니 어머니가 보이지 않았다. 한참 두리번거리다 건너편 양품점 앞에 우두커니 서 있는 어머니를 보았다. 진열장 안에 화사하게 나풀거리는 옷들이 레온 빛에 유난히 반짝거렸다.

진열장 안에는 긴 드레스, 스커트, 블라우스, 섹시한 속옷 등등 갖가지 여자 옷들이 지나가는 여인네들의 눈길을 잡아 끌었다. 어머니의 눈이 레이스가 보글보글한 분홍색 블라우스에 꽂혀 있었다. 반짝반짝 깜빡거리는 네온 불빛 아래 어머니의 뺨이 불그스름하게 홍조를 띄고 있었다. 진열장 앞에 선 어머니의 빛바랜 감색 치마가 길바닥의 먼지를 말아 올리며 펄럭거렸다. 어머니의 유일한 외출복인 그 치마는 내가 첫 월급을 받아 해준 것이었다. 어머니는 몸빼바지 두 개를 번갈아가며 일 년을 나곤 했다.

어머니의 유일한 수입원은 뒤뜰 작은 채소밭이었다. 배추 30단을 머리에 이고 가 장에 내다 판 날, 어머니는 온 장을 누벼 제일 싼 곳에서 싸우듯 흥정을 해 기어코 몇 푼을 더 깎아서 꽁치 열 마리를 사곤 했다. 그런 어머니가 부끄러워 나는 눈을 깔고 투덜거렸다. 그렇게 아낀 몇 푼을 사랑하는 딸의 손에 쥐어주기 위해서란

걸 나는 미처 몰랐다. 어머니는 내가 가까이 오는 것도 모르고 진열장 앞에 박힌 듯 서 있었다.

"어머니, 저 블라우스 예쁘죠? 들어가 구경해요." 어머니의 손을 끌고 안으로 들어갔다. "저 분홍 블라우스 좀 보여주세요." "블라우스는 무슨? 난 그런 거 필요 없다. 그것 입고 갈 데도 없고 나한테 어울리지도 않아. 그냥 가자." 값을 물어보니 내가 가진 돈으론 그 옷을 살 수가 없었다. 잠시 망설이다 물방울무늬가 동글동글 박힌 잠옷을 한 벌 사드렸다. "어머니, 저 블라우스 다음에 꼭 사드릴게요." "괜찮다. 이것도 감지덕지. 호강시켜준 적도 없는데, 너만 잘 살면 됐지." 하고 손을 살래살래 저었다.

어머니가 시골로 내려간 몇 개월 뒤 어느 차가운 겨울날 전보 한 장이 날아들었다. '모친 사망'이라 적혀 있었다. 내가 시골에 도착했을 때, 어머니는 "오, 내 새끼야!" 하며 끌어앉아주지 않았다. 늦은 밤 연탄을 갈다 뇌진탕으로 쓰러진 어머니. 아버지는 어머니를 병원에 데려가지도 않고 그대로 돌아가시게 했다. 내가 필요한 그 순간에 나는 어머니를 위해 아무것도 하지 못했고 임종조차 지키지 못했다.

왜 어머니를 돌아가시게 했냐고 아버지한테 바락바락 소리를 질렀지만 공허한 메아리만 가슴을 쳤다. 아버지는 그런 내 뺨을 사정없이 후려갈겼다. 뜨거운 눈물이 어머니의 차디찬 뺨을 한없이 적셨다. 목화송이 같은 흰 눈이 펑펑 쏟아지던 날 어머니 장례를 치렀다. 한사코 따라붙는 나를 주저앉힌 채 어머니의 상여가 흰 눈을 사뿐히 밟고 멀리멀리 사라져갔다. 집에 오는 길에 그 양품점 앞에 섰다. 어머니가 넋잃고 바라보던 분홍색 블라우스가 눈 앞에서 살랑거렸다.

어머니가 가신 지 오랜 세월이 흘렀지만 분홍색 블라우스를 입을 때마다 양품점 앞에 쓸쓸히 서 있던 어머니 모습이 떠오르고 '엄마는 그래도 되는 줄 알았습니다' 하는 시 구절이 읊어진다.

아버지, 아버지,
우리 아버지

아버지가 돌아가셨다. 11월 중순, 남편을 따라 미국에 온 지 2주 만에 태평양을 건너온 첫 소식이었다. 아버지의 죽음을 알리는 소식이었지만 슬프거나 눈물이 흐르지는 않았다. 대신 지금껏 나를 옭아매던 보이지 않는 끈이 스르르 흘러내리는 것을 느꼈다. 죽어라 나를 옭아매던 그 질기고 질긴 끈. 그것은 과연 무엇이었을까. 아버지 살아생전 미워하고 원망하며 멀어질 대로 멀어진 부녀 간의 애증이었다. 나도 모르게 긴 한숨이 나왔다.

아버지는 위장암으로 돌아가셨을 것이다. 아버지가 암이란 말을 자주 했지만 우리 형제들은 아무도 그 말을 믿지 않았다. 암에 대한 지식이 별로 없기도 했지만, 그보다는 아버지가 암을 앓는 사람 같지 않게 팔팔했기 때문이었다. 아버지는 살아생전 어머니와 우리 자식들의 삶을 줄기차게 흔들었다. 그렇게 냉정하고 무섭고 이기적인 아버지를 보면서 아버지가 이기지 못할 것은 세상에 아무것도 없는 것 같았다.

같은 해 1월 어머니가 돌아가셨다. 그래도 아버지는 변함없이 냉정하고 괴팍하고 고집불통에 다혈질이었다. 그러던 아버지가 한 반년 후쯤 자리에 눕게 되었다. 그때 아버지를 모시고 S 대학병원에 갔었다. 원하는 것이나 잘해 드리라는 짧은 말로 의사는 진단을 마쳤다. 아버지를 사랑하지는 않았지만 내가 미국에 올 때까지 우리 집에서 모셨다. 그때 처음으로 검버섯이 거뭇거뭇 내려앉은 얼굴로 죽은 듯 누워 있는 아버지를 보며 흐르는 시간 속에 갇힌 우리의 삶이 얼마나 무력한지를 느꼈다. 아버지는 어머니가 돌아가신 뒤 10개월, 자리에 누운 지 4개월 만에 모든 짐을 홀가분히 내려놓았다.

살아생전 아버지는 늘 어머니를 무시했다. 남편을 편안하게 받들지 못하는 것, 집안에 큰소리가 나는 것은 모두 어머니 탓이었다. 그래서 아버지가 기침만 크게 해도 어머니 치마폭을 잡고 아버지한테 빌라고 졸랐다. 철이 들면서 아버지가 가족들에게 얼마나 폭력적이고 독재적이며 비인간적인가를 알게 되었다.

차라리 아버지가 없으면 좋겠다는 생각을 수도 없이 했다. 아버지가 모르는 곳으로 도망가자고 어머니를 졸라대기도 했다. 그러나 어머니는 아버지의 사정거리에서 한 발자국도 벗어나지 못했다.

그 지독한 구속과 압박에도 불구하고 어머니가 아버지를 떠나지 못한 이유가 사랑이었는지, 연민이었는지 두려움이었는지 알 수가 없다.

어머니가 돌아가신 두 달쯤 후 아버지는 느닷없이 새 여자를 들였다. 어머니한테는 늘 상전이던 아버지. 삭풍이 몰아치는 겨울밤에도 아랫목에서 경經을 외우다 목이 마르면 자는 어머니를 깨워 윗목의 숭늉을 달라던 아버지였으니 아내가 없는 아버지의 외로운 고충을 모르는 바는 아니었다.

우리 삼남매는 그냥 입을 다물었다. 그 누구도 아버지가 하는 일에 이견을 달아본 적이 없었고 더구나 어머니가 안 계신 집에 우리가 아버지와 나눌 정이 남아 있지 않다는 생각에서였다. 그러나 몇 달 후 아버지가 가지고 있던 얼마 안 되는 돈이 바닥나자 새 여자는 파랑새처럼 날아가버렸다.

아버지는 자식들의 행실에는 엄격한 잣대를 들이댔다. 특히 딸인 나는 큰소리로 떠들거나, 누구와 말다툼을 하고, 동네 마실을 다니거나 친구들을 집으로 불러들여서는 안 되었다. 아버지가 외출에서 돌아올 때면 온 식구가 대문 밖에서 마중을 하고 아버지가 큰기침을 한 뒤 마루에 걸터앉으면 나는 잽싸게 세숫대야에 물을 떠오고 어머니는 안마사처럼 발을 조물조물 씻겨주었다. 그런 어머니를 보면서 나는 시집은 절대로 가지 않겠다고 맹세했지만 그

것을 지키지는 못했다.

아버지는 자신의 실수나 잘못을 결코 인정하지 않았다. 그래서 성공은 아버지 것이고 실패와 잘못은 어머니의 몫이거나 다른 사람의 것이었다. 아버지가 출세하지 못한 것은 아내가 똑똑하지 못한 때문이었다. 아버지는 기가 막히게 머리가 명석했다. 그렇게 비범하고 똑똑한 아버지에게 지극히 평범한 자식들은 한심스런 존재였는지 모른다. 그러나 우리 형제들은 나름대로 아버지의 기대에 맞추기 위해 무던히 애를 썼고 그런 삶은 하루하루가 긴장의 연속이었다.

아버지는 정말 배우지 못한 천재였을까. 어릴 때 나는 심심찮게 아버지의 천리안 얘기를 들었다. 오빠가 애기 때 경기를 일으켜 위험한 지경이었다. 외출 중이던 아버지가 어떻게 그것을 알고 축지법을 써 달려와 살려냈다는 얘기, 또 아버지 친구의 귀신 들린 아들을 주문으로 풀어냈다는 얘기 등등, 아버지의 기인 기행은 어머니도 부인하지 않았다. 그래선지 동네 사람들은 아버지를 두려워하면서도 존경했다. 그들 사이에 다툼이 있거나 해결을 못 짓는 일에 가끔 아버지의 의견을 묻곤 했는데, 동네 사람들은 그들 생각이 어떻든 아버지가 내린 결론에 이견을 달지 않았다.

아버지에게는 카리스마가 있었다. 부자도 아니고 권력도 없었지만 사람들은 아버지 앞에서 늘 고개를 숙였다. 그들과는 무엇인가 다르다고 생각하는 것 같았다. 그런 아버지가 가끔 자랑스럽기도 했지만 나는 장난칠 때 아버지의 수염을 잡아당기고 야단칠 때 또박또박 말대답할 수 있는 아버지를 원했다.

아버지의 기억력은 대단했다. 한 번 본 것, 들은 것, 경험한 것은 아무리 오랜 시간이 지나도 녹슬지 않았다. 집에 있는 2천자 한문 책을 한 자도 빠짐없이 외웠고 뜻을 모르는 글자도 없었다. 나와 동생 그리고 내 사촌이 그 천자 책으로 아버지에게서 한문을 배웠다. 기억력이 꽤 좋은 나는 별 문제가 없었지만 동생과 사촌은 늘 머리를 쥐어박히곤 했다. 결코 좋아할 수 없는 아버지였지만 가끔 나는 천재가 시대를 잘못 만났다는 생각을 하기도 했다.

아버지는 미남도 아니고 키가 크지도 않고 깡마른 체구였다. 볼품 없는 외모에서 강렬하게 반짝이는 것은 아버지의 눈이었다. 총알처럼 심장을 뚫는 아버지의 눈과 마주치면 이상하게 몸이 풀리고 주눅이 들었다.

설날이면 K시의 유명 인사들이 아버지에게 인사를 오곤 했다. 아버지는 그들에게 한 해의 운세를 짚어주기도 하고 토정비결을 봐주기도 했다. 친구분들이 한 자리에 모이면 열띤 논쟁을 벌였다. 정상적인 학교 교육을 받은 것도 아닌 아버지는 어떤 논제를 갖고도 꿀리지 않고 대화에 참여하는 것 같았다.

나는 오랜 동안 아버지를 싫어하고 미워했다. 아버지는 자식들이 자신을 싫어한다는 사실을 알고 있었을 것이다. 그래서 더 혹독하게 나사를 조였는지도 몰랐다. 사나운 바람이 신사의 외투를 벗기지 못한다는 사실을 아버지는 몰랐다. 그러나 돌이켜보면 나 또한 간단한 그 이치를 오랫동안 깨닫지 못했다. 그때 조금만 철이 들었더라면 아니 아버지의 외로움을 헤아렸더라면, 그래서 따뜻한 햇볕으로 비쳤더라면 아버지의 인생도 내 인생도 많이 달라졌을 것을. 나는 언제나 뒷북 치며 후회를 한다.

2부

함께 어울려
살아야 한다

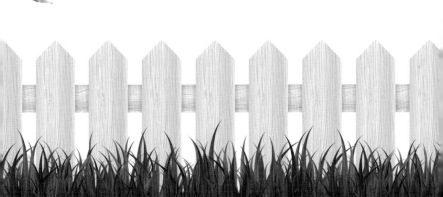

낯선 나라에서
아기를 키운다는 것

"애기 팔을 그렇게 잡아당기지 말아요. 팔 빠지면 어쩌려고!"

깜짝 놀라는 나를 웬 참견이냐는 듯 젊은 엄마가 눈을 흘긴다. 그런 것쯤 상관없이 나는 아기 엄마에게 아기의 팔을 그렇게 함부로 잡아당기면 안 된다고 타이른다. 미운 털이 박히는 것쯤 문제가 아니다.

내가 하와이 호놀룰루로 갓 이민 왔을 때의 일이다. 아기가 갑자기 까무러치듯 울기 시작했다. 나는 얼른 아기를 안고 일어서서 토닥토닥 등을 두드려주며 달래기 시작했다. 한참을 그렇게 안고 달래도 아기는 여전히 자지러질 듯 울었다. 돌이 막 지난 한 살짜리 아기에게 물어볼 수도 없고, 당황한 가슴이 바짝바짝 타들었다. 발을 동동 구르다가 어찌할 바를 몰라 나도 같이 울고 말았다. 그러나 그냥 그렇게 울고 있을 수는 없었다.

우리 집은 호놀룰루 와이키키 해변 한복판의 40층짜리 콘도미니엄이었다. 얼마 전에 분양을 시작한 새 건물이라 대부분이 빈 집이었다. 엘레베이터 복도에서도 사람을 만난 적이 별로 없었다. 옆집에 누가 사는지도 몰랐고 설사 누가 산다 해도 서로 얼굴을 익힐 만한 시간도 없었다. 하필 그때 집을 비운 남편이 원망스러웠다.

남편을 따라 하와이로 이민 온 지 꼭 한 달째였다. 남편도 나도 호놀룰루에는 아는 사람이 없었다. 피붙이 하나 없는 이국땅에서 영어마저 서툴러 풀이 죽었다. 어쩌다 밖에서 전화가 걸려오면 뜨거운 불똥이 튄 것처럼 깜짝깜짝 놀라기 일쑤였다. 용기를 내 대답을 하려 했다가도 전화선을 타고 들려온 '헬로우' 소리에 알고 있던 몇 마디 영어마저 날아가버리곤 했다.

뒤늦게 아기의 어깨가 빠졌다는 것을 알았다. 이 일을 어떻게 해야 하나. 스치기만 해도 아이는 숨이 넘어갈 듯 울었다. 미국 오기전에 엄마 수업을 제대로 받아놨더라면 좋았을 것을. 서울에서도 아기의 어깨가 빠진 적이 두어 번 있었다. 그때는 부리나케 접골 의원한테 데리고 가 팔을 맞춰주곤 했다. 그러나 여기는 미국이다. 접골 의원은 고사하고 지리를 몰라 병원이 어디에 있는지도 알 수 없었다.

차도 없지만 차가 있어도 운전을 못하니 어쩌하랴. 서울 같으면 바로 택시를 타련만 여기는 택시를 어디서 타는지도 알 수가 없었다. 머릿속은 미로처럼 뒤죽박죽이었다. 왜 이런 것들을 미리 알아두지 못했을까. 시간이 짧았다는 이유를 대기 전에 평소에 준비 없이 살아온 내 자신이 미웠다.

그러나 마냥 울고 있을 수는 없었다. 빨리 병원으로 가야 한다는 생각에 아이를 유모차에 태우고 알라모아나 길로 나왔다. 이렇게 큰 길에 큰 도시에 병원이 없을 리 없다. 다급한 마음을 누르고 길 양쪽을 두리번거리며 무작정 유모차를 밀고 내려갔다. 유모차에서 덜컹덜컹 흔들리는 아기가 까무러치듯 울었다. 병원을 찾기 전에 내가 먼저 쓰러질 것 같았다. 팔이 움직이지 않도록 응급조치를 하고 나와야 했던 것을 생각 없이 서두르는 버릇으로 말 못하는 아기에게 고통을 가중시켰다. 현명한 엄마는 결코 서두르지 않는다는 것을 알게 해준 것이다.

보도를 따라 유모차를 밀며 두 눈을 올빼미처럼 까고 양쪽의 간판들을 토씨 하나 빼놓지 않고 살폈지만 병원은 보이지 않았다. 남편과 같이 지나다닐 때 본 것 같은데 왜 없는 것일까, 송송 맺힌 땀방울이 눈 속으로 흘러들어 따끔거렸다. 꽤 멀리 온 것 같은데 병원은 하늘로 솟았는지 땅속으로 꺼졌는지 흔적조차 찾을 수가 없었다. 아기는 계속 울어대고 나는 두려움과 피곤으로 머리가 핑 돌았다.

아, 서울이라면 얼마나 좋을까. 갑자기 서울 생각이 간절했다. 아기가 아프면 바로 의사한테 갈 수 있고 무엇이든 마음대로 할 수 있는 서울이 눈앞에 아른거려 미칠 것 같았다. 괜히 미국까지 와서 고생을 사서 한다는 후회와 서러움으로 나는 길바닥에 주저앉아 훌쩍훌쩍 울기 시작했다. 사람들이 힐끔거리며 지나갔다.

누가 내 어깨를 툭 쳤다. 머리가 하얀 어떤 미국 할머니였다. 왜 그러냐는 듯 안쓰러운 얼굴로 나를 내려다보며 말을 걸었다. 뭐가 필요하냐고 묻는 것 같았다. 나는 얼룩진 얼굴을 들고 할머니를 원망하듯 쳐다보며 '호스피탈'이라고 히스테리칼하게 소리를 질렀다. 느닷없는 고함에 일순 당황하던 할머니가 내 머리 위의 파란 네온을 가리키며, 이곳을 찾느냐고 물었다. 병원이란 간판이 샛별처럼 깜빡거리고 있었다. 나는 고맙다는 인사도 없이 부리나케 병원으로 달려 들어갔다.

서투른 영어로 아기가 아프다는 설명을 하고 진찰 접수를 한 뒤 대기실에 앉았다. 그토록 절구질하던 가슴이 차분하게 가라앉기 시작했다. 기다리는 동안 조심스럽게 아기의 팔을 살펴보았다. 아기는 아까처럼 울지 않았다. 나는 아기의 팔을 조심조심 만지며 살며시 들어올려 안쪽으로 집어넣듯 밀어보았다. 뚝 하는 소리를 내며 어깨가 맞춰지는 것 같았다. 이제 아기는 평소와 같이 영롱한 구슬 같은 눈으로 여기저기 둘러보고 손을 꼬물꼬물 움직이며 쌩

끗 웃었다.

  아, 살았다. 정말 새로 태어난 것 같았다. 나는 "하느님 감사합니다."를 속으로 외치며 몇 번이고 아기의 팔을 부드럽게 마사지해주었다. 아기는 꼼지락꼼지락 팔을 움직이고 장난을 치며 언제 그런 일이 있었느냐는 듯 방긋방긋 웃었다. 의사가 진찰을 한 뒤 괜찮으니 그냥 가도 된다고 했다. 어린 아기들은 관절이 약해 팔을 잡아당기는 순간에 일시적으로 빠지기도 한다는 것이다. 집으로 돌아올 때는 콧노래를 흥얼거리며 걸어왔다.

  그 다음부터 나는 아기를 안을 때 팔이 아닌 몸부터 안기 시작했다. 아기의 팔이 빠지는 일도 일어나지 않았고, 덕분에 엄마 노릇을 잘 해냈다. 젊은 엄마들과 어린 아기들을 보면 호놀룰루 이민 시절의 내 모습이 떠오른다. 그리고 한 마디 충고를 잊지 않는다. 아기는 꼭 몸부터 안으라고. 아기의 팔은 잡아당기면 안 된다고 오지랖을 떤다.

소통,
그리고
슬픈 콩글리쉬

🍂

　미시즈 김은 계속 씩씩거렸다. 아직도 분이 풀리지 않는지 계산대 쪽의 흑인 여성 캐시어를 계속 노려보았다. 표정이 험상궂었다. "저 가시나, 한국 사람을 무시해? 지가 뭐가 잘났다고." 김은 한국말로 구시렁구시렁 욕을 해댔다. 정작 화근의 주인공인 점원은 입을 꼭 다물고 샐쭉한 표정으로 다른 손님들을 서비스하고 있었다. 김은 일부러 무시하는 듯한 흑인 캐시어가 쥐어박고 싶도록 미웠다.

　일행들과 타운에 있는 맥도널드 식당에 들렀을 때였다. 나는 화장실로 직행하고 김이 드링크를 주문했다. 김의 오더를 잘못 알아들은 흑인 아가씨가 '홧 드유 원트?'를 몇 번이나 되풀이했다. 영어가 서투른 김은 무의식 중에 꿀리기 시작했다. 점원이 다시 묻고 우습게도 같은 질문과 대답이 되풀이되었다. 투박하고 무뚝뚝한 점원의 목소리와 태도가 김의 화를 더 복받치게 했다.

김이 침묵을 지키는 동안 아가씨는 뒤에 선 다른 손님의 주문을 받았다. 계속 손님들이 밀리는 통에 김은 한동안 멍하게 서 있었다. 문득 자신이 차별받는다는 생각이 든 그녀, 그 흑인 아가씨에게 다가가 다짜고짜 콩글리쉬로 따졌다. 그러나 사과는커녕 하얀 이를 드러내며 실실 웃는 흑인 아가씨를 보고 김의 분노는 폭발하고 말았다. 마냥 삿대질을 해가며 한국말로 욕을 퍼붓기 시작한 것이다.

내게도 비슷한 일이 있었다. 오래전 라스베이거스 MGM에 놀러 갔을 때였다. 어떤 흑인 여자가 두 대의 슬롯머신을 놓고 있었다. 한 대는 부지런히 돌렸지만 오른쪽 기계는 돈만 몇 푼 넣어놓고 돌리지 않았다. 비어 있는 기계가 없어 쉬는 기계를 양보할 수 없느냐고 물었지만 그녀는 '노'라는 한 마디로 거절을 해버렸다. 그녀 뒤에서 한참을 기다렸다. 어쩌면 그런 나를 위해 기계를 내줄지도 모른다고 생각했지만 30분이 다 돼가도록 돌아보지도 않았다. 그 때 어떤 백인 여자가 양해를 구하자 그 흑인 여자는 기다렸다는 듯 '슈어' 하며 반갑게 기계를 양보했다.

흑인들은 유난히 동양인들에게 불친절한 것 같다. 가끔 관공서 같은 데를 가도 흑인 담당자에게 질문을 하면 그들의 대답과 태도는 매우 위압적이고 권위적이라고 느껴질 때가 많다. 오히려 함께 일하는 백인들에게 물어보면 보다 더 친절하고 싹싹하게 안내를 해준다. 수많은 차별을 경험했지만 흑인들로부터의 차별이 더 크게 다가오는 것은 그들이 우리보다 못하다는 우월의식 때문인지 모른다.

다행히 식당 매니저가 재빨리 나서서 정중히 사과하고 우리의 음료수도 돈을 받지 않아 좋게 마무리되었지만 뒷맛은 씁쓸했다. 미시즈 김의 욕설도 거슬렸지만 흑인 아가씨의 빳빳한 태도는 우리보다 못한 주제에라는 생각에 편치가 않았다. 은연 중 튀어나오는 말이 우리의 마음과 인격을 대변한다. 상대의 마음을 다치지 않게 하며 하고 싶은 말을 잘할 수 있다면 얼마나 좋을까.

영어하면 나도 늘 'G'와 'T' 발음이 명확하지 않아 곤혹스러울 때가 있다. 아주 쉬운 예가 내 이름이다. 나는 분명히 미국 사람들에게 "My name is Gina." 라고 소개했는데 상대편은 "Tina?" 하며 나를 '티나'라 부른다. "No, Gina, like a Girl start G, G,I,N,A." 라고 꼭 부연설명을 하게 된다.

어디 그뿐인가. 영어로 하는 회의나 모임에 참석하며 느끼는 소외감은 더 심각하다. 제대로 알아듣지 못해 중요한 요점을 놓치면 그만큼 일의 속도는 늦어지고 때로 엉뚱한 결과를 낳기도 한다. 우리가 늘 접하는 미국의 TV 뉴스도 마찬가지다. 먼저 한 뉴스를 이해하기도 전에 다른 뉴스가 따른다. 그것을 알아듣지 못하고 머리로 정리를 하려니 문제가 된다. 가끔 코미디 쇼 같은 것을 볼 때는 그 빈약함이 서럽다. 미국 사람들이 배꼽을 쥘 때 나는 올빼미처럼 눈만 껌뻑거리기 때문이다. 그래서 한국 사람들은 크루즈 여행에서 코미디 쇼 같은 것은 아예 보지 않는 사람들이 많다.

내가 처음 미국에 왔을 때 호놀룰루 할레칼라니 아파트에 살던 한국인 할아버지가 생각난다. 아들 내외가 직장에 가고 손자가 학교에 가고 나면 할아버지는 혼자서 집을 지켰다. 아들이 아무나 문 열어주지 말라고 당부했지만 개미 새끼 하나 찾아오지 않는 아파트에서 할아버지는 차라리 문 열어줄 누구라도 왔으면 싶었다. 한국처럼 뜨내기 장사꾼이라도.

아침에 햇살이 잠깐 얼굴을 비치고 간 아파트에서 할아버지는 멍하니 밖을 내다보며 아득한 고향 생각에 젖어 있었다. 바로 그때 누가 "Anybody home?(주인 계세요?)" 하고 노크를 했다. 사람이 그리워 누구든, 거지라도 오면 좋겠다고, 그러면 지갑 속의 비상금이라도 털어 적선을 할 것이라고 생각하던 할아버지였다. 그러나 갑작스런 노크 소리에 더럭 겁이 났다. 3년이 넘도록 미국 사람이 문을 두드린 적은 없었다. '내가 무슨 잘못을?' 할아버지는 괜히 몸이 움츠러들었다.

할아버지는 일주일 내내 홀로 집을 지키다 일요일에 한국 교회에 가는 것이 전부였다. 운전도 못하고 영어도 못해 아무 데도 갈 수가 없었다. 할아버지는 아파트를, 아파트는 할아버지를 의지하며 세월을 보냈다. 노인은 겁에 질려 문고리를 쳐다보며 숨을 죽였다. 그러나 노크 소리는 끈질기게 주인을 찾았다. "Anybody home? Anybody home?" 계속되는 노크 소리에 견디다 못한 노인이 신경질적으로 버럭 소리를 질렀다. "Nobody home, nobody home, only me body home, me body home."

끝내 문을 열어주지 않아 "Anybody home?"은 조용해졌다. 한국에서 긴급 전보를 가져온 우편배달부였지만, 긴급 전보는 전해지지 못했다. 며칠 뒤 아들이 우체국에 가서 할아버지가 돌아가셨다는 부고訃告를 가져왔다. "Only me body home." 때문에 할아버지는 자신의 아버지 장례에도 참석하지 못한 불효를 저질렀다고 꺽꺽 울었다. 그 뒤 한동안 호놀룰루에서는 'Only me body home'이라는 웃지 못할 유머가 교포들 사이에 퍼졌다. 이민자인 우리 1세들한테 영어는 살아온 시간만큼 늘지 않아 "Anybody home?"이란 질문에 "Only me body home."이라고 대답할 수도 있다.

세계의 멜팅 팟 미국, 미국에서 살려면 영어를 잘해야 한다. 그러나 영어 못지않게 세계 각국의 다양한 사람들과 마음을 나누는 일도 중요하다. 'Gina'라는 내 발음을 잘못 알아들은 그들이 미안하다며 정확한 이름을 다시 부르면서 함께 손을 잡고 흔들면 우린 오랫동안 만난 친구처럼 가까워진다. 말 한마디가 사랑을 나누고 서로를 소통하게 해 하루를 유쾌하게 만든다. 하루가 유쾌해 한 달이 즐거운 삶, 듣기 좋은 말로 우리의 삶을 풍족하게 해야겠다.

이국땅에서
만난
이웃사람

신호등의 빨간불에 걸려 운전을 멈췄다. 파란불로 바뀌기를 기다리며 두리번거리는 내 눈에 낯익은 아파트 건물이 보였다. 베렌도 아파트였다. 베렌도 아파트는 바로 나의 캘리포니아 삶이 시작된 곳이다.

준 언니가 호놀룰루에서 로스엔젤리스로 먼저 이사한 뒤, 뒤따라온 나를 위해 미리 얻어놓은 아파트였다. 입주자들 대부분이 한국 사람이고 한국 마켓, 식당, 은행, 백화점 등이 지척이라 운전을 못 하는 한국 사람들에게는 아주 편리한 곳이었다.

민수 엄마는 이 아파트에서 만난 내 또래의 이웃이었다. 호리호리한 몸매에 늘 생글생글 웃음을 달고 살았다. 붙임성이 좋아 누구하고든 쉽게 친구가 되었다. 이 아파트에서 민수 엄마를 모르는 사람은 없는 것 같았다. 반면 어느 한국 회사에 다닌다는 민수 아빠는 그녀보다 머리 하나만큼 키가 컸다. 출퇴근 때면 항상 우리 집 앞을 지나다녔는데 간혹 마주쳐도 눈인사를 할 뿐이었다.

준 언니 외에 아는 사람이 없던 나는 민수 엄마와 금방 친해졌다. 민수는 아침에 눈을 뜨자마자 쪼르르 우리 집으로 달려오곤 했다. 민수 엄마도 매일 풀방구리에 쥐 드나들 듯 우리 집을 드나들었다. 그러나 일요일에는 하루 종일 볼 수가 없었다. 교회에 가서 저녁 늦게야 돌아오기 때문이었다. 그때마다 민수 아빠의 언짢은 목소리가 방문을 차고 튀어나왔다.

어느 날 저녁 때, 노크 소리에 문을 열자 민수 엄마가 문앞에 서 있었다. 저녁 시간 그녀의 방문이 뜻밖이었지만 반가워서 나는 얼른 안으로 끌어들였다. 내 손을 따라들어온 민수 엄마는 할 말이 있는 것 같았으나 쉽게 말을 꺼내지 못하고 계속 머뭇거렸다.

"무슨 일 있어요? 민수 엄마." 내 재촉에 우물우물 입을 열었다. "저, 진이 엄마, 케첩이 떨어져 그러는데 조금만 빌려줄래요? 음식을 하다 말고 사러 갈 수도 없고." "아유, 뭐 그런 걸 가지고 그러세요." 나는 얼른 냉장고를 열어 어제 새로 뜯은 케첩을 통째로 주었다. 황송하리만큼 머리를 조아리며 새것을 사다 주겠다는 말과 함께 그녀는 잰걸음으로 돌아갔다. 그 뒤 민수 엄마는 툭하면 소소한 양념들을 빌리러 왔다. 이삼 일 간격으로 마늘, 깨, 깨소금, 참기

름, 파, 마가린 등등 시시콜콜한 것들을 빌려갔다. 그런 일이 자주 반복되자 슬그머니 그녀가 얌체 같고 귀찮은 생각이 들었다. 그러나 다음엔 딱 거절해야지 하다가도 매정하게 굴기가 뭣해 또 빌려주곤 했다.

그렇게 속을 끓이던 어느 날 그녀가 허둥지둥 달려와 30달러만 꿔달라고 했다. 어찌나 절실하고 급해 보이던지 거절할 수가 없었다. 많은 돈도 아닌 것을 없다고 잡아뗄 수가 없어 빌려주었다. 그런데 그것이 문제였다. 돈을 빌려간 지 한 달이 지나고 매일 우리 집 앞을 지나다녔지만 돈에 대해서는 말이 없었다. 혹시 잊어버렸나? 민수 엄마가 지나갈 때 물어봐야지 하고 벼렸으나 도대체 얼굴을 볼 수가 없었다. 점점 괘씸하고 미웠다. 그녀가 발길을 끊자 우리 집에서 살다시피하던 민수도 오지 않았다. 얼마 안 돼 나는 그녀가 이 아파트의 많은 한국 사람들에게 크고 작은 빚이 있다는 사실을 알았다. 어떤 이는 "여기 이사 오면서 치르는 신고식이에요." 하고 웃기도 했다.

하루는 외출에서 돌아오는데 복도에서 여자들이 왁자지껄 싸우고 있었다. 민수 엄마와 은영이 엄마였다. 둘러선 한국 여자들이 입을 삐쭉거리며 민수 엄마 욕을 해댔다. 나한테서 멀어진 뒤 민수 엄마는 곧장 은영 엄마와 친하게 지낸 모양이었다. 이사 온 지 얼마 안 되는 은영 엄마가 민수 엄마 부탁을 들어주지 않아 싸움이 붙었다고 했다. 나보다 나이도 어리고 늦게 이사온 은영 엄마가 센스가 있다는 생각이 들었다.

내가 만일 민수 엄마와 계속 어울렸더라면 저 싸움판의 주인공이었을지도 몰랐다. 아파트에 사는 외국 사람들이 볼까봐 신경이 쓰였으나 다행히 구경꾼들 중에 외국인은 없었다. 이웃들이 말려서 싸움은 더 커지지 않았다. 민수 엄마는 무엇이 그리 서러운지 발을 뻗고 엉엉 울었다. 여자들은 웅성웅성, 모두 한마디씩 민수 엄마 흉을 보았다. 그녀가 공짜를 좋아한다는 둥, 시댁에서 결혼을 반대했다는 둥, 수억대 빚을 지고 미국으로 도망왔다는 둥 떠도는 얘기들이 날개를 달고 춤을 췄다.

그 후 민수 엄마나 민수는 통 볼 수가 없었다. 민수 아빠는 우리 집 앞을 여전히 뚜벅거리고 다녔지만 차마 물어볼 수가 없었다. 어쨌든 민수 엄마를 한번 만나야겠다는 생각이 떠나지 않았다. 별도 달도 모두 숨어버린 어느날 밤 나는 살금살금 도둑고양이처럼 그녀 집 문 앞에 섰다.

막 노크를 하려는 찰나, 투박한 민수 아빠의 말소리가 신경질적으로 문을 차고 나왔다. "그러니까 왜 쓸데없는 짓을 해? 당신이 진 빚이 얼만지 알아? 매달 교회에 갖다 바치는 돈은 이젠 내 월급에서는 안 돼. 덕분에 나까지 빚더미에 앉았잖아. 당신이 자선 사업가야, 재벌의 딸이야?" 기어들어가는 민수 엄마 목소리도 들렸다. "교회 선교비를 내가 책임지기로 해서." 민수 아빠의 목소리가 다시 터져나왔다. "다 때려치워. 교회가 할 일이지, 왜 당신이 책임져?" 나는 도망치듯 우리 집으로 들어와버렸다.

괜히 가슴이 방방 뛰었다. 하느님의 말씀대로 신앙생활을 하려다 보니 늘 무리를 하게 된 것 같았다. 교회를 나가지 않은 나로서는 쉽게 이해가 되지 않았다. 가끔 일요일 아침 민수를 데리고 일찌감치 교회에 가는 그녀를 본 적이 몇 번 있었다. 민수의 손을 잡고 사뿐사뿐 계단을 내려가던 모습은 내가 늘 집에서 보던 민수 엄마가 아니었다. 나보다 못한 누군가를 돕고자 하는 하느님 앞에 머리 숙인 선량한 사마리아인이었다. 돈 30달러에 안달복달한 내가 왠지 몹시 부끄러웠다. 꼭 한번 그녀를 만나 내 진실을 전하고 싶었다. 그러나 그녀를 만날 수가 없었다.

두 달 후 나는 레드랜드로 이사를 했다. 몇 년 후, 그녀가 남편과 이혼했다는 얘기를 준 언니를 통해 들었다. 이후 나도 교회 생활을 하면서 가끔 민수 엄마 생각이 났다. 누군가를 위해 헌신하며 사는 삶이 얼마나 어려운지를, 그녀의 참된 모습을 보지 못해 좋은 인연을 놓치고 말았다. 빵빵대는 차들을 따라가며 베렌도 아파트 쪽을 쳐다보았다. 생글거리며 복도 쪽으로 걸어가는 민수 엄마의 모습이 힐끗 비쳤다.

고무줄 나이

모처럼 시간을 내 손자들을 데리고 디즈니랜드에 갔다. 온 가족 나들이에 손자들이 좋아서 어쩔 줄 모르고 깡충거렸다. 입장료가 옛날에 비해 많이 올랐지만 디즈니랜드는 불황과는 거리가 먼 듯 여전히 북적거렸다. 천방지축으로 좋아서 나대는 손자들과 함께 이곳저곳 둘러보니 새로 신설된 놀이터도 있었지만 아직도 옛 모습 그대로였다.

손자들은 나이가 어려 즐길 수 있는 놀이기구가 많지 않았지만 디즈니랜드에 온 것만으로도 신이 나 정신이 없었다. 그러던 중 큰손자 헌터의 눈이 한 곳에 머물렀다. 굽이치는 물살 위로 지중해 파일럿 해적 보트가 유람을 하고 있었다. 헌터가 그 보트를 타고 싶어 했다. 나는 헌터의 손을 잡고 줄을 섰다. 삼십 분 넘게 기다리자 우리 차례가 왔다. 안내원이 손자에게 몇 살이냐고 묻자 아이가 얼른 다섯 살이라고 또랑또랑 대답을 했다. 안내원이 헌터를 신장측정기에 세우고 키를 쟀다. 해적 보트를 타려면 여섯 살 이상이거나, 키가 42인치를 넘어야 한다고 했다.

아차 싶었다. 미리 알았더라면 아이에게 여섯 살이라고 대답하도록 했을 텐데. 키가 42인치가 될까? 측정기 앞에 선 헌터가 열심히 까치발을 들고 키를 늘리느라 뒤뚱거렸다. 눈금이 그어진 곳이 합격선이다. 안내원이 헌터의 어깨를 꾹 누르자 헌터가 비틀거리며 땅바닥에 주저앉았다. 내 가슴에서 쿵 소리가 났다. 저런저런, 기어코 타겠다고 떼를 쓰지는 않았지만 돌아서는 아이의 눈에서 구슬 같은 눈물이 볼을 타고 흘러내렸다. 얄밉게 규정만 따지는 안내원이 미웠다. "그러게 왜 얼른 다섯 살이라고 대답해?" 울먹이는 손자의 등을 다독이며 꾸지람 아닌 한마디를 중얼거렸다.

"재량껏 봐줘도 될 것을 그렇게 정확하게 해야 하나? 저런 속 좁은 아가씨를 어느 총각이 데려갈까." 그녀의 혼일 길까지 점치며 미운 소리가 나왔다. 무스를 발라서 머리를 빳빳이 세웠더라면 42인치는 될 것을! 멀뚱멀뚱 나를 바라보는 안내원에게 매니저를 불러달라고 거칠게 항의했다. 아들이 말렸지만 결국 나는 주책없는 손자 사랑의 할머니가 되고 말았고 매니저가 안내원의 주장을 뒷받침해 나는 기분만 더 상하고 말았다. 안전을 위해 규칙을 지켜야 한다는 것이다. 그것이 옳은 줄을 누가 모르나, 그런데도 나만은 예외이고 싶었던 것이다.

불현듯 옛날 일이 떠올랐다. 우리 아이들 큰애가 8살, 작은애가 6살 때였다. 그때 우리는 로스엔젤리스에서 동쪽으로 112킬로미터 정도 떨어진 레드랜드라는 시골에서 살았다. 육지로 쑥 들어앉은 곳이라 로스엔젤리스에서 몰려온 스모그로 인해 여름에는 펄펄 끓는 가마솥 더위였다. 바다를 볼 기회가 별로 없는 아이들이 한가한 겨울에 해변에 가자고 졸라댔다. 애들 성화에 못 이겨 우린 헌팅턴비치 바닷가를 찾았다. 인적이 끊긴 백사장, 쌀쌀한 바람에 모래만 간간이 날렸지만 아이들은 바닷가에서 파도를 쫓아다니느라 정신이 없었다.

하룻밤을 호텔에서 보내고 다음날 디즈니랜드에 갔다. 지금처럼 그때도 어린 아이들 입장료가 비싸다는 생각이 들었다. 입구에 줄을 서서 한참을 기다린 뒤 우리 차례가 왔다. 다섯 살 이하는 입장이 공짜였다. 막내가 한 살만 어렸더라면 표는 셋만 사면 될 것이었다. 그래봐야 한 살 차이인데 뭐. 아이가 7월 26일 생이니 한 살이 아니라 겨우 4개월 남짓이었다. 나는 얄팍한 계산을 하고 작은애를 붙잡고 한참 교육을 시켰다.

"데니스, 너 다섯 살이야, 알았지? 저 매표원이 물어보면, 다섯 살이라고 하는 거야.""왜?" 아이가 눈을 똥그랗게 뜨고 큰일이라도 난 듯 물었다. "으응, 그러면 너는 공짜야, 금방 생일 지났으니까 다섯 살이라고 해." 아이의 생일이 지난 것은 4개월 전이라 반년을 넘긴 것도 아니라는 생각에 양심을 다리미질했다. "아냐, 나, 여섯 살이야." 아이가 땅바닥을 발로 툭툭 차며 불만스럽게 중얼거렸다. "알았어! 그래도 오늘만 다섯 살이라고 하는 거야, 착하지." 나는 아이에게 약속을 받고 새끼손가락을 걸었다. 저만치 떨어진 곳에서 남편이 고개를 절레절레 저었지만 무시한 채 티켓을 3장만 사가지고 입장을 했다.

애들은 이리 뛰고 저리 뛰며 보는 것마다 타겠다고 야단이었다. 몇 가지 놀이기구를 타다 보니 돈이 많이 들었다. 다시 약은 생각이 고개를 들었다. 모든 놀이기구가 다섯 살 이하는 공짜였다. 나는 작은아이에게 다시 "너 다섯 살이라고 하는 거야. 알았지? 약속!" 하고 새끼손가락을 걸며 다짐을 받은 뒤 줄을 섰다.

마침내 우리 차례가 왔다. 나는 표 3장을 샀다. 그런데 갑자기 매표구 아가씨가 작은아이에게 물었다. "너 몇 살이지?" 느닷없는 질문에 눈을 껌뻑껌뻑하던 아이가 "여섯 살." 하며 나를 쳐다보았다. 나도 모르게 아이의 등짝을 탁치며 "다섯 살이지." 하고 소리를 질렀다. 아이가 나를 쳐다보고 앵 하고 울기 시작했다. 남편이 아이 손에 티켓을 쥐어주며 훌쩍대는 아이를 달랬다. "다시는 아이한테 그런 거짓말 시키지 마. 엄마란 사람이, 참." 나는 남편의 말에 눈을 흘기며 투덜거렸지만 아이가 정직하게 대답한 것이 밉지는 않았다.

"엄마, 혹시 헌터한테 팁 토우하는 것 가르쳐주셨어요?" 지금은 아버지가 된 큰아들이 헌터가 해적선을 타기 위해 발돋움한 것을 보고 웃으며 말했다. 아들도 옛날 생각을 했을까. "아니." 나는 손사래를 크게 치며 고개를 저었다. "그런데 어떻게 헌터가 팁토우할 생각을 했지?" "글쎄, 헌터가 누구의 손자냐."

언제 그런 일이 있었냐는 듯 헌터는 기념품 가게에서 장난감을 고르며 마냥 즐겁다. 먼 훗날 헌터 또한 그의 아이들을 데리고 이곳에 와 그의 발돋움을 추억하며 할머니의 고무줄 나이 얘기에 배꼽을 잡을지 모른다. 지중해의 파일럿 해적보트가 석양빛을 받으며 출렁출렁 흘러가고 있다.

교수님,
남대문이 열렸어요

🌿

"Your zipper is open.(남대문이 열렸어요.)"라고 쓰인 쪽지를 강사가 볼 수 있도록 재빨리 밀어올렸다. 강사 선생님이 쪽지를 읽었는지는 알 수 없었으나 항문이 꽉 막히도록 참던 방귀를 뀐 기분이었다.

그날은 유명한 경제학 교수의 세미나가 있는 날이었다. 부동산 에이전트로 성공하기 위해서는 부지런히 발로 뛰는 것도 중요하지만 마켓의 흐름을 읽는 감각과 고객에게 맞는 옷을 코디해 줄 수 있는 능력을 갖춰야 했다. 앞을 내다보는 안목과 손님의 마음을 읽는 소통 능력까지 갖춘다면 그야말로 금상첨화다. 그러나 그 모든 것은 하루아침에 갖춰지는 것이 아니라 꾸준한 공부와 오랜 체험과 노력을 통해서만 얻을 수 있는 노하우였다.

부동산 거래에서 미국은 에스크로(조건부 양도증서)가 완결되어야 에이전트 수수료를 받는다. 예기치 못한 일로 중간에 매매가 깨지면 그때까지 에이전트가 투자한 노력과 시간과 돈은 보상받을 길이 없다. 그뿐 아니라 때로는 에이전트가 소송을 당해 법적인 책임을 져야 할 때도 있다. 성공한 에이전트로 가는 길은 멀고도 험하다. 더 많은 경험과 지식과 체험이 필요하고 늘 자신을 다스릴 줄 알아야 한다. 그래서 에이전트들은 세미나에 참여해 공부하기도 한다.

그날의 세미나는 뉴포트 비치에 있는 메리엇 호텔의 불룸에서 시카고 대학의 경제학 교수가 강사로 서는 날이었다. 시카고 대학은 노벨상 수상자만 수십 명이 나온 경제학의 메카다. 이런 기회가 아니고는 어디서 그런 유명한 교수의 강의를 들을 수 있겠는가. 부지런히 서둘러 메리엇 호텔에 도착했다. 나는 어떤 모임에 가든 늘 앞자리를 선호했다. 키가 작아 뒤에 앉으면 강사의 얼굴이 안 보이고, 그러면 영어가 잘 안 들려서 잡념까지 끼어든다. 강의는 뭐니뭐니 해도 강사의 얼굴을 마주 보아야 이해가 빠르다. 그래서 나는 강사의 속눈썹까지 보이는 앞자리에 앉아 작은 표정 하나도 놓치지 않고 경청한다.

내가 앞에 서자 자연스레 뒤로 긴 줄이 이어졌다. 회의장은 아침 여덟 시에 문을 열었다. 문이 열리자마자 맨 앞줄 가운데 책상에 가방을 올려놓았다. 강사의 얼굴을 약간 올려다봐야 할 연단 바로 아래였다. 홀 안을 휘익 둘러보았다. 낯선 곳에서 어색함을 푸는 내 버릇이기도 하고 혹시 다른 한국 에이전트들이 왔나 해서이기도 했다. 한 사람도 보이지 않았다. 한국 에이전트뿐 아니라 동양인 에이전트도 눈에 띄지 않았다. 나는 영어를 잘하지는 못해도 세미나나 다른 부동산 미팅에 적극적으로 참여했다. 한 번 위축되면 점점 더 힘들어지지만 용기를 내서 참여하다 보면 뭔가 배우는 점이 많다. 비싼 수강료에도 불구하고 배우려고 하는 에이전트들의 열기는 대단했다.

내가 소속된 부동산 협회 회원들의 모습도 간간이 보였다. 부동산 협회에 처음 가입했을 때는 좀 텃세를 당하기도 했지만 오랜 세월 함께 부대끼다 보니 어느새 정이 들었다. 아는 회원들을 일일이 껴안고 반갑게 인사를 나눴다. 대부분 나보다 한 뼘쯤 키가 커 어떤 회원들은 나를 번쩍 들어서 안아주는 이들도 있었다. 역시 세월은 인간관계를 영글게 한다.

수정 같은 물방울이 뚝뚝 떨어지는 하얀 은주전자들 옆에 크리스털 컵들이 엎어져 있고, 그 반대쪽으로 커다란 커피포트가 하얀 김을 솔솔 뱉어내며 커피 향을 홀 안에 깔았다. 타이틀 회사에서 준비한 각종 과일과 수북이 쌓인 코산과 도넛들이 시장기를 불러 일으켰다. 세미나에 불편이 없도록 주최측 사람들은 분주히 움직이고 오백 명이 들어찬 볼륨은 흥분과 열기로 가득했다.

여덟시 반쯤 강사가 강단에 섰다. 뉴욕 월스트리트의 엘리트답게 단정하고 지적인 인상이었다. 팸플릿을 통해 그의 약력은 대강 알았지만 실제로 우리 앞에 선 그는 시선을 끌 만했다. 강의는 수강생들이 부동산 에이전트들임을 감안한 듯 투자와 부동산 마켓 현황에 관해 많은 부분을 할애했다. 그는 로스엔젤레스에서 태어나 개발업자인 아버지 덕분에 어릴 때부터 부동산에 관심이 많았지만 가르치는 것을 좋아해 교수가 됐다고 했다. 부동산이 경제에 미치는 영향 등 딱딱한 주제들을 잔잔한 유머와 해박한 지식과 세련된 말솜씨로 수강생들을 한눈팔지 못하게 했다

내 자리는 강사의 턱수염을 셀 수 있을 만큼 가까웠다. 짙은 초록색 눈을 깜빡일 때마다 긴 속눈썹이 부챗살같이 내리깔렸다. 이마에 흘러내린 갈색 머리와 살짝 웃을 때 생기는 양쪽 볼의 깊은 보조개가 전에 만났던 누군가를 연상케 하기도 했다.

한참 강사의 입만 열심히 쳐다보던 나는 얼떨결에 어! 하고 소리지를 뻔했다. 그의 앞대문, 바지 지퍼가 훤히 열려 있었다. 방긋이 열린 문 사이로 새색시 같은 하얀 팬티가 쏘옥 얼굴을 내밀었다. 그가 움직일 때마다 방끗거리는 하얀 팬티가 내 말초신경을 자극했다. 얼른 옆사람을 쳐다보았다. 다행히 그는 아무것도 못 본 것 같았다. 이 일을 어쩌나. 강사에게 알려야 하나 말아야 하나. 나는

롤러코스터를 탄 듯 머리가 빙빙 돌기 시작했다.

갑자기 중매 지퍼 생각이 났다. 고등학교 때 국어 선생님이 바지 지퍼가 열린 것을 모르고 교무실로 들어왔다. 여선생의 바지 지퍼가 열려 있는 것을 본 남자 선생님들은 서로 눈짓을 하며 킬킬거리다 결국 교무실은 웃음바다가 되었다. 영문을 몰라 쩔쩔 매는 국어 선생님을, 새로 온 총각 선생님이 얼른 구석으로 끌고 가 지퍼를 올리게 했다. 그 인연으로 두 사람은 연애를 하게 되었고 결혼을 했다. 그때 우리들은 국어 선생님에게 '중매 지퍼'라는 별명을 달아주었다. 허나 나는 이 벽안의 강사에게 중매가 아닌 가슴 한복판의 빗장을 닫으라고 해야 할 판이었다.

'교수님, 남대문 열렸어요.'라고 말할까. 그러면 어떻게 사람들 앞에서 지퍼를 올린단 말인가. 괜히 얼굴이 달아올랐다. 그는 아무것도 모른 채 강의에 열중하고 있었다. 코에 닿을 듯 말 듯 왔다 갔다 하는 흰 팬티가 자꾸 내 눈을 어지럽혔다. 내 머리는 하얀 팬티로 가득차 야릇한 냄새까지 코로 스며들었다. 나도 모르게 배에 불끈불끈 힘이 갔다. 그때였다. 안절부절하던 내 의자 밑에서 "뾰~옹" 하는 소리가 푸석한 냄새와 함께 음률처럼 퍼져나왔다. 내 방귀였다. 주위 사람들이 입을 틀어막으며 킬킬거렸다. 나는 의자 밑으로 숨고 싶었다. 강사도 내 방귀 소리를 들었는지 빙긋이 웃으며 나를 내려다보았다.

그 순간 나는 잽싸게 "선생님, 남대문 열렸어요."라는 쪽지를 그의 눈밑으로 밀어올렸다. 혹시 그가 보지 못할까봐 두 손으로 높이 올렸다. 내 쪽지를 보지 못했는지 그는 태연하게 강의를 계속하고 있었다. 나는 실망의 한숨을 길게 내쉬며 쪽지를 꾸깃꾸깃 구겨 버렸다. 잠시 후 그가 옆문으로 빠져나갔다. 몇 분 후 다시 돌아온 강사, 앞문 빗장이 튼튼하게 질러 있었다. 나는 그만 깔깔깔 웃고 말았다. 사람들이 모두 나를 흘기듯 쳐다보았지만 참을 수가 없었다.

세미나가 끝난 뒤 천천히 걸어나오는 내 어깨를 누가 툭 쳤다. "오늘 세미나, 재미있었어요. 고마워요."그 강사였다. 어? 나는 얼결에 "네, 좋았어요. 구경 잘했습니다. 교수님."우린 서로 마주보며 깔깔 웃었다. 사람들 속으로 사라지는 그의 까만 양복 뒤로 "남대문 열렸어요."라는 쪽지가 석양빛에 반짝거렸다.

볼사치카가
볼사 치과
된 사연

볼사치카 길을 신나게 달렸다. "애~앵" 소리를 내며 교통경찰이 빨간불을 켜고 내 앞의 차를 스톱시켰다. 아휴 깜짝이야, 나는 얼른 속도를 줄이고 능청스럽게 힐끗 쳐다보며 지나쳤다.

내가 한 해 동안 가장 많이 다니는 길이 바로 볼사치카 길이다. 이 길은 태평양이 내려다보이는 헌팅턴 비치 웨트랜드 트레일 입구에서 시작해 남북으로 라미라다 시 입구까지 이어진다. 그러나 볼사치카란 이름은 정확히 22번 프리웨이 선상에서 남쪽으로 워너 길을 지나 '볼사치카 야생조류 보호구역' 산책길 입구까지를 말한다. 큰 길이 수도 없이 많은 미국에서 이쯤이야 별로 대단할 것 없지만 오렌지카운티 도시들 중 동네 길로 이만큼 운치 있는 길은 많지 않다.

나는 출퇴근 때 늘 이 길을 이용한다. 길은 양쪽이 삼차선으로 이어지고 길 서쪽에는 미 해군의 무기 저장고가 있을 뿐 시원하게 트인 들판이다. 짧은 거리지만 태평양의 시원한 바닷바람이 총알처럼 심장을 뚫는다. 그러한 기분 탓인지 속도위반 차량이 많아 헌팅턴 비치 시의 재정을 톡톡히 뒷받침해 주기도 한다.

단속 경찰은 늘 구석진 곳에 머리를 박고 숨어 있다가 숨바꼭질하듯 튀어나와 딱지를 뗀다. 캘리포니아의 많은 시들이 부족한 재정을 이 교통 위반 티켓으로 채운다 하니 할 말은 없다. 그러나 느닷없는 싸이렌 소리에 적잖이 부담스런 벌금을 받았을 때의 기분은 그렇게 여유롭지 않다. 그래도 볼사치카 길만큼 프리웨이 연결이 쉬운 길이 또 있는가? 이 근방을 지나는 5개의 프리웨이에 화살처럼 연결이 빠르고, 그물에서 물이 빠지듯 교통이 수월해 매일 이 길을 다니는 데 조금도 불만이 없다. 볼사치카란 이름은 스페인어로 '작은 개' 혹은 '작은 주머니' '작은 암컷' 뭐 그런 뜻이란다. 그러나 나는 이 길을 '볼사치과'라고 부른다.

헌팅턴 비치에 이사 온 지 얼마 되지 않았을 때다. 집을 사려는 손님과 볼사치카 길에 있는 쇼핑센터에서 만나기로 약속을 했다. 손님이 헌팅턴 비치에 있는 집을 찾기 때문이었다. 그날 아침 나는 약속 시간보다 일찍 그 장소에 도착했다. 그러나 약속한 시간에서 30분이 지나도 손님은 나타나지 않았다. 온갖 시나리오를 쓰며 조금 늦는 모양이라고 짐짓 여유를 부렸다. 40분이 경과하자 내 인내심은 증발하기 시작했다. 손님은 그림자도 보이지 않고 집주인과 약속한 시간은 꾸역꾸역 다가왔다. 인내심은 마침내 짜증으로 변했다. 지금 같으면 휴대폰으로 금방 연락을 취했겠지만 그때는 휴대폰이 없었다. 그나마 삐삐라는 호출기가 급한 연락을 전하던 때였다. 그러나 호출기에도 무소식이었다.

나는 공중전화를 찾아 동전을 넣고 사무실로, 그녀의 집으로 계속 전화를 걸어댔다. 사무실에서도 소식이 없었다 하고, 집 전화는 아무도 받지 않았다. 약속 시간은 벌써 한 시간을 훌쩍 넘겼고 집주인과 만나기로 한 시간도 벌써 몇 십 분이 경과하고 있었다.

집을 보겠다고 예약하고 오지 않거나, 계약하기로 하고 나타나지 않는 손님들이 가끔 있다. 나는 그때마다 바로 집주인에게 연락을 해줬다. 아무 연락 없이 예약을 무시하고 나타나지 않으면 우리 회사와 에이전트인 내 신용 문제가 도마에 오른다. 그냥 조용히 넘어가는 집주인도 있지만 집을 보여주기 위해 다른 일을 제쳐놓고 에이전트와 손님을 기다린 판매자들은 실망하고 때론 몹시 화를 내기도 한다. 어떤 사람들은 대뜸 회사에 전화를 걸어 따지고 편지로 불평을 접수하기도 한다. 물론 대부분 욕을 먹고 끝나지만 작은 물방울이 모여 바위를 깨듯 작은 실수 하나가 비즈니스를 망치기도 한다. 일단 집주인에게 이해를 구하긴 했지만 내 속은 가스

불 위의 냄비처럼 부글부글 끓었다.

예약하고 나타나지 않으면 청구서를 보낼 수 있는 의사나 변호사가 정말 부럽다. 그날 나는 점심까지 쫄딱 굶은 채 하루를 아무 소득 없이 보내고 말았다. 부동산에 종사하다 보면 손님에게 종종 바람 맞는 일이 있다. 그들은 대수롭지 않게 생각하지만 무심히 던진 돌에 개구리 머리가 깨지듯 나는 심한 스트레스를 받는다. 약속을 지킬 수 없으면 전화라도 할 일이지, 마음 같아서는 당장 달려가 따지고 싶지만 그렇다고 속이 풀리는 것도 아니니 신세한탄이 절로 나오게 된다. '그래, 어디 손님이 하나뿐이냐, 당신 아니라도 손님은 있어. 다시는 그런 실없는 사람과 상대하지 않겠다.'고 투덜거리며 사무실로 돌아왔다.

퇴근길에 볼사치카 길을 타고 내려왔다. 운 좋게 파란불이 일직선으로 이어졌다. 제한 속도 80킬로미터 길을 110킬로미터로 페달이 부러지도록 내리밟았다. 새빨간 석양의 낙조가 하늘을 빨갛게 물들이며 몰려왔다. 하루 종일 언짢았던 기분이 시원한 바람에 말끔히 사라졌다.

며칠 후 내 책상 위의 전화가 불똥이 튄 듯 울렸다. 나를 바람맞힌 그 손님이었다. 그때의 앙금이 떠올라 내 목소리는 별로 친절하지 않았다. 그러나 "안녕하세요." 하는 밝은 목소리를 듣는 순간 섭섭했던 마음은 자취 없이 사라져버렸다. 오히려 잊지 않고 전화를 걸어준 그녀가 무척 반가웠다. 먼저 전화하지 못한 옹졸한 마음이 미안하게 느껴졌다. 그래서 얼른 지난번에 무슨 일이 있었냐고 상냥하게 물었다.

"저, 거기 갔었어요. 그런데 '볼사 치과'를 못 찾았어요." 하는 것이었다. "아니, 무슨 말이에요? 내가 거기서 두 시간 가까이 기다렸는데요." 어떻게 나를 못 봤단 말인가. 나보다 훨씬 일찍 온 그녀는 '볼사 치과'를 찾다 찾다 지쳐서 포기하고 다른 일을 봤다는 것이다. 더 빨리 연락하지 못한 것은 그날 하도 고생을 해 몸살이 난데다 바빴다고 했지만, 나처럼 섭섭해서였을 거라는 생각이 들었다. 몸살이 날 정도로 찾아헤매다니. 제대로 가르쳐주지 않은 나를 얼마나 원망했을지 미안하기 그지없었다.

아뿔싸! 그녀는 '볼사치카Bolsa Chica'를 '볼사 치과'로 알아들은 것이었다. 나는 그제야 그녀와의 사이에 안개가 말끔히 걷히는 것을 느꼈다. 한국말도 서로 못 알아듣다니. 인간은 늘 자기가 생각하고 싶은 대로 받아들인다. 볼사 치과를 찾았으니 있을 리가 없었다. 내 영어 발음이 얼마나 엉망이었는지를 생각해본 적이 있었던가. 전화도 못하고 누구에게 딱 부러지게 물어볼 형편도 못 된 그녀가 쩔쩔매는 모습을, 울상이 되었을 얼굴이 떠올랐다. 우린 둘다 너무 웃어서 허리를 펼 수가 없었다. '치카'와 '치과'가 비슷하다는 것을 그때 처음 알았다.

그 뒤 나는 그녀를 '볼사 치과 사모님'이라 부르고 그때마다 우린 배꼽을 쥐었다. '아는 길도 물어 가라.'는 옛 속담이 생각난다. 미안한 만큼 나는 그녀에게, 만족할 만한 아름다운 집을 찾아 보답을 했다.

오늘도 볼사치카 길은 파란불이 전선줄처럼 매달려 있다. 볼사 치과 사모님을 떠올리며 신나게 액셀러레이터를 밟았다. 갑자기 뒤에서 앵하고 사이렌이 울렸다. 아차, 오른쪽 길가로 조심스럽게 차를 붙였다. 교통경찰이 내 얼굴에 불을 비추며 술 마셨느냐고 물었다. 아니라고 하자 티켓을 끊어주며 말한다. "여기는 80킬로미터입니다. 아가씨는 110킬로미터로 달렸어요. 교통 법규를 잘 지키는 것도 미국 시민의 의무입니다." 티켓이나 끊을 일이지 누굴 교육까지 시키려 해, 괘씸하다는 듯 쩨려보는 내 속을 읽었는지 너털웃음을 웃으며 거수경례를 멋지게 올려붙이고 그는 휑 달아나버렸다. 80킬로로 천천히 달리는 볼사치카 길 위에 석양의 낙조가 찬란하게 내려앉고 있었다.

작은 범죄,
큰 후회

🌿

《별주부전》을 읽은 적이 있다. 토끼의 간을 가지러 육지에 갔던 거북이가 온갖 감언이설로 토끼를 꼬여 바닷속 용왕님한테 데려갔지만 영악한 토끼의 꾀에 속아 다시 육지로 데려온 웃지 못할 이야기다. 여기서 어처구니없이 당한 별주부는 바로 나다. 내 꾀에 내 발등을 찍고 깊은 늪 속으로 떨어졌으니 누구를 원망하랴. 지금도 그 부끄러운 기억을 지울 길이 없다.

친정 식구들이 미국에 이민 와 운전면허증을 취득하기 시작했다. 작은올케는 취직을 했지만 운전을 못해 동생의 차를 얻어 타고 다니느라 자기 출근 시간보다 한 시간이나 먼저 나가야 했다. 미국에서 운전을 못 하면 발이 없는 것과 마찬가지다. 운전과 영어는 밥을 굶어도 배워야 하는 것이 미국 생활 아니던가. 그래서 작은 올케도 운전을 배우기로 했다. 그러나 이미 처음 실기시험에 실패를 했기 때문에 두 번째 시험 날짜를 받아놓고 걱정이 태산 같았다. 실패 원인이 시험관의 말인 영어를 잘 알아듣지 못해서였던 것이다. 신통찮은 영어 실력으로 너무 긴장을 하다 보니 운전이 엉망이 돼버린 모양이었다. 올케가 걱정을 하자 미용실에 자주 오는 단골손님이 귀가 번쩍 띌 묘안을 귀뜸해주었다.

"시누이가 영어를 잘한다며, 그런 시누 뒀다 어디 쓸려고 그래. 시누이가 조금만 도와주면 까짓것 문제없어." 넌지시 귓속말로 알려준 비법이란 다른 사람이 대리 시험을 쳐주는 것이었는데 시험관이 수험생들의 사진을 일일이 대조하지 않는 허점을 이용하는 것이다. 자신도 그렇게 면허증을 땄다며 잘 해보라고 한 모양이었다.

올케가 어렵사리 털어놓은 얘기를 듣고 나는 버럭 화냈다. "아니 그 사람은 어떻게 그런 짓을 저지르고 아무런 가책도 없이 남에게까지 불법을 권장해!" 참으로 몹쓸 사람이란 생각이 들었다. 옆에 있다면 욕이라도 해주고 싶었다. 그런 말을 입에 올리는 것조차 불쾌해 나는 단번에 올케의 말을 잘라버렸다. 그러나 망설이고 망설이다 말을 꺼냈을 텐데 비 맞은 병아리처럼 오그라드는 올케를 보며 안됐다 싶기도 했다.

시험 날이 가까워질수록 올케는 안절부절했다. 지금 생각하면 붙을 때까지 칠전팔기, 용기를 갖고 열 번이라도 다시 시험을 치라고 충고를 해줬어야 옳았다. 왜 그러지 못했는지 늘 돌아보고 후회를 한다. 인생은 늘 후회하며 산다고 하지만 무슨 깨달음을 주려고 그런 시련을 겪게 했는지 신의 섭리는 알다가도 모를 일이다. 실패란 어느 한 순간 잘못 디딘 발자국이 남긴 상처란 것을 시간이 지난 다음에야 알게 된다.

시험 날짜가 가까워질수록 풀이 죽은 올케를 보며 야무진 내 결심이 점차 흔들리기 시작했다. 가족이란 앞뒤 가리기 전에 연민이 먼저일까. 결국 나는 화이트 라이White Lie라는 편리한 논리로 포장을 하고 올케 대신 시험을 봐주기로 했지만, 그것은 나의 내면 깊은 곳에 범죄 심리가 도사리고 있었기 때문인지도 모른다.

먹구름이 잔뜩 낀 날 아침이었다. 벌렁거리는 가슴을 연신 쓸어내리며 올케와 함께 차량국으로 가서 등록을 마쳤다. 올케 대신 차에 타고 시험관을 옆에 앉히고 차를 몰았다. 가슴이 떨려 묻는 말 외에는 입을 다물었지만 마음은 걷잡을 수 없이 출렁거렸다. 차량국에서 나와 22번 프리웨이로 진입해 한참 달리다, 시험관의 지시로 프리웨이에서 빠져나와 부근 길로 들어섰다. 다행히 미국에서 오래 운전을 한 덕분에 별 문제는 없었다. 그러나 불안한 마음에 바삭거리는 소리만 나도 가슴이 철렁 내려앉았다. 문득 이 엄청난 거짓이 탄로난다면 나는 어떻게 될까 하는 생각이 들자 눈앞이 캄캄해졌다. 나는 그 생각을 털어버리려 머리를 심하게 흔들며 운전대를 꽉 움켜쥐었다.

시험관이 건너편 길로 들어가 길 옆에 평행 주차를 하라고 했다. 스톱 사인에서 정거를 한 뒤 천천히 올라가며 오른쪽에 주차할 만한 빈자리가 있는지를 살폈다. 마침 차 하나가 들어갈 공간이 눈에 띄었다. 차를 앞으로 쭉 뺐다가 오른쪽 뒤꽁무니부터 천천히 빈 공간에 밀어넣어 길과 나란히 세우는 패럴 로우 파킹은 지금도 서툴러 나는 잘 하지 않는다. 더구나 앞뒤로 다른 차들이 도미노처럼 주차돼 있는 상황에서 그 좁은 공간에 차를 반듯이 세우기란 여간 힘든 것이 아니었다.

나는 일단 차를 앞으로 쭉 빼, 백기어를 넣고 연신 오른쪽 뒤를 돌아보며 차 뒤꽁무니부터 조심조심, 천천히 두 번 만에 차를 겨우 갖다 붙였다. 주차를 성공시킨 뒤 송송 맺힌 땀을 훔치며 안도의 숨을 내쉬웠다. 누가 봐도 완벽할 만큼 잘한 주차였다. 나는 잠시 내가 가짜란 사실을 잊고 시험관을 쳐다보며 기분 좋게 쌩긋 웃었다. 그도 나를 보고 잘했다는 듯 고개를 끄덕끄덕했다.

그때 나는 시험관의 손이 내 허벅지를 더듬고 있음을 알아차렸다. 그는 나와 같은 동양 사람이었다. 영어에 문제가 있는 동양 여자들의 약점을 이용해 성추행을 하는 중이었다. 같은 동양인끼리 서로 도와주지는 못할망정 그 허점을 자신의 성적 노리개로 이용하다니, 도저히 용서할 수 없는 노릇이었다. 언제부터 그의 손이 내 허벅지에서 피아노를 쳤을까. 법을 어겼다는 죄의식 때문에 다른 데 신경을 쓰지 못했다.

정신줄을 놔버린 것은 분명 내 잘못이지만 시험관이란 직권을 이용해 성희롱을 해도 좋다는 뜻은 아니다. 영어를 못한다는 이유로 성희롱을 당해야 된다는 법이 어디 있는가. 내 마음속에서 치열한 갈등이 벌어지고 있는 그 순간에도 그 자는 내 다리를 태연하게 만지며 여기저기 코스를 지시하고 있었다. 분노와 창피와 억울함이 범벅이 돼 길이 잘 보이지가 않았다. 따귀를 올려붙이고 멱살을 잡고 세상 사람들에게 외치고 싶었다

영어에 서툰 동양 여성들이 행여 면허시험에서 떨어질까봐 이런 추행을 당하고도 입을 다문 모양이다. 그것을 특권으로 여긴 것 같았다. 이 쓰레기를 빨리 치워야 한다, 그러지 않으면 썩어서 악취가 날 것이다. 이 짐승 같은 인간을 고발하리라 결심하고 그 자의 손을 막 휘어잡으려는 순간, 두 손을 모으고 나를 애처롭게 쳐다보는 올케의 모습이 떠올랐다. 올케는 지난번 시험 볼 때 이미 이 자에게 당한 것일까. 그러고도 아무 말 하지 않았던 것일까. 그러나나는 이런 송충이를 더 이상 두고 볼 수 없었다. 지금 고발할 것이다. 그러면 나는 증인으로 출두해 이 자의 죄를 낱낱이 증언할 것이고 이 치한은 법의 심판을 받고 해고돼 감옥에 갈 것이다. 다시는 이런 범죄가 일어나지 않을 것이다.

나는? 가짜 수험생이란 것이 들통나 법을 어긴 죄로 심판대에 설 것이다. 또 금방 이민 온 올케는 추방이 되고? 아니 나까지 그리 되지 않을까. 그러면 우리 가족은? 남편은? 우리 두 아이들은? 산산이 흩어질 것이다. 거기에 생각이 미치자 나는 고개를 살래살래 저었다. 내가 그의 성희롱을 알고 있다는 내색조차 하지 못한 채 조용히 시험을 끝냈다. 올케는 합격을 했다.

시험관은 이미 내가 대리 수험생인 것을 알았는지도 몰랐다. 그래서 그런 짓을 한 것일까. 별주부는 토끼의 꾐에 빠졌지만 나는 내 꾀에 빠져 내 발등을 찍고 말았다. 한 번 헛디딘 발자국은 영원히 지울 수 없어 지금까지 남편한테도 말하지 못한 체 가슴속에 묻고 살아왔다. 나는 언제쯤 이 부끄러운 사실을 차량국에 가서 알리고 용기 있게 고백하고 용서받을 수 있을까.

아들의 F학점

집 안이 조용하다. 일이 힘들어서인지 아들의 얼굴은 전보다 핼쑥해 보였다. 빠끔히 열린 문으로 안을 들여다보니 아들은 잠이 든 것 같았다. 고양이 걸음으로 살금살금 들어가 열린 창문을 닫아주었다. 모처럼 집에 온 작은아들을 고등학교 때 친구들이 찾아와 시끌벅적하게 떠들다 돌아갔다. 모두들 고등학교 때 야구팀에서 함께 뛰던 동창들이었다. 그 자리에 크리스가 없는 것이 좀 섭섭했다.

작은아들이 고등학교 2학년 때였다. 퇴근해 집에 오니 아이가 훌쩍거리고 있었다. 아이는 나와 남편의 얼굴을 쳐다보지 못하고 자꾸 눈을 내리깔았다. 평소와 다른 모습에 무슨 일이냐고 물었지만 대답을 하지 않았다. 다그치는 내 질문에 별안간 엉엉 울기 시작했다. 가슴이 철렁했다. 무슨 일이 생긴 것일까. 혹시 학교에서 싸움을? 아니면 무슨 실수나 큰 잘못을? 몇 초 사이에 온갖 불안한 생각들이 전광석처럼 스쳤다.

자랑은 아니지만 우리 아이들은 어디에 내놓아도 부끄럽지 않을 만큼 공부도 잘하고 품행도 단정해 걱정이 없었다. 그러나 자식 키우는 부모가 어찌 큰소리를 칠 수 있을까. 애가 타 안절부절 못하는 내게 아이는 마지못해 입을 열었다. 중간고사에서 수학시험을 치팅(한국의 컨닝)해, 학교에서 부모를 호출했다는 것이었다. 아니 우리 아이가 학교에서 컨닝을? 어떻게 그런 일이 일어난단 말인가. 꿈에도 있을 수 없는 얘기였다.

우리 아이는 공부를 아주 잘하는 편이었다. 지금껏 모든 면에 모범생이어서 걱정을 해본 적이 없었다. 공부만 잘한 것이 아니라 운동에도 남다른 소질이 있어 농구와 야구 선수로 활약했다. 농구에서는 가드의 포지션을, 야구에서는 투수로 뛰고 있었다. 학교 서클활동도 매우 활발해 학교행사 때는 연극 무대에서 늘 주역을 맡곤 했다. 공부는 어릴 때부터 줄곧 우등생으로 지금까지 'A' 학점을 놓쳐본 적이 없어 자부심이 대단한 아이였다.

그런데 컨닝을 하다니. 왜? 무엇 때문에? 작은아이가 울먹이며 고백한 내용은 뜻밖이었다. 친구 크리스의 간절한 부탁을 거절하지 못하고 중간고사 수학 시험지를 보여준 것이 탄로난 것이었다.

크리스는 야구팀에서 함께 뛰는 같은 반 친구였다. 변호사를 아버지로 둔 부유한 가정의 아이였으나 공부는 좀 처진 모양이었다. 그런 크리스가 중간고사에서 수학에 'A' 학점을 받았다. 수학 선생님은 단번에 의심했다.

수학 선생님은 쉽게 크리스의 쌍둥이 답안지를 찾아냈다. 바로 우리 아이의 답안지였다. 두 아이는 이미 교무실에 불려가 모든 것을 자백한 상태였다. 그리고 베껴쓴 사람뿐 아니라 답안지를 보여준 사람도 'F' 학점으로 강등될 것이란 통고를 받았다. 그 충격으로 아들은 겁에 질려 우리한테 전화도 못하고 혼자 울며 애를 태운 것이었다. 전후 사정을 들은 우리도 어찌할 바를 몰랐다. 착하기만 하던, 말썽이라고는 부려본 적 없는 아이가 어쩌다 그런 수렁에 빠졌는지 막막할 뿐이었다.

그때까지 나는 미국에 컨닝이란 것이 있는지조차 몰랐다. 겉에서 보면 풀어진 나사처럼 모든 것이 느슨해 보이는 것이 미국의 학교다. 그러나 자세히 들여다보면 규칙을 지키는 데는 매우 엄격한 모양이었다. 한 번도 그런 일을 당한 적도, 본 적도 없어 미국의 학교에 대해 잘 모르기는 남편도 마찬가지였다. 겉으로는 어수룩하고 질서가 없는 것 같지만 지금까지 내가 살아온 미국은 준법정신이 투철한 나라였다. 세계 각국에서 모여든 이민자의 나라 미국이 이토록 일사분란하게 돌아가는 것도 바로 이 준법정신이 아닌가 싶다. 그러나 그것이 이제 범법자가 돼버린 우리 아이에게 어떻게 적용될지 알 수 없었다.

미국 학교에서 컨닝을 하다 들키면 가장 무거운 벌을 받는다고 한다. 언젠가 LA의 유명 고등학교에서 한국 학생들이 답안지를 베껴쓰다 들켜서 무더기로 퇴학당했다는 신문 기사를 읽은 적이 있다. 그때 괜히 흥분해서 나 혼자 자식 교육을 잘 시킨 양 그 아이들의 부모까지 싸잡아 비난을 했었다. '자식 키우는 사람 큰소리 칠 수 없다.'는 그 말을 이제야 제대로 알 것 같았다. 베껴쓴 사람은 물론이고 보여준 당사자도 중벌에 처해진다니 아이는 F 학점 운운하며 어쩔 줄 몰라 했다. 그렇다 한들 누구를 원망하겠는가. 아이는 우리 얼굴을 똑바로 쳐다보지도 못했다. 엄마 아빠가 학교에 가서 학장님과 선생님을 만날 테니 너무 걱정하지 말고 자라고 다독였다.

하얗게 밤을 새운 다음날 아침 학교로 갔다. 밝은 태양을 쳐다보기가 부끄러웠다. 학생들이 모두 우리를 쳐다보는 것 같았다. 어깨를 웅크리며 학장실로 들어갔다. 재판정에 선 피고인처럼 가슴이 팡팡 뛰었다. 나는 무언 중에 남편의 손을 꼭 잡고 용기 잃지 말자고 격려를 했다. 수학 선생님이 두 아이 다 F 학점으로 강등할 수 있다는 원칙을 읽어 내려갔다. 고등학생의 부모로서 주니어 때의 성적이 대학 진학에 어떤 영향을 미치는지 모르는 사람은 없다.

만일 아들이 수학에 'F'를 받는다면 그는 대학에 진학하지 못할 것이다. 아들의 운명이 송두리째 바뀔 수도 있다는 사실에 입술이 바싹 타들었다.

우린 아들의 잘못을 인정하고 용서를 빌었다. 어떤 벌을 받더라도 학교의 결정을 따르겠으니 F 학점으로 강등되는 것만 자비를 베풀어 달라고 간절히 빌었다. 학교에서 내린 벌로 한 학생의 장래가 막힌다면 그것 또한 학교가 원하는 교육은 아니지 않느냐고 감성에 호소를 하기도 했다. 그러면서도 마지막에 만일 학교에서 기어코 F 학점으로 강등한다면 법적 대응을 할 것이라고 한 마디 허세를 부렸지만 그것은 패배한 권투선수가 헛주먹질을 해보는 꼴이었다.

아이는 밥을 먹지 못했고 그런 아이를 지켜보는 우리도 입맛을 잃고 일손이 잡히지 않았다. 덩달아 큰아이까지 기가 죽어 우리 집은 구름 낀 날이 계속되었다. 변호사인 크리스 아버지와 상담을 해봄직도 했으나 내 아들을 곤경에 빠뜨린 크리스가 밉고 이런 상황에 말 한마디 없는 그 부모가 섭섭하다 못해 노여웠다. 도매금으로 넘어간 우리 아이를 어떻게 구해야 할지 대책이 서지 않았다. 그때 입장이 바뀌어 내 아들이 크리스였다면 나는 어떻게 했을까.

암담한 시간 속에 아무런 대책도 세우지 못한 채, 마침내 학교에서 들어오라는 통지가 왔다. 그동안 격앙되었던 감정도 좀 가라앉았다. 학교에 가기 전날 밤, 우린 아이를 불러 앉히고 조용히 타

일렀다. 학교에서 내리는 결정에 따르자고. 설사 그것이 F 학점이라 해도 그렇게 하자고. 그것이 자신이 저지른 일에 책임을 지는 행동이며 양심을 지키는 일이라고. 아이도 그렇게 하겠다고 고개를 끄덕였다.

다음날 죄인처럼 학장실로 들어갔다. 수학 선생님이 학교 결정을 차분하게 읽어 내려갔다. 2학년이 끝날 때까지 매일 수업 시작 2시간 전의 개인지도 봉사, 하교 후 2시간의 학교 봉사였다. 일을 핑계로 교회에 나가지 않던 내가 하느님에게 그토록 감사했던 적이 있을까. 나는 수학 선생님의 손을 잡고 "하느님, 감사합니다."를 연발했다. 기쁨과 감사의 눈물이 아들과 우리 부부의 눈에서 흘러내렸다. 아들은 2학년을 마칠 때까지 참회하는 마음으로 더없이 깔끔하게 봉사를 마쳤고 졸업과 함께 원하는 대학에 진학을 했다.

한 가지 마음 아픈 것은 크리스가 F 학점을 받은 것이었다. 내 자식 일에 정신이 없다 보니 그 애를 원망만 했지 한 번도 입장을 바꿔 생각해볼 마음의 여유가 없었다. 자식 키우는 심정이야 다 같을진데 한 번쯤 그의 부모를 만나 위로라도 해줄 것을. 인생은 겉으로 보이는 것이 전부가 아닌데 사람들은 때때로 억지를 부린다. 크리스도 상처를 교훈 삼아 더욱 단단한 인생을 살아갈 것이다. 걷어찬 아들의 이불을 덮어주고 가만히 방을 빠져나왔다.

인생의 동반자

세월이 강물처럼 흐른다는 말이 실감난다. 그동안 가파른 언덕을 오르느라 정신이 없었는데 어느새 내려갈 때가 된 것 같다. 그러나 누가 내게 당신이 지금껏 한 일이 무엇이냐고 묻는다면 두 아들을 별 탈 없이 키웠다는 것 외에 선뜻 내놓을 것이 없다. 두 아들이 자라서 각자 사회의 일원으로 제 몫을 하며 살고 있으니 부모로서 할 일은 했다 싶고, 자식을 잘 키웠다는 것은 부모가 열심히 살았다는 증거이기도 하니 한편 뿌듯하기도 하다.

결혼! 누구에게나 결혼에 얽힌 기막힌 사연들이 있겠지만 내 경우는 좀 남달랐다. 두 번의 이혼, 미국 남자, 전처의 자식에다 나이까지 아버지뻘에 가까운 사윗감을 반길 부모가 어디 있겠는가? 유명인도 아니요 그렇다고 굉장한 부자도 아닌 지극히 평범한 남자에 이런 조건이라면 나도 당연히 내 딸의 결혼을 반대했을 것이다.

그러나 그 많은 불리한 조건들을 감쪽같이 숨기고 나는 부모님에게 그를 나이 많은 노총각으로만 소개했다. 아버지의 반대를 예상했지만 노여움은 상상을 초월했다. 남편이 인사하러 왔을 때 뒤돌아 앉아버린 아버지. 나는 아버지와 칼과 방패처럼 부딪쳤다.

옹고집, 고등학교 때 붙은 내 별명이다. 학창시절 영어 선생님은 영어에 소질이 있는 나를 무척 예뻐했다. 나는 아버지한테 부리지 못한 응석을 늘 선생님한테 부렸다. 그날도 수업 시간에 소설책을 몰래 끼고 읽었다. 선생님의 관심을 끌기 위해 일부러 그랬던 것 같았다. 선생님이 여러 번 암시를 했지만 내가 들은 척하지 않자 마침내 일어서라고 했다. 나는 일어서지 않고 고집을 피웠다. 수업은 지연되고 아이들은 내가 얄미워 죽겠다는 듯 야유를 퍼부었다. 더 이상 버틸 수가 없었다. 어정쩡 일어섰지만 몇 분 후 선생님이 다시 앉으라고 했다. 나는 들은 체도 않고 수업이 끝날 때까지 고집스럽게 서서 이유 없는 반항을 했다. 며칠 후 복도에서 우연히 마주친 선생님이 "선생님을 그렇게 무안하게 하는 놈이 어디 있니?"하고 웃으며 등을 토닥여줘 섭섭했던 맘이 풀렸었다. 그 뒤 아이들은 내게 옹고집이란 별명을 붙여주었다.

아버지는 당신 뜻을 어기고 맘대로 결혼을 해버린 딸을 용서하지 않았다. 맘에 들지 않더라도 기왕 이렇게 됐으니 잘 살라는 덕담 한마디 해주면 좋으련만 그마저 외면해버렸다. 사람은 부모보다 시대를 더 닮는다더니, 그 한계를 뛰어넘지 못한 아버지가 내 자식을 키우며 조금은 이해가 되기도 한다.

겨울이 시작되는 십일월 중순 남편을 따라 난생처음 비행기를 타고 미국으로 왔다. 지상의 낙원이라는 호놀룰루, 코발트 빛 푸른 물결이 밀려오는 와이키키 해변, 아가씨 궁둥이처럼 부드러운 흰 모래사장, 꿈에도 본 적 없는 야자수, 전봇대보다 더 큰 팜트리, 앙증맞은 키에 자기 몸통만 한 열매를 달고 주저앉은 파인애플 트리 등 신기한 풍경이 나를 흥분시켰다. 27년 동안 까맣게 그을린 상처를 이곳에서 페인트 브러시로 깨끗이 칠해버리고 싶었다.

하와이 생활 3년, 남편은 취직할 만한 자리가 없었고 나도 일자리를 찾기가 힘들어 다시 캘리포니아로 이사를 했다. 미국 생활에 젖어들수록 남편과 나 사이에 문화적 갈등이 심하다는 것을 느꼈다. 그것은 남자와 여자, 미국 사람과 한국 사람, 세대차이 그리고 성격의 차이일 수 있겠지만 무엇보다 내가 원하는 꿈을 이룰 수 없다는 현실을 깨달았기 때문인지도 몰랐다.

남편은 답답할 만큼 신중하고 생각을 많이 한다. 나는 가장 한국적인 다혈질, 빨리빨리 성공해야 하고 늘 다른 사람과 비교하는 성격이다. 있는 힘을 다해 빨리 달려 맨 앞에 서서 독수리처럼 높이 날아야 했다. 그러지 못하는 이유가 남편 때문이란 생각은 날로 심해졌다. 그날도 나는 사무실을 확장하자고 했고 그는 불경기에 확장은 무리라고 반대했다. 옥신각신 의견 다툼을 하다 싸움은 엉뚱한 곳으로 번졌다. 나는 내 성질을 이기지 못하고 집을 뛰쳐나오고 말았다.

'그때 그만 뒀더라면…….' 왜 그런 생각이 들었는지 알 수가 없다. 우린 미국에 올 때 도쿄를 거쳐서 왔다. 남편은 도쿄 공항에서 입국 수속을 밟으러 갔고 나는 어린 아들의 손을 잡고 기다리고 있었다. 한 시간이 넘어 두 시간이 다 됐는데도 남편이 오지 않았다. 남편이 혼자 가버렸을까? 갑자기 그런 엉뚱한 생각이 들었다. 원인 모를 공포가 뭉글뭉글 피어올랐다. 두려움에 떨며 아들의 손을 잡고 훌쩍거렸다. 그때 누군가가 내 어깨를 툭 쳤다. 돌아보니 남편이 환하게 웃으며 서 있었다. 순간이었지만 남편을 믿지 못한 것이 부끄러웠다. 입국 수속이 시간이 걸린다는 것을 촌사람인 내가 알 리 없었다. 그때 남편이 혼자 가버렸더라면 지금 나는 어디에 있을까?

두서없이 차를 몰고 한참을 달렸다. 사실 갈 곳이 없었다. 이 늦은 시간에 가까이 사는 오빠네나 동생네 집으로 갈 수도 없었다. 또 친정 식구들에게 이런 모습을 보이고 싶지도 않았다. 호텔이나 모텔은 생각만 해도 괜히 으스스해 사무실로 갔다. 밀린 서류라도 정리해볼까 했지만 손에 잡히지가 않았다. 괜히 성질을 내며 뛰쳐

나오는 내 등 뒤에서 겁에 질려 울먹이던 두 아이의 모습이 떠올랐다. 마음 같아서는 당장 집으로 가 아이들을 안아주고 싶었지만 생각과 달리 몸은 여전히 밖에서 맴돌았다.

사무실에서 멀지 않은 빈집으로 갔다. 팔려고 내놓은 리스팅 물건이라 자주 드나들던 집이었다. 그러나 밤에 보는 빈 집은 찬바람만 가득해 산중의 절간 같았다. 할 수 없이 안으로 들어와 문들을 꼭꼭 걸어 잠그고 벽에 몸을 기댔다. 바람이 지나갈 때마다 창문이 덜컹거리고 누군가가 뛰어들 것 같았다. 일어나 불을 환하게 켜고 구석에 쭈구리고 앉았다.

유리창을 뚫고 들어온 뽀송뽀송한 아침 햇살이 카펫 위를 데굴데굴 굴러다녔다. 밤새 뒤척거리다 깜빡 잠이 들었던 모양이었다. 일어나 샤워를 하고 사무실로 갔다. 사무실 문을 열고 들어선 순간 어두운 들녘에 길 잃은 새처럼 책상 앞에 웅크린 남편을 보았다. 아이들은? 순간 두 아이들이 떠올랐다. 그것을 아는지 남편이 말했다. "여보, 미안해. 모두 내 잘못이야. 아이들은 학교에 갔어." 파란 구슬 같은 눈이 흥건히 젖어 있었다. 남편의 품에 쓰러져 한참을 울었다.

남편의 신중함에 답답하다고, 추진력도 순발력도 없어 내 앞길을 막는다고 늘 불평을 하던 나. 그러나 누가 알았으랴. 나의 빠르고 신속한 판단과 추진력이 나를 소송의 구렁텅이로 몰아넣을 줄

이야. 숏 세일을 하던 집이었다. 집주인은 1차, 2차, 3차 융자에 라인 오브 크레딧까지 동원해 본인이 투자했던 돈보다 훨씬 많은 돈을 다 빼 쓰고 집값이 떨어져 빈 깡통인 집을 던져버린 상태였다. 은행은 숏 세일보다 손해가 덜한 차압으로 끝을 내버렸고 집주인은 에이전트를 걸고 넘겨졌다.

집주인은 우리와 라이벌 관계에 있는 B부동산 회사의 친구 변호사를 고용해 우리 회사에 소송을 걸었다. 굴복할 수 없다고 생각한 나도 타협보다는 법대로 하자고 맞섰다. 4년을 끌었던 소송은 우리 회사의 패배로 막을 내렸다. 그것은 결국 나의 패배였다. 재판 중 변호사 비용과 집주인에게 보상을 해주느라 많은 재산상의 손실을 입었다. 우리가 손해 보험을 들었던 보험회사는 파산선고 중이라 20년 넘게 부은 보험도 무용지물이 되고 말았다.

정신적으로 지치고 심신이 황폐해져 30년 가까이 몸담았던 부동산 사업에 종지부를 찍었다. 한동안 마음을 잡지 못하고 심한 방황을 했다. 그때 남편의 사랑과 이해와 인내가 없었다면, 그 헝클어진 가시덩굴을 헤치고 나와 평정을 찾고 오늘의 행복을 맛볼 수 있었을까. 돌아보면 오랜 세월, 무수히 부딪친 바람을 남편이 내 등 뒤에서 방패처럼 막아주었다.

함께 어울려
살아야 한다

어떻게 이런 일이 생겼는지 알 수 없었다. 미시즈 리가 우리 회사와 리스팅 계약을 해약한 것은 바로 어제였다. 그런데 오늘 그녀의 집이 다른 부동산 회사의 매물로 나왔다. 훤한 대낮에 사기를 당한 기분이었다.

미시즈 리의 집은 얼마 전에 내가 매매를 해준 집이었다. 그때 리의 남편은 병석에 누워 있고 세를 얻어 하숙을 치는 터라 사실 집을 살 수 있는 형편이 아니었다. 다행히 하숙생이 좀 있고 또 함께 사는 아들과 딸이 도와줘 생활이 가능했다. 그러나 매달 내는 적잖은 월세가 부담스러워 방법을 고민하다 나를 찾아온 것이었다.

나는 융자 에이전트를 불러 리와 상담을 하게 한 뒤 에이전트가 조언한 대로 맞는 집을 찾아주기로 했다. 돈도 없었지만 리의 조건은 상당히 까다로웠다. 하숙이 목적이라 우선 방이 많아야 하고 욕실도 최소한 2개 이상이어야 했다. 또 방이 너무 작아도 실격이었다. 때로 한 방에 두 사람을 합숙시키기도 해 방은 무조건 커야 하고 위치는 반드시 한인 타운이라야 했다. 허가가 없어도 괜찮으니 게스트 하우스 같은 것이 있으면 좋겠다고 했다. 선택의 폭이 넓지는 않았지만 나는 열심히 리에게 맞는 집을 찾기 시작했다.

그러던 어느 날 "주인이 파는 집" 팻말을 보았다. 한남 체인 마켓 뒤에 자리한 집으로 한인 타운의 웬만한 곳은 모두 다 걸어다닐 수 있는 위치였다. 집주인과 어렵사리 흥정을 벌여 리에게 집을 보여주었다. 앞에 방 셋 욕실 둘의 본채가 있고 뒤에 게스트 하우스가 덤으로 딸린, 리가 원하는 모든 조건을 갖춘 집이었다. 허가가 없어도 좋다는 리에게 2개의 방과 욕실 그리고 응접실까지 딸린 게스트 하우스는 허가까지 갖추고 있었다. 두 채의 집이 복도로 연결돼 자그마치 5개의 방과 3개의 욕실을 갖춘 맞춤집이었다.

미시즈 리는 내 손을 잡고 죽을 때까지 이 은혜를 어찌 잊겠느냐고 눈물을 글썽거렸다. 그녀가 한없이 기뻐하는 모습을 보며 누군가를 돕는다는 것은 바로 나를 살찌게 하는 일이란 생각에 가슴이 뿌듯했다. 부동산 에이전트라는 내 직업에 자부심과 행복감을 느꼈다.

3%를 다운하고 판매자가 구매자의 융자 비용을 내주는 조건으

로 집값을 조금 올려 매매를 성사시켰다. 매달 붓는 월부금은 월세를 내는 액수에 2백 달러 정도만 더 보태면 해결이 되었다. 리는 미국에서 성공하려면 부동산 에이전트를 잘 만나야 한다는 말이 틀린 말이 아니라며 내 손을 잡고 울먹였다.

그러나 막상 계약을 끝내고 에스크로가 시작되자 리가 가진 돈은 3%의 다운 페이먼트도 모자랐다. 할 수 없이 나는 그녀의 3% 다운 페이먼트 중 모자란 1%를 빌려줘 그녀가 집을 사도록 도와주었다. 누군가를 행복하게 하는 것은 내가 할 수 있는 일에 최선을 다하는 것이며 그것이 또 내 삶을 살찌게 하는 것이란 생각에 기분이 날아갈 것 같았다.

그녀는 새 집으로 이사한 뒤 얼마 되지 않아 내게서 빌린 돈을 다 갚았다. 환경은 사람을 재는 척도가 되기도 한다. 그래서 좋은 환경은 그 사람을 돋보이게 하고 나쁜 환경은 또 사람을 업신여기게도 한다. 그녀가 새집으로 이사한 뒤 가끔 오가는 길에 들르면 옛날의 초라하던 하숙집 아줌마의 모습은 간데없고 단정하고 세련한 집주인으로 변해 있었다. 행운은 겹쳐서 오는지 그녀가 집을 산 뒤 부동산 값이 계속 오르기 시작했다.

집을 산 지 일 년이 채 안 된 어느 날 리가 나를 불렀다. 집을 팔고 싶다고 시세를 알아봐달라고 했다. 하숙을 그만두는 것도 아니고 더구나 집값이 한창 오르는 때 왜 팔려고 하는지 물었지만 시원한 대답을 하지 않았다. 그러나 지나는 얘기 속에 그녀가 자기 집 하숙생과 사랑에 빠진 것을 알게 되었다. 혹시 집을 팔려는 이유가 그 남자 때문인가 하는 추정을 어렴풋이 했지만 설마 하며 생각을 털어버렸다. 좀 더 기다려보자는 내 말에 그녀는 서류를 준비해 오라고 했다.

집을 내놓은 지 일주일 만인 어제 리한테서 전화가 왔다. 집 파는 것을 보류해달라고 했다. 이유를 묻는 내게 아들과 딸이 반대한다는 것이었다. 그렇지 않아도 조금만 더 기다렸으면 하던 참이라 의심의 여지 없이 세일 광고를 컴퓨터에서 내려버렸다. 일 년만 더 갖고 있어도 많은 이익을 남길 것이었다. 그런데 리한테서 다시 전화가 왔다. 아이들이 리스팅 해약서에 꼭 사인을 받아오라 한다고 했다. 집을 살 때는 얼굴도 내밀지 않던 자녀들이 유난스럽다는 생각이 들었지만 당연한 요구인지라 해약서에 사인을 해주었다.

그리고 바로 오늘 그녀의 집이 우리 사무실의 라이벌 부동산 콜드웰 뱅커 B 부동산의 매물로 나온 것이다. 벌린 입을 다물지 못하고 몇 번을 확인했지만 리의 집이 틀림없었다. 왜 내게 그런 거짓말을 했는지, 아무리 생각해봐도 흩어진 퍼즐을 맞출 수가 없었다. 사람을 잘 믿는다는 것, 나의 가장 좋은 점이자 늘 실수하는 가장 큰 약점이었다. 몇 번을 망설인 끝에 전화를 걸었다. 좀 흥분한 내 질문에 그녀는 대답을 못한 채 전화를 끊었다. 어물어물 회피하듯 주워댄 리의 몇 마디로 나는 추리를 했다. 리가 집을 팔려고 한 것은 하숙생 애인 때문이며 콜드웰 뱅커 B 부동산의 에이전트는 하숙생 애인 서씨의 친구였다.

일주일 전 리스팅 계약 때 애인의 성이 서씨란 것을 알았다. 서씨와 함께 라스베이거스에 갔던 얘기를 하며 그가 배우 한석규보다 더 잘생기고 다정하고 사랑스런 남자라며 마냥 행복해했었다. 집을 팔면 그 돈은 서씨를 위해 쓸 것이다. 내가 그녀의 에이전트로 있으면 서씨는 어떤 정보도 얻을 수 없었다. 그래서 서씨는 친구를 소개하고 새 에이전트는 꾸역꾸역 해약 사인을 받아오라고 했던 것이다.

그러나 미시즈 리는 집을 팔지 못했다. 아니 팔 필요가 없게 되었다. 애인 서씨는 알래스카에서 온 또 다른 여자를 놓고 양다리를 걸쳤다고 한다. 알래스카 여인이 가든 그로부에 서씨 이름으로 식당을 사주자 그는 파랑새처럼 리를 떠나가버렸다.

그 뒤 한참 후 미시즈 리도 다른 남자를 만나 집을 팔고 새 애인을 따라 리버사이드로 갔다는 소식을 들었다. 2년쯤 후인가 기억을 지워버린 그녀한테서 전화가 왔다. 이쪽으로 오고 싶다며 집을 찾아달라고 했다. 매정하게 끊어버릴 수가 없어 우물우물하다 전화를 끊었다. 그 뒤로 몇 번인가 그녀한테서 전화가 왔었지만 바쁘기도 하고 만나고 싶지 않아 받지 않았다.

인생이란 참으로 아이러니한 쇼 무대다. 내 리스팅을 뺏어 다른 에이전트에게 안겨준 서씨는 바로 나의 고등학교 동창의 전 남편이었다. 나중에 그 사실을 알았지만 같은 타운에서 학생들을 가르치는 동창에게 차마 그 얘기를 할 수는 없었다.

서씨와 재혼한 알래스카의 여인은 삼년을 채우지 못하고 암으로 죽었다. 서씨는 그 여인의 집과 가게를 상속받아 단단히 한몫을 챙겼다는 소문이었다. 그 뒤치다꺼리는 변호사인 서씨의 딸이 해주었다고 했다. 얽히고설킨 세상, 세상은 참 요지경이다. 미시즈 리로 인해 엮인 그 인연들이 싫기도 하고 지겹기도 하지만, 이 요지경 속을 울고 웃으며 함께 살아가는 것이 우리네 인생인가 싶다.

누구에게나
실패는 있다

🌿

　칼로스는 우리 부동산 오피스에서 일했던 스페니쉬 에이전트였다. 부동산 면허증을 취득한 지 일 년이 지났지만 아직 이렇다 할 수입을 올리지 못했다. 다행히 우체국에 근무하는 아내 덕분에 부동산 사업을 계속할 수 있었다. 원래 그는 엔지니어였다. 안정된 직업에 알뜰한 아내 덕으로 작은 집도 하나 장만했고 생활에도 큰 어려움은 없었다. 그러나 그는 늘 틀에 박힌 샐러리맨 생활이 싫었다. 남자라면 한 번쯤 아메리칸 드림에 도전해보고 싶었고 큰 부담 없이 시작할 수 있는 것이 바로 부동산 에이전트였다.

　부동산 에이전트로 전향한 뒤 얼마 되지 않아 그는 심한 갈등을 겪기 시작했다. 부동산 세일은 생각처럼 쉽게 돈을 벌 수 있는 것도 아니고 월급을 받는 것도 아니었다. 더구나 시시각각 무력하게 가라앉는 자신을 추스르는 일이 쉽지 않았다. 재력이 빵빵한 손님들과 마주하는 성공한 선배 에이전트들의 자신에 찬 모습, 단정한 옷차림, 반짝거리는 구두, 미끈한 고급 승용차 등등, 늘 그들과 대조되는 자신의 초라한 모습에 풀이 죽었다. 하루 빨리 성공해 자신도 그들과 나란히 어깨를 겨루고 싶었지만 부동산 세일은 생각처럼 되지 않았다.

얼마 전부터 그는 지인의 소개로 만난 한 손님에게 계속 집을 보여주고 있었다. 보여준 집도 이미 여러 채가 되건만 손님은 꼭 마지막 순간에 결정을 미뤄 그를 애타게 했다. 칼로스에게는 다른 손님이 없었으므로 매일 컴퓨터를 들여다보며 좋은 매물을 찾았다. 그러다 새로운 매물이 눈에 띄면 토끼처럼 뛰어가 먼저 답사를 했다.

그러던 어느 날 얼굴이 벌겋게 달아오른 칼로스가 사무실로 들어왔다. 그는 앉았다 섰다 안절부절하며 분노에 떠는 모습이었다. 무슨 일이 생긴 모양이었다. 웬일이냐고 묻는 내 질문에 대답을 못하고 죽을 상이던 칼로스가 비로소 입을 열었다. 지난 수개월 동안 충성스럽게 공을 들인 손님이 새처럼 훨훨 날아가버렸다는 것이다. 그를 제쳐놓고 다른 에이전트한테서 집을 샀다는 얘기였다. 손님이 부동산 에이전트를 골탕 먹이는 일? 부동산 사업에 종사하다 보면 종종 생기는 일이다. 나도 초창기 때 그런 경험을 몇 번 겪었다. 시간이 가고 경험이 쌓여가면서 세심한 주의를 해 그 트라우마에서 벗어났지만 마음의 상처를 입을 수밖에 없다.

발바닥이 아프도록 뛰어다닌 보상은 그만두고라도 그 많은 시간 서로 소통하며 쌓아올린 신뢰가 무너져버린 것이 가장 괴로운 일이었다. 더구나 그 집은 칼로스가 그에게 두 번이나 보여준 집이라고 했다. 손님은 리스팅 에이전트를 통해 더 유리한 거래를 하려고 했던 것일까. 칼로스는 손님의 얄팍한 이기심에 심한 모멸감을 느꼈다.

부동산 에이전트가 손님 때문에 상처받는 일은 가끔 생긴다. 그러나 상처도 시간이 가면 다 아물고 그 상처는 우리를 자라게 하는 밑거름이 되기도 한다. 손님에게 당한, 아니 누군가에게 당한 상처를 다시 떠올리는 것은 기분 좋은 일이 아니지만 내 경험담을 들려주었다. '믿는 도끼에 발등 찍힌다.'는 한국 속담을 들먹이며, '손님은 거짓말쟁이다.(Buyer is liar.)'란 말을 꼭꼭 박아주며 저녁을 함께했다. "형제도 믿지 마라. 상처받지 않으려면 너 자신부터 이겨라. 네가 그 누구보다 낫다는 것을 스스로 깨달아야 모두를 이길 수 있다. 그만큼 생존을 거는 일은 치열하기 때문이다."

그 일로 한동안 우울해하던 칼로스는 마케팅 쪽으로 변화를 시도했다. 자신의 구역을 정해 정기적으로 시장조사, 매매 현황, 부동산 동향을 수시로 점검하고 분석을 했다. 나름대로 부동산 시장을 진단해 매주 수십 통씩 편지를 내보냈다. 칼로스가 뿌린 씨앗이 언제 싹이 틀지 몰랐지만 정말 무던한 노력을 했다. 물론 사무실의 당직도 효과적으로 이용했다.

그날도 평소와 다름없이 자신의 시간표에 따라 사무실을 지키고 있었다. 밖에서 걸려오는 전화는 대부분 간단한 문의였지만, 때로 집을 팔겠다는 전화가 직통으로 오는 때도 있었다. "잠깐만 기다리세요. 에이전트 바꿔드리겠습니다." 리셉션 직원의 말에 칼로스는 바짝 긴장을 했다. 집을 팔려는 손님의 전화가 틀림없었다. "네, 전화 바꿨습니다." "안녕하세요. 저, 집을 팔려고요." 칼로스는 부리나케 메모를 시작했다. 그의 가슴이 방망이질치듯 쿵쿵거렸다.

전화를 끊고 지난 6개월 동안에 팔린 집들, 지금 매매 중인 집들의 차트를 만들었다. 자신의 이력서와 회사 소개, 마케팅 플랜, 현재 부동산 시장의 동향 등등……. 만일 그와 리스팅 상담을 한다면 계약하지 않을 수 없을 만큼 완벽하게 준비를 마쳤다. 아! 얼마만인가, 이번에 리스팅을 받아 돈을 벌면 아내에게 휴대폰을 사줘야겠다고 마음먹었다. 그리고 아들이 그렇게 갖고 싶어 하던 스케이트 보드도 사줄 참이었다.

20분 전 여섯 시, 휘파람을 불며 발걸음도 가볍게 칼로스는 사무실을 나섰다. 그가 오피스로 돌아온 건 사무실에서 나간 지 한 시간이 조금 지나서였다. 축 늘어진 어깨를 보고 나는 그가 리스팅에 실패했다는 것을 알아차렸다. 쓰러지듯 자리에 털썩 주저앉는 칼로스를 보자 나도 힘이 빠졌다. 그러나 까짓 리스팅 하나 가지고 기죽지 말고, 어깨 펴라고 말해주고 싶었다. 기회는 언제든지 또 있다고. 얼마 후 "헤이, 칼로스 집에 안 가?" 그의 어깨를 툭 치며 물었다. 그런데 그는 뜻밖에 심난한 말을 내뱉었다. "나 같은 바보가 세상에 또 있을까요? 나는 에이전트를 그만둬야 할까봐요." 왜라고 반문하듯 빤히 쳐다보는 나를 보며 칼로스가 말했다. "나 그냥 돌아왔어요. 주소를 몰라서." "주소를 모르다니 무슨 말이야?" "내가 손님과 통화할 때 너무 흥분한 나머지 주소를 안 물어본 거예요." "뭐?"

한동안 칼로스는 충격에서 벗어나지 못했다. 그런 그를 지켜보는 나나 다른 에이전트들도 마음이 무겁기는 마찬가지였다. 나와 함께 일하는 에이전트가 무처럼 쑥쑥 자라기를 바라는 게 브로커의 마음이다. 그렇게 실패를 거듭하던 칼로스가 다시 팔을 걷어붙였다. 그 뒤 칼로스는 한 번 연결된 손님은 절대 놓치지 않았다. 그 어떤 어려움을 극복하고라도 매매를 성사시켰다. 물론 그가 원하던 아메리칸 드림도 달성했다. 세일즈맨의 능력은 오직 결과로 말한다. 칼로스가 리스팅 체결을 하지 못했던 경험담은 두고두고 내가 에이전트들을 트레이닝시킬 때 단골 메뉴로 써먹었다.

지금은 C-21의 브로커로, 100명이 넘은 에이전트를 거느린 칼로스의 성공담이다. 꿈이 있는 자여, 실패를 두려워 말라. 성공의 지름길은 많은 실패를 거듭하는 것이다.

오빠 생각

오빠가 세상을 떠난 지도 벌써 몇 해가 지났다. 오빠를 생각할 때마다 늘 후회가 앞선다. 살아 있을 때 더 잘해주지 못한 것, 오빠를 손윗사람으로 제대로 대접해주지 못한 자책감 때문이다.

오빠는 간암으로 세상과 이별했다. 두 달 가까이 시름시름 앓았는데 주치의의 감기라는 오진 때문에 손쓸 기회를 놓치고 말았다. 원래 암이란 것이 생명의 불꽃이 꺼져가는 마지막 쯤에 폭포처럼 몰려온다지 않은가. 때늦은 전문의 진단은 길어야 6개월이라는 시한부 선고를 표정 없이 내렸다. 오빠는 그 시간마저 채우지 못하고 4개월 만에 고달픈 삶을 마감했다.

세상에 사연 없는 무덤이 어디 있으랴. 수줍은 어머니를 많이 닮은 오빠는 어려서부터 유난히 내성적이었다. 낯선 사람들 앞에 나서는 것을 유독 꺼렸고, 어쩌다 잘 아는 사람들과 어울려도 그저 담담하게 다른 이들의 얘기를 듣는 편이지 자신의 의견을 개진하거나 주장하는 법이 없었다.

아버지는 아들이 집안의 장남답게 남들 앞에 우뚝 서기를 바랐다. 그러나 학교에서 일등은커녕 뒷줄에 가까웠고 반장은커녕 분단장도 한 번 못하는 아들을 아버지는 남자답게 키우려고 무던히 압박을 했다. 숫기도 없는 데다 마음마저 여린 오빠는 아버지의 강요에 점점 풀이 죽었다. 어린 시절 거의 날마다 아버지 앞에 꿇어앉아 모질게 야단맞던 오빠를 지금도 기억한다. 그때 오빠의 머리에 늘 아버지의 주먹이 날아가곤 했었다.

물론 우리 집에서 엄한 꾸지람을 들으며 엎드려뻗친 사람이 오빠만은 아니었다. 나와 남동생도 아버지 앞에서는 마냥 다리가 후들거렸다. 아버지는 자주 우리들을 불러 무릎을 꿇렸다. 한 번 아버지의 꾸지람이 시작되면 언제 끝이 날지 몰랐다. 우리는 아버지가 피워대는 줄담배 연기를 마시며 저린 무릎을 폈다 구부렸다 몸살을 댔었다.

나는 공부를 조금 잘한 탓에, 남동생은 막내라는 프리미엄으로 나사를 조금 풀어주었지만, 맏아들이요 장남인 오빠는 혹독한 단련을 받았다. 동생들에게 본을 보여야 한다는 것이 아버지의 주장이었을까. 큰아들이라는 자리에서, 감당할 수 없는 아버지의 기대에서 도망치고 싶었을 오빠, 그러나 아무것도 할 수 없는 오빠는 시합 중 흠씬 두들겨맞고 뻗은 권투선수 같았다. 철없는 나와 동생은 그런 오빠의 마음을 알 리 없었고 늘 아버지에게 야단맞는 오빠를 무시하기 일쑤였다.

오빠가 사회적으로 인정받고 출세하기를 바란 것은 아버지의 절대적인 욕심이었다. 가문을 일으키고, 타인의 존경을 받고, 자신의 꿈을 이루고 싶은 욕망과 욕심, 이 모든 것을 자식들이 대신해준다면 그보다 더한 기쁨이 어디 있겠는가. 그러나 아버지의 욕망은 오빠의 인생을 볼모로 하는 것이었다. 내 자식을 키우며 아버지의 마음을 조금은 이해할 수 있지만 부모의 욕심이 자식의 소망이 되어서는 안 될 일이었다.

아버지는 예고 없이 오빠의 학업 테스트를 자주 했다. 오빠의 대답이 틀리면 아버지의 주먹은 여지없이 오빠의 머리를 쥐어박았다. 어린 나이에 주눅이 든 오빠는 아버지의 기침 소리만 들어도 놀라곤 했다. 시간이 갈수록 아버지의 실망은 구르는 눈덩이처럼 커지고 그에 비례해 오빠의 대인 기피증도 깊어갔다. 아버지는 그런 오빠를 사내답지 못한 자식이라며 더 심하게 닦달했다.

내가 본 오빠는 아버지가 생각하는 것처럼 그렇게 미련하지도 칠칠맞지도 않았다. 아버지에게 없는 탁월한 손재주가 있었고 눈썰미가 있었으며 창의력도 빼어났다. 오빠는 나무로 멋진 모양의 형상들을 다듬어냈다. 한마디로 멋진 조각품이었다. 한 번 본 것은 그대로 만들어낼 뿐 아니라 감정을 불어넣는 재주도 있었다. 그러나 그런 것은 아버지의 눈에 쓸데없는 잔재주였다. 아버지의 오빠에 대한 분노와 실망은 쏟아지는 폭포수처럼 끝이 없었다. 아버지의 혹독한 구박과 훈련을 견디지 못한 오빠는 일찌감치 아버지 눈밖에서 사라졌다가 군대를 제대한 후 다시 집으로 돌아왔다.

내가 고등학생이 될 무렵 오빠가 결혼을 했다. 아버지의 말에 무조건 순종하는 것이 그나마 저지른 불효를 속죄하는 길이라 생각한 듯 아버지가 골라준 처녀와 얼굴 한 번 보지 않고 결혼식을 치뤘다. 이후 시간이 흘러 나는 남편을 따라 미국으로 이민 왔고 내가 떠난 뒤 오빠가 시골에서 아버지의 수발을 들고 마지막 가는 길을 지켰다.

오빠는 중년을 넘긴 나이에 미국으로 이민을 왔다. 친구도 없고 남들 다 하는 골프도 치지 않는 오빠가 유일하게 좋아한 것이 일년에 한두 번 가는 라스베이거스 여행이었다. 오빠는 바스토우를 지나 고개를 몇 개 더 넘으면 주 경계선, 스테이트 라인이라고 손을 꼽으며 신이 나 했다. 라스베이거스 가는 길을 오빠네 집 골목길처럼 외고 있었다. 라스베이거스 가는 날은 출발할 때부터 오빠의 콧노래가 시작되었다.

지독한 음치란 사실도 아랑곳없이 흥얼흥얼 수많은 작사 작곡을 해냈다. 풍족한 살림이 아니어서 조금 가지고 간 돈을 금세 다 잃어도 기죽지 않고 내 곁에서 카지노 훈수를 했다. 그런 오빠에게 우린 카지노 박사란 별명을 달아주고 깔깔댔다. 늘 먼저 돈을 잃는 오빠에게 '박사님 훈수는 반대로 하면 된다'고 놀려대기도 했다. 이렇게 빨리 갈 줄 알았으면, 그때 백 불짜리 몇 장 덥석 쥐어주었더라면 얼마나 좋아했을까, 후회가 된다. 그 돈을 받아 들고 환한 얼굴로 게임을 하며 조금 더 즐거워했을 것을. 참으로 인색하고 생각이 모자란 동생이었다.

오빠가 세상을 떠나기 2개월 전에 라스베이거스 여행을 갔었다. 그때 오빠는 아무 것도 하지 않았다. 콧노래도, 길 안내도, 카지노 훈수도 그리고 작사 작곡도 없었다. 몸이 아파서였겠지만 그 역시 살아생전 마지막 여행임을 알았으리라. 오빠와 더 많은 시간을 함께 보내지 못한 것이 후회스럽다. 지금쯤 오빠는 남들 앞에 우뚝 서야 하는 짐을 내려놓고 편히 쉬고 있을까. 아버지도 오빠가 누구 앞에 내놔도 부끄럽지 않은 아들이란 사실을 알았을 것이다. 내 곁에서 환히 웃으며 카지노 훈수를 해주던 오빠가 많이 그리워진다.

아름다운
러브 스토리

아무리 초인종을 눌러도 대답이 없다. 손잡이를 살며시 돌리자 문이 소리 없이 열렸다. 짙게 깔린 침묵을 밟으며 응접실을 지나 큰올케의 방문을 열었다. 아나나 다를까 올케는 침대 끝에 엎어져 있었고 몽롱한 상태에 정신이 없는 것 같았다. 조근조근 몸을 한참 주물러주자 어렴풋이 눈을 떴다.

얼굴은 까칠했지만 별다른 이상은 없는 것 같아 우선 안심이 되었다. 오빠가 세상을 떠난 뒤 피붙이를 잃은 내 슬픔도 컸지만 생의 동반자, 남편을 잃은 그녀의 슬픔에 비할 바는 아니었다. 며칠 전 올케는 이젠 오빠가 영영 자기 곁을 떠났다며 어린애처럼 엉엉 울었다. 나는 올케가 말하는 영영이 무엇을 의미하는지 몰랐다. 뒤늦게서야 올케가 말하는 오빠가 밤마다 집 뒤뜰에서 을씨년스럽게 울어대던 푸른 새란 것을 알았다. 사람이 죽으면 새가 된다고 하는데 오빠는 정말 새가 된 것일까. 올케는 그 새가 오빠의 환생이라 굳게 믿었다.

오빠와 올케는 우리 아버지와 올케 숙부의 중매로 만난 인연이었다. 무엇이 그리 급했던지 두 양반은 신랑 신부가 얼굴 한 번 볼 기회도 주지 않고 일사천리로 결혼을 진행시켰다. 오빠와 올케는 어른들이 하는 일에 복종하는 것이 옳다고 생각했던 것 같았다.

신부는 혹시 신랑이 불구가 아닌지 결혼식 날까지 남모르게 마음을 졸였다고 했다. 식을 올리는 날, 의외로 단정한 용모에 순한 눈망울을 가진 새신랑을 보고 바람 앞에 머리를 숙이듯 운명을 느꼈다고 했다. 세상의 모든 부부는 필연적인 전생의 짝을 만나는 운명의 행로를 그렇게 밟은 건지도 모른다.

올케의 어린 시절은 행복하지 못했다. 일본에서 유학을 하던 그녀의 아버지가 일본 여자와 사랑에 빠져 얻은 결실이 바로 그녀였다. 해방이 되자 아기는 아버지와 함께 조국으로 왔다. 아버지의 본 부인은 자신의 인생에 짐이 된 아기를 따듯하게 안을 수 없다. 홍길동의 운명처럼 올케는 아버지의 사랑을 받지 못했다. 거기다 아버지가 일찍 돌아가시자 업둥이보다 못한 가파른 삶이 시작되었다. 올케가 출생의 비밀을 안 것은 철이 든 후였다. 어머니와 고모가 나누던 얘기를 우연히 듣게 된 것이다. 그제야 늘 얼음처럼 차가웠던 어머니에 대한 의문이 풀렸다. 올케는 기억도 없고 찾을 길도 없는 생모를 가슴에 품고 오랜 세월 원망과 그리움을 삭였다.

그렇게 맺어진 두 사람이었지만 부부의 금슬은 주위의 시샘을 받을 만큼 좋았다. 오빠는 들꽃 같은 그녀를 지켜주는 오직 한 줄기 빛이고 희망이었다. 여우 같은 여편네와는 살아도 곰 같은 아내와는 못 산다는 말이 있다. 묻는 말 외엔 자물쇠 채운 듯 조용한 며느리가 아버지는 내심 불만이었는지 시어머니 버금가는 시아버지의 시집살이가 시작되었다. 더구나 올케가 연속해 딸만 셋을 낳자 아버지의 인내는 마침내 종을 쳤다. 콩 심은 데 콩, 팥 심은 데 팥 나는 이치를 무시하고 아버지는 올케를 탓했다. 밭이 나쁘다는 것이었다. 만약 아버지가 토질 연구가였다면 토양에 맞춰 아들딸 낳는 연구를 완성시키셨을지도 몰랐다.

셋째 손녀가 태어난 뒤 눈보라가 대문을 유난히 흔들어대던 어느 겨울날 오빠는 어린 딸 둘을 데리고 집을 나갔다. 그때 아버지는 눈밖에 난 며느리에게 몸을 추스르고 오라는 이유로 친정에 보내려던 참이었다. 그것을 눈치챈 오빠가 먼저 가족을 데리고 떠난 모양이었다. 오빠는 올케에게 돌아갈 친정이 없다는 것과 건강이 좋지 않은 그녀를 보살펴야 한다는 것을 잘 알고 있었다. 그때 실수였는지 둘째아이를 두고 갔다. 혹시 그 조카 때문에 금방 돌아오지 않을까 했지만 그것은 착각이었다. 물론 오빠가 자발적으로 집을 나간 것이지만 결과적으로 쫓겨난 셈이었다.

올케가 다시 돌아온 것은, 4년 남짓 후 아들을 품에 안고서였다. 아들 손자를 안은 아버지가 못 이기는 척 오빠네 식구를 받아들였다. 딸 아이 둘을 데리고 철새처럼 여기저기 떠돌았을 4년의 삶을 나는 물어보지 않았고 그녀도 입을 열지 않았다.

"내 생애에 가장 잘한 일은 당신을 만난 거예요." 자물쇠를 채운 듯 늘 무겁기만 하던 그녀의 입도 세월을 탔다. 심약하고 내성적이며 자신의 의사조차 똑 부러지게 말하지 못하는 오빠의 어디가 그리 좋은지 모를 일이었다.

미국에 와 운전을 시작한 지 얼마 되지 않아 올케가 큰 사고를 냈다. 깡통처럼 찌그러진 차를 폐차시키고 한동안 충격에서 벗어나지 못했다. 시간이 한참 흐른 뒤 나는 올케에게 다시 운전을 권했다. 미국에서 운전을 못하는 것은 다리가 없는 것이라고 설득했지만 올케의 마음을 돌이킬 수는 없었다. 어디든 사랑하는 남편과 함께 가는 것이 자신이 직접 운전을 하는 것보다 더 행복하다고 했다. 카지노에서 제일 먼저 돈을 잃고 어슬렁거리는 오빠에게 브래지어 속에 꽁꽁 숨겼던 비상금을 털어주며 해쭉 웃던 그녀였다. 올케를 보며 하느님은 왜 사랑하는 사람들을 억지로 떼어놓는지 가슴이 아팠다.

오빠의 49제를 지낸 며칠 후였다. 슬픔의 늪에서 헤매던 그녀가 갑자기 뒤뜰로 뒤쳐나갔다. "여보 당신, 내가 보고 싶어 온 거예요? 정말이에요?" 올케는 미친 듯 허공에 손을 저으며 소리를 질렀다.

여보 나 외로워, 나 외로워 하며 오빠가 뒤뜰에서 운다는 것이다. 얼마 전부터 밤마다 뒤뜰 전깃줄에서 작은 새 한마리가 깍깍 울어댔다. 올케가 말하는 오빠는 그 새를 말하는 것 같았다. 신기한 것은 올케가 뒤뜰 창문 앞에 나타나기만 하면 어디서 오는지 그 새가 쪼르르 날아와 슬픔의 보따리를 풀어놓고 뒤뜰에서 울어대는 것이다. 정녕 그 새는 오빠의 환생이었을까. 그 새가 오빠였는지 아닌지는 중요치 않다. 올케가 그것을 굳게 믿었으니까.

그런 일이 일 년 이상 계속되자 가까이 지내는 권사님이 올케가 사탄에 홀렸다고 걱정을 하기 시작했다. 어느 날 그 분이 굵은 막대기 하나를 가지고 아침 일찍 오빠네 뒷마당에 나타났다. 전깃줄에 쪼르르 줄지어 앉은 새들을 향해 막대기를 휘휘 사정없이 내둘렀다. 올케가 질겁해 뛰어나왔을 때 새들은 모두 날아가버린 뒤였다.

올케는 눈이 빠지게 그 새가 다시 오기를 기다렸다. 그러나 그 푸른 새는 다시 오지 않았다. 그 새가 정녕 오빠의 환생이었는지 슬픔에 젖은 올케가 헛것에 홀렸는지 알 길이 없다. 그러나 오빠가 들꽃 같은 올케를 홀로 두고 가지 않았을 것임은 분명하다. 사랑하는 남편을 먼저 보내는 슬픔이 어찌 가슴 아프지 않으랴. 전깃줄에 새는 갔어도 늘 올케와 함께 가꾸던 꽃밭에서 오빠는 사랑하는 아내를 지켜보고 있을 것이다.

어떤 걸인

미국 경제는 최악이었다. 미국 경제가 이렇게 병이 든 지금 다른 나라의 경제는 어떻겠는가. 세계 모든 나라가 앓고 있는 고질병이었다. 그동안 불꽃처럼 타오르던 부동산 시장의 거품이 가라앉자 여기저기서 문제가 터지기 시작했다. 2006년부터 서서히 식기 시작한 주택 경기는 막차를 탄 사람들을 사각의 링으로 몰아넣었다.

엄청난 월부금을 계속 내기도 힘들고 빈 깡통 같은 주택을 움켜쥘 수도 없게 된 것이다. 많은 이들이 집을 내던지기 시작했고 그 것은 산더미처럼 쌓여 서브 프라임 융자Sub prime mortgage의 몰락을 가져왔다. 그 파장은 월스트리트에도 폭풍처럼 몰아쳐 세계의 경제를 흔들기 시작했다.

주택 경기가 붐을 이루면서 새끼에 새끼를 치고 불어난 서브 프라임의 파생상품들이 모래성처럼 무너져내렸다. 거품 위에 거품을 부풀리며 너도나도 부동산 시장에 뛰어들어 집값을 거꾸로 선 피라미드로 만들었다. 하루가 다르게 폭등하는 주택 시장을 보며 누군들 한몫 잡고 싶은 유혹에 빠지지 않을 수 있었을까. 모두 제정신이 아니었다. 폭등하는 주택 시장을 부채질했으니 지금의 힘든 상황은 우리 모두에게 책임이 있다.

거품 경기에 편승해 자신의 능력은 생각지도 않고 다운 페이먼트 없이 맥시멈 1차 융자를 받고 거기에 2, 3, 4차 그리고 라인 오브 크래딧까지, 페니 하나까지 투자에 투자를 부풀렸다. 불황이 시작되자 약삭빠른 이들은 빈 깡통인 집을 미련 없이 던져버리고 재빨리 빠져나갔다. 덕분에 선의의 피해자들은 엄청난 손실을 입고 눈물을 흘리며 어렵게 마련한 보금자리를 버릴 수밖에 없었다. 벼르고 별러 꿈꾸던 집을 마련했건만 홈 스윗트 홈이 아닌 쓰디쓴 무덤이 되고 말았다.

집값이 오를 때는 덩실덩실 춤을 추다 값이 떨어진다고 가차 없이 던져버리는 풍토, 그것을 무엇으로 정당화할 것인가. 자신의 피와 땀이 섞인 것은 쉽게 버리지 못한다. 내가 흘린 피와 땀의 가치를 누구보다 잘 알기 때문이다. 만일 그 집에 나의 귀한 피와 땀이 녹아들었다면 그렇게 쉽게 집을 내던질 수 있을까. 은행을 원망하고, 정부 정책을 나무라기 전에 최소한 내 결정에 책임질 줄 아는 사람이라면 얼마나 좋을까. 설령 그 집이 껍데기만 남은 집이라 할지라도 내 결정에 책임을 지는 사람, 그런 사람만이 내 집을 가질 권리가 있고 진정으로 내 집을 지킬 수 있는 사람이다.

며칠 전에 22번 고속도로를 타고 가다 비치 블러버드 출구에서 내렸다. 아주 이른 아침인데도 내 앞에는 벌써 여러 대의 차가 멈춰서서 신호가 바뀌기를 기다리고 있었다. 나도 서서히 브레이크를 밟으며 맨 뒤에 멈춰섰다. 그런데 언뜻 왼쪽에 피켓을 든 남자가 눈에 띄었다. 앞에 있는 차들에 가려 그가 들고 있는 피켓은 정확히 보이지 않았다. 비교적 깨끗한 옷차림에 쉰 살이 조금 넘어 보이는 백인 남자였다. 머리도 단정히 빗어넘겨 흐트러짐이 없고 피부도 깨끗한 것이 삶에 부대낀 사람 같지 않았다. 흔히 길가에서 구걸하는 걸인의 꾀죄죄하고 흐트러진 모습이 아니었다.

길을 찾는 사람인가 하다가 앞차에 탄 사람이 푸른 지폐를 꺼내 그에게 건네주는 것을 보고 알아차렸다. 걸인이구나! 그런데 저렇게 깨끗한 걸인이 있나 고개를 갸우뚱하며 나도 얼른 핸드백을 열기 시작했다. 막 지갑을 꺼내려는 순간 앞 차들이 움직여 돈은 꺼내지도 못하고 그곳을 떠났다.

왼쪽으로 핸들을 돌리면서 무심코 그가 들고 있는 피켓을 읽었다. "내 집을 찾을 수 있게 도와주세요."라고 영어로 쓰여 있었다. 나는 고속도로나 큰 길가에서 피켓을 들고 구걸하는 사람들을 보면 1달러씩을 건네주곤 했다. 그들의 피켓에는 대개 "재향 군인입니다. 도와주세요." 아니면 "굶주리고 있습니다. 일하고 싶습니다. 도와주세요."라는 내용의 피켓을 들고 있었다. 또 가끔 LA의 신호등이나 고속도로 진입로에서 신호가 바뀌기를 기다릴 때 차의 앞유리를 쓱쓱 문지르며 돈을 요구하는 걸인도 있다. 사람들은 그들의 위협적인 태도에 얼른 1달러를 던져주고 도망가듯 그곳을 빠져나가곤 한다. 내가 아는 어떤 사람은 하도 그런 일을 자주 당하자 배짱이 생겨 앞 유리를 닦건 말건 차문을 꼭 잠근 채 딴전을 피우다 신호가 바뀌면 도망치듯 차를 몬다고 했다. 대부분 그런 걸인들은 약물이나 술에 중독된 경우가 많고 외견상으로도 찌든 삶이 한눈에 들여다보였다.

"내 집을 찾을 수 있게 도와주세요."라는 피켓을 든 그 남자는 결코 삶에 절은 모습이 아니었다. 아주 깔끔하고 옷차림도 단정했다. 나는 그 피켓의 문구가 자꾸 마음에 걸렸다. 거기에 쓰인 대로라면 그 남자는 살고 있는 집을 잃었거나 지금 차압 중에 있음이 분명했다. 삶이 얼마나 팍팍하고 절박했으면 자존심을 접고 길거리로 나왔을까. 아내가 있고 대학교, 고등학교에 다니는 자녀들이 있을지도 몰랐다. 부모의 잘못으로 죄 없는 자녀들이 겪는 고통을 보면서 가슴이 얼마나 찢어졌을까. 취직을 하려고 해도 넘치는 인력에 수요가 없으니 마땅히 갈 곳이 없었을 것이다. 정부에서 주는 실직수당을 받으며 직장을 찾아헤매다가 결국 길거리로 나오게 될 때까지 잠 못 이룬 밤은 얼마나 될까.

나의 절박했던 옛날이 필름처럼 떠올랐다. 그렇게 길거리로 나오지는 않았지만 내게도 남몰래 울던 밤이 수도 없이 많았다. 그에게 어떤 사연이 있는지는 알 길이 없다. 설사 안다고 해도 내가 그에게 해줄 수 있는 것도 없다. 오직 그런 사람들이 더 이상 나오지 않게 경제가 풀리기를 빌 뿐이다.

그가 자기의 확고한 주장 없이 거품에 편승한 사람이 아니었기를 바란다. 그리고 지금의 어려운 경제 상황을 이용한 얄팍한 구걸의 행태가 아니기를 진심으로 바란다. 난세에 영웅이 나오듯 톡톡 튀는 못된 생각 또한 어려운 때일수록 번뜩거린다. 그에게 건네지 못한 돈을 미리 준비해서 다음날 22번 프리웨이를 타고 가다 비치길 출구에서 빠져나왔다. 그 걸인은 거기에 없었다. "내 집을 찾을 수 있게 도와주세요." 하는 문구의 피켓이 아른거렸다. 하루 빨리 경제가 회복돼 그가 사랑하는 가족들과 함께 홈 스위트 홈을 다시 이뤘으면 하는 바람을 가져본다.

3부

다시 봄이
오는 소리

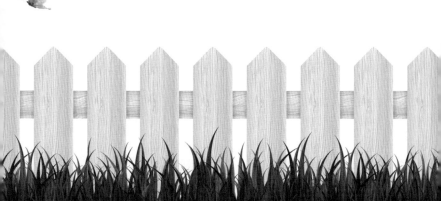

언덕 위의
하얀 집을
꿈꾸다

그릇된 욕망은 죄악이라고 한다. 그러나 세상에 욕망 없는 인간이 있을까. 욕망은 인간뿐 아니라 동물에게도 아니 식물에도 있다고 한다. 어떤 의미에서 세상의 모든 것은 욕망과 통한다고 할 수 있을 것이다. 욕망이란 생물이 어떠한 혜택을 누리고자 하는 감정으로, 자신에게 부족한 것을 채우고자 함이라고 한다. 라캉은 '인간은 금지된 것을 욕망한다.'고 했다. 욕망은 모두 과거 금지의 흔적을 갖고 있단다. 그렇다면 현재 우리가 욕망하는 것이 진실로 금지된 것을 얻고자 함일까. 그것이 무엇이든 내게도 꼭 욕망하는 것이 한 가지 있었다.

헌팅톤 비치는 파도 타기로 유명한 도시다. 사계절 내내 바다를 등에 업고 사는 서퍼들이 아침을 연다. 은빛 보드를 하늘로 세우며 공중에 솟구친 파도를 머리에 이고 아슬아슬한 곡예를 타는 서퍼들이 부럽기만 하다. 내게 아직 충분한 젊음이 있다면 그 스릴을 만끽하고 싶다. 도전하고 싶은 것이 어찌 서핑뿐이랴.

기타를 배우니 영혼을 토해내듯 재즈를 치고 싶고, 노래를 불러 보니 가수가 되고 싶다. 글을 쓰기 시작하니 유명한 작가가 되고 싶다. 아직도 하고 싶고, 보고 싶고, 되고 싶은 것이 많아 내 욕망은 계속 부풀어오른다. 나이를 먹으면 모든 것을 내려놓아야 한다는데 나는 내려놓을 수 없는 것들로 꽉 차 있다. 욕구일까, 욕망일까. 그것이 무엇이든 상관할 바 아니다. 지금 이대로가 좋지 않을까, 내게서 이것마저 내려놓고 세월이 밀어주는 대로 그냥 흘러가기만 한다면 내 인생의 존재 의미는 무엇일까.

지금의 집으로 이사를 온 것은 30여 년 전이다. 한 집에서 꽤 오래도 살았다. 오렌지 카운티로 이사한 뒤 얼떨결에 장만한 집이었지만 고속도로 진입이 가깝고 주거 환경이 좋아 만족한다. 헌팅톤 비치에서는 가장 높은 지대로 홍수 보험을 들지 않아도 되고 몇 발짝 나오면 볼사치카 야생조류 보호구역의 광활한 습지가 펼쳐지고 그 끝에 태평양 바다가 한눈에 들어온다.

습지에는 수십 개의 크고 작은 물웅덩이 라군lagon들이 있다. 그 라군을 낀 삐뚤삐뚤한 길을 걷다 보면 때로 물속을 한가롭게 헤엄치는 홍어, 오징어, 문어를 보기도 한다. 정말 운이 좋으면 상어를 볼 수도 있다. 잠시 걸음을 멈추고 물속을 자세히 들여다보면 사발만 한 물달팽이가 여기저기 흐늘거리는 모습도 보인다. 언덕에 서면 퍼시픽 코스트 하이웨이 너머로 태평양 바다가 바람을 타고 와 가슴에 쏘옥 안긴다. 결핍돼 막혔던 삶이, 얽혔던 인생의 실타래가 스르르 풀리는 힐링의 문 앞에 서게 된다. 언제부터인지 그 힐링의 문 앞에 하얀 집이 한 채 들어섰다. 창문을 열면 짠 소금을 뿌리며 해무海霧가 꾸역꾸역 들어오는 집, 석양에 핏빛으로 타는 바다를 끌어안고 몸부림치는 넓은 베란다가 있는 그런 집이었다.

지금은 흔적 없이 사라졌지만 처음 이사 왔을 때는 승마를 배울 수 있는 스모키 스테이블이 이곳에 있었다. 굴곡이 울퉁불퉁하던 산책로는 지금의 고급 주택이 들어서면서 말끔히 단장되었다. 주변 풍경은 변함이 없지만 말끔히 화장을 해 다듬어 놓은 산책로보다는 옛날 널을 뛰듯 오르내리던 민얼굴의 그 산책로가 그립다.

이른 아침에 떠오르는 오렌지빛 붉은 해, 느즈막한 저녁 무렵 용암처럼 타다 바다 속으로 퐁당 떨어지는 낙조, 끊임없이 바람의 애무를 받는 나무들, 여유를 즐기며 누운 고목들, 폴딱폴딱 선인장 풀섶에 재주 넘는 코튼 토끼들, 오는 손 가는 손 배웅하는 다람쥐들, 잠자리를 찾아 날아가는 한 떼의 새들 그리고 먹이를 찾아 어슬렁거리는 코요테까지도 내 삶을 영글게 한다.

바로 이곳에, 얼마 전 새 집들이 들어서기 시작했다. 땅 주인인

콜 컴퍼니가 40년이 넘는 법정 투쟁 끝에 짓는 집이라고 했다. 새 집들이 들어서는 것을 보며 나는 흥분했다. 1.2제곱킬로미터가 넘는 땅을 1미터 안팎으로 높게 다지더니 '맑은 물(Bright Water)'이란 수십개의 홍보 깃발로 산책길에 들러리를 세웠다. 바람에 나부끼는 오색가지 '맑은 물'이 태평양을 끼고 샌 디에고San Diego에서부터 오레곤 주까지 퍼시픽 코스트 하이웨이를 타고 펄럭였다.

그곳을 산책하며 집이 하나하나 완성되는 것을 지켜보았다. 내가 오래전에 가슴속에 지었던 하얀 집. 창을 열고 푸른 물 위를 사뿐사뿐 걸어가 태평양 바다 위에 뜬 카타리나 섬으로 상큼 들어서는 집, 은하수가 무더기로 쏟아지는 밤 갯바람이 살랑살랑 불어와 양볼을 간질이는 집. 카사 비앙카의 '하얀 언덕 위의 집'이 생각났다. 지금 사는 집을 팔고 돈을 조금 더 보태면 가능하다는 생각에 나는 이미 마음속에 새 집 단장을 끝내고 있었다. 산책길이 언제나 나를 반기듯 새 집은 당연히 나를 반길 것이다.

모델 홈이 오픈되었다. 가족들과 함께 구경을 갔다. 사람들이 꾸역꾸역 몰려들었다. 내가 원한 집들은 모두 태평양을 뒤에 두고 유리로 뒷담을 둘러서, 바다가 바로 뒤뜰이었다. 푸른 물이 사방에서 집 안으로 밀려들 것 같았다. 바다로 담을 두른 집은 지금 살고 있는 집을 팔아도 역부족이었다. 집을 둘러보는 동안 나는 점점 왜소해지고 그 실망이 남편에게로 튀었다. 구경 온 저 많은 사람들 중

바다로 담장을 두른 집을 살 수 있는 사람은 몇이나 될까.

그러나 그 아름다운 집들이 된서리를 맞았다. 미국의 서브 프라임 모기지 사태로 금융대란이 터져서였다. 맑은 물을 가득 채운 건설 회사도 세계적으로 불어닥친 이 금융 폭탄을 비켜가지 못했다. 개발 회사는 파산을 신청하고 집들은 법원에서 경매를 한다고 했다. 미련을 못 버려, 집 값이 뚝 떨어졌으면 좋겠다는 생각으로 모델 홈에 또 가보았다. 맑은 물은 그대로 흐르고 있었고 여전히 내가 마실 수 있는 물이 아니었다. 시무룩히 고개를 떨군 내게 어느 동양인 투자가가 50채의 집을 한꺼번에 매입했다고 놀랍다는 듯 세일스 맨이 귀띔을 해주었다.

나는 왜 그 집이 마치 내 집인 양 생각했을까. 가질 수 없는 것은 금지된 것이고 금지된 것이 욕망이라면 죄악임에 틀림이 없으니 잘된 일인지도 모른다. 요즘도 나는 그 길로 산책을 한다. 새 집에는 새 주인들이 입주해 뒤뜰을 가꾸느라 한창이다.

나는 여우의 신 포도를 떠올렸다. 저 집은 아름답지만 두 식구가 살기엔 너무 커, 청소도 힘들고. 풍경은 아름다워도 내 산책길은 더 짧아지지, 차고도 둘뿐이야. 지금 우리 집은 풍경은 없지만 차고가 셋이나 되잖아. 그리고 '맑은 물'은 역시 들여다보며 산책하는 게 더 아름답기 때문이야.

가장 아름다운
손은
일하는 손

팔걸이를 만들어 팔이 움직이지 않도록 고정시켰다. 팔이 묶이자 사방에 손을 쓸 일만 생긴다. 세상에 손을 쓰지 않고 할 수 있는 일이 얼마나 있을까. 머리를 써야 하는 일도 손이 자유로워야 머리가 제대로 도는 것 같으니 손을 쓰지 않고 할 수 있는 일이란 별로 없는 것 같다. '지체는 많으나 몸은 하나라.' 하신 성경 말씀이 생각난다. 오른손을 쓸 수 없게 된 뒤에야 나는 비로소 내 못생긴 손의 가치와 고마움을 알게 되었다.

우리 몸의 지체 중, 얼굴을 빼고 손만큼 상대방의 눈에 빨리 띄는 곳은 없다. 손발은 늘 붙여 쓰지만 발은 손만큼 타인의 눈에 금방 띄지 않는다. 양말을 신으면 발이 좀 못생긴들 어떠랴. 노출되는 곳이 아니니 큰 부담을 느끼지 않는다. 그러나 손이 미우면 얼굴이 못생긴 만큼이나 신경을 쓰게 된다.

사람들은 인사를 나눌 때 서로 악수하며 얼굴을 쳐다본다. 그러나 나는 악수할 때 얼굴보다는 손에 먼저 시선이 간다. 상대방의 손이 큰지, 작은지, 부드러운지, 빳빳한지를 먼저 보는 것이다. 내 손은 참 못생겼다. 어디 '못생긴 손' 대회 같은 것이 없나? 그런 대회가 있다면 일등을 하고도 남을 것이다. 그렇다고 얼굴이 예쁜 것도 아니고 몸매가 빼어난 팔등신도 아니다. 손이 지지리 밉다보니 차라리 손발을 바꿨으면 좋겠다는 생각을 하기도 한다. 그럼 발은 예쁜가?

부동산 에이전트로 일했던 나는 매일 많은 사람들을 만났다. 한 건의 매매를 성사시키기 위해서는 손님들과 여러 번의 만남이 이뤄진다. 그 과정을 거쳐 손님의 투자가 결정되면 계약서를 작성했다. 내가 서류를 작성하는 동안 손님들은 간간이 내 질문에 답하며 시간을 때웠다. 기다리는 지루함을 알기에 나는 늘 한국 사람의 특기인 빨리 빨리가 습관이 돼 있다. 그렇게 설치다 어느 순간 손님과 눈이 딱 마주치는 때가 있다. 나는 놀란 토끼마냥 일손을 멈추고 어쩔 줄 몰라 헤매는 것이다. 느닷없는 내 행동에 손님까지 머쓱해질 때도 있다. 손님들이 내 손에 관심을 가질 리 없건만 내 자격지심 때문에 그 순간을 비켜가지 못했다.

내가 손에 신경을 쓰는 것은 그때뿐만이 아니다. 가끔 글을 쓰다가, 기타를 치다, 책을 읽다, 심지어 사람들과 얘기를 나누다가도 문득문득 그들의 눈치를 살핀다.

언젠가 한 간호사가 자기 눈에는 환자의 손만 보인다고 말했다. 주사 바늘이 들어갈 정맥이 또렷한가 아닌가만 보인다는 것이다. 그 간호사가 자기가 제일 좋아하는 손이라며 느닷없이 내 손을 잡고 사람들 앞에 흔들어댔다. 얼굴이 화끈거려 그대로 서 있을 수가 없었다. 그 간호사의 뺨을 후려치고 싶었다. 그녀가 무안할 정도로 매몰차게 내 손을 빼며 그녀를 밀쳐버렸다.

내 손에 대한 콤플렉스는 어릴 때부터였다. 그것은 그림자처럼 따라붙었다. 친구들과 신나게 얘기를 하다가도 손에 대한 말이 나오면 나는 입을 다물었다. 아무리 봐도 시골 농사꾼의 손보다 더 나을 것이 없는 내 손. 마른 덕석 같은 손바닥, 앙상한 뼈 위로 지렁이가 기어가듯 불거진 핏줄들, 아무리 봐도 예쁜 구석이 없다.

내 손가락에서 결혼반지가 자취를 감춘 것은 오래전이다. 툭툭 불거진 손가락 마디에 반짝이는 다이아반지는 구걸하는 거지의 허리춤에 걸린 비단 주머니 같았다. 딱딱한 손가락 마디, 젖은 창호지처럼 밀리는 손등, 첨단을 달리는 성형 수술로도 내 손을 다듬지는 못할 것이다. 못생긴 손 탓에 나는 사람들의 손을 눈여겨보는 버릇이 생겼다. 물론 손 하나를 가지고 인생을 통째로 재단할 수는 없지만 사람들의 손에 지난 삶의 모습이 담긴 것은 사실이다.

야들야들하고 보드라운 손은 순탄한 삶을 살아왔음을 가늠케 하고 거칠고 억센 손은 심한 파도를 탔음을 의미한다.

어릴 때 일이었다. 옹기종기 모여 앉은 아이들이 누구 손이 예쁜지 대보았다. "네 손은 왜 그렇게 못생겼니?" 어떤 아이가 무심히 던진 말에 나는 내 손을 자세히 보았다. 모두들 포동포동 토실토실한 조막손들이었다. 내 손만 막 주물러놓은 밀가루 반죽 같았다. 그것이 어머니의 손을 닮았다는 것을 나중에 알았다. 어머니의 오뚝한 코와 천도복숭아 같은 뽀얀 뺨은 어디다 두고 못생긴 손이냐고 투정을 부리기도 했다.

"애야, 네 손은 충분히 예쁘단다. 쓸데없는 소리 말고 공부나 열심히 해라, 여자는 뭐니 뭐니 해도 마음이 고와야 한단다." 곱게 타이르던 어머니의 말은 귀에 들어오지 않았다. 커가면서 손에 대한 열등감은 더 심해져서 할 수만 있다면 떼어버리고 싶었다. 사람들 앞에서 손을 감추는 버릇이 생겼고 그로 인해 냉가슴을 앓았다.

젊은 날 한 멋진 남자와 사랑에 빠진 적이 있었다. 만날 때마다 그는 늘 내 손을 잡으려 했다. 나는 부끄러운 듯 내숭을 떨며 피해버리곤 했다. 어느 날 그가 내 손을 만지작거리며 말했다. "넌 얼굴은 예쁜데 손은 진짜 안 예쁘다. 그치?" 하며 내 동의를 구하듯 나를 빤히 쳐다보았다. 오, 그때 나의 처참함이란! 나는 꽁지에 불붙은 닭처럼 후닥닥 손을 빼며 화를 냈다. 예기치 못한 내 반응에 당황한 그가 용서를 빌었지만 나는 토라져 집으로 와버렸다. 그 뒤 우리 사이는 이런저런 이유로 서먹서먹해져 결국 헤어지고 말았다.

얼마 전 콜로라도 스프링스Cololado Springs에 여행을 갔다 돌아오는 길에 아들들과 같이 ATV를 타게 되었다. ATV는 4륜 드라이브 오픈카로 산을 오르는 위험한 레저 운동이다. 안내자가 산을 오르기 전에 연습 삼아 평지를 서너 바퀴 돌라고 했다. 연습 도중 운전 미숙으로 내 ATV가 뒤집히고 말았다. 저만치 퉁겨져나간 내 어깨 위로 160킬로그램이 넘는 ATV가 주차를 했다. 평지였기 다행이지 산을 오르다 사고가 났더라면 생각만 해도 아찔했다. 덴버 공항에서 팔걸이를 목에 걸고 오렌지 카운티 존 웨인 공항으로 돌아왔다. 다행히 뼈는 부러지지 않았지만 엄청난 압력으로 근육이 뒤틀려 일 년 가까이 팔을 쓸 수 없었다. 매일 조금씩 운동하며 휘어버린 근육을 푸는 물리치료를 받았다. 못난 손보다 못난 마음을 다스리라던 어머니의 말이 비로소 가슴에 와닿았다.

주인을 잘못 만나 오랫동안 버림받은 내 손, 처음으로 내 손을 위해 기도를 드렸다. '하느님 내게 두 손을 달아주시고 마음껏 쓸 수 있게 해주시니 감사합니다. 여리고, 가늘고, 나긋나긋한 손이 아닌 일하는 손을 주셔서 더욱 감사합니다. 이 손을 영원히 사랑하고 보살펴 일하는 손으로 살게 하소서.'

손톱을 다듬고 손에 로션을 촉촉하게 바른 뒤 매니큐어를 정성껏 발라주었다. TV에서 한번 잡아보고 싶은 가장 아름다운 손을 소개한다. 내 손과 꼭 닮은 손, 바로 쭈글쭈글한 일하며 기도하는 손이다.

함께 부르는
노래

집으로 오는 동안 내내 마음이 편치 않았다. 사실은 버라이즌 와이어리스 앰피씨어터Verizon Wireless Amphitheater에 올 때부터 아니 그 전부터 내 기분은 이미 바닥으로 가라앉아 있었다. 콘서트가 진행되는 동안 분노로 일그러졌던 남편의 얼굴을 지울 수가 없었다. 남편이 그렇게까지 상처받을 줄은 미처 생각지 못했다.

마지막 가을을 보내며 퍼시픽 오케스트라 입장권 두 장을 인터넷을 통해 구입했다. 오렌지카운티 퍼포밍 아트센터 주관으로 어바인의 버라이즌 앰피씨어터에서 펼쳐지는 심포니였다. 퍼포밍 아트센터의 금년 마지막 공연인 이 콘서트는 공연날이 9월 11일이어서 특별한 의미가 있었다. 알 카에다의 테러로 미국의 자존심을 땅바닥에 깔아버린 쌍둥이 빌딩 '세계무역센터'를 기리는 행사였기 때문이다. 거기에 〈베토벤의 교향곡 제9번〉코러스는 구미가 당기는 작품이었다. 경제가 몹시 어려운 때라 국민 화합을 위해 택한 곡인 것 같았다.

2001년 9월 11일 새벽, 짐gym에서 운동을 마치고 집으로 오던 중 세계를 경악케 했던 빅뉴스, 지금도 어제 일처럼 생생하다. 허겁지겁 집으로 뛰어들어와 TV를 틀고 눈을 떼지 못한 채 얼마나 발을 동동 굴렀던가. 하루 종일 TV에서 빌딩이 공격당하던 순간을 되풀이해 보여주고 많은 사람들이 그 앞을 떠나지 못한 채 함께 눈물을 흘렸다. 미국 시민으로, 아니 한 인간으로서 죄 없이 죽어간 생명들을 보며 도저히 용서할 수 없는 흉악한 범죄에 치를 떨었다. 그것이 벌써 강산도 변한다는 십 년이 훨씬 넘은 일이다.

두 장의 티켓을 들고 나는 고민했다. 당연히 남편과 함께 가려고 산 티켓이었다. 그러나 공연 날까지 나는 남편을 초대하지 않았다. 물론 남편이 클래식을 좋아하지 않았지만, 그것이 이유는 아니고 내 가슴에 똬리를 튼 다른 이유가 있었다. 사실은 며칠 전에 남편과 다툰 앙금이 풀리지 않아서였다.

남편은 원래 클래식뿐 아니라 팝송이나 다른 음악을 별로 좋아하지 않는다. 아무리 기분이 좋아도 콧노래 한 번 부르는 것을 본 적이 없다. 미식 축구라면 자다가도 벌떡 일어날 사람이지만 정서가 없는 것인지, 재미가 없는 것인지 노래 같은 것을 좋아하지 않왔다. 특히 뮤지컬이나 오페라는 정말 관심이 없다. 그래도 내가 티켓을 사서 같이 가자고 하면 물론 내 비위를 맞추기 위해서였겠지만 거절한 적은 없었다.

결혼 전 가끔 그와 영화를 보러 간 적이 있었다. 가슴을 울리는 슬픈 사랑 이야기에 찔끔거리다 옆을 보면 그는 예외 없이 졸고 있었다. 좀 엉뚱하기도 했지만 그때는 그 엉뚱한 모습이 별로 싫지 않았다. 결혼 후에도 기회가 있을 때 몇 번인가 LA에 뮤지컬과 오페라를 보러 갔었다. 공연 도중 슬쩍 남편을 훔쳐보면 아니나 다를까, 그는 긴 하품을 하며 커다란 눈을 멀뚱거리곤 했다. 하긴 나도 이해를 못해 졸린 적이 있는데 남편에게는 아마 잔디밭에 나가 흙을 파느니만 못했을 것이다. 나는 문화인인 척하고 싶었고 남편은 원래 '체'할 줄을 모르는 사람이다.

적당한 사람이 떠오르지 않았다. 고심 끝에 기타 교실의 선생님을 떠올렸다. 기타를 가르치니 공연을 좋아할 것이라 생각했고 또 그런 선심을 써두면 기타 공부할 때 더 신경써주지 않을까 하는 꼼수까지 계산한 초대였다. 그러나 생각과 달리 그도 클래식을 좋아하지 않았다. 거금을 투자한 티켓이 휴지가 될 판이었다. 두 장을 사며 할인을 받았는데 한 장만 살 걸 싶었다.

그때 P씨 생각이 났다. 기타 교실에서 같이 공부하는 학생이었는데, 우리 기타 반을 인솔하고 몇 번 등산을 함께했었다. 아니나 다를까, P씨는 감사하다며 내 초대에 응했다. 티켓을 버리지 않아도 된다는 안도감과 콘서트를 즐길 수 있다는 생각에 칙칙하던 기분이 싹 가셨다.

토요일 오후 P씨가 우리 집으로 왔다. P씨는 남편과 함께 몇 번 등산을 가기도 했고 레이크 타호 여행을 함께하기도 해 친숙한 사이었다. 처음 가는 버라이즌 앰피씨어터에서 심포니를 본다는 기대에 나는 보라색 원피스에 챙이 둥그런 보라색 모자를 쓰고 보라색 굽 높은 구두로 한껏 멋을 부렸다.

자기한테는 일언반구도 없이 다른 남자와 콘서트에 간다는 나를 남편은 무섭게 노려보았다. 서로 구면이요 자주 어울린 사이였지만 다른 때와 달리 남편은 P씨에게 친절하지 않았다. 평소의 그답지 않게, 아니 결례가 될 만큼 무례한 남편의 언동에 P씨는 이유를 몰라 당황했다. 나의 생각 없는 초대 때문에 친구가 아닌 이상한 분위기가 돼버렸다. 나는 아무렇지 않는 척 굴었지만 속은 벌써 식어버린 커피 맛이었다. "남편하고 가세요. 나는 남편이 안 가신다 한 줄 알고 초대에 응했는데 미안합니다." P씨가 어색한 우리 부부의 분위기를 누그러뜨리려 애를 썼다. "아니에요. 좋아하지도 않으면서 괜히 그러네요." 나는 무시하듯 남편의 앞을 지나 P씨의 차를 타고 집을 나왔다.

버라이즌 앰피씨어터는 오렌지카운티의 헐리웃 볼Hollywood Bowl

이었다. 모두들 피크닉 가듯 가벼운 차림들이었다. 나처럼 우스꽝스럽게 멋을 부린 사람은 없었다. 아마 내 모습은 등산을 가며 하이힐을 신은 꼴이 아니었을까 싶다. 생뚱스런 내 차림에 사람들이 자꾸 쳐다보는 것 같았고 나는 무안하고 창피해 그냥 집으로 와버리고 싶었다. 세상은 참으로 공평해 남편을 무시하고 멋대로 날뛴 내게 금방 대가를 치르게 한다는 생각도 들었다.

로버트 무어의 지휘로 5천 명 넘게 들어찬 야외 극장은 빈자리가 없었다. 뜻밖에도 내 앞줄에서 큰아들과 여자 친구가 나를 보고 아는 체를 했다. 나는 혹시나 아들이 아빠는 어디 있느냐고 물어볼까봐 더 이상 말을 걸지 않았다. 아들이 앞줄에 앉은 것이 다행이었다. 아들은 여자 친구 때문인지 엄마에게 신경을 쓰는 것 같지 않았다.

공연이 시작되자 성조기에 묵념을 하고 〈아메리카 더 뷰티풀 America the Beautiful〉 〈더 스타 스팽글드 배너The Star-Spangled Banner〉를 연주한 뒤 사뮤엘 바버Samuel Barber의 〈현을 위한 아다지오(Adagio For Strings)〉를 연주했다. 마지막으로 베토벤의 교향곡 제9번 〈합창〉이 끝나자 모두들 기립박수를 했다. 공연은 생각보다 더 좋았고 모든 것은 평화로웠다.

〈합창〉이 삼삼히 여운을 남기며 귓가에 울렸다. "우리 환희의 노래를 부르자, 만인이여 서로 품어 안으라, 영혼을 지닌 자, 여인의 사랑을 얻은 자여." 남편과 같이 왔더라면 정말 좋았을 것을. 푸르스름한 달빛 속에 쓸쓸한 남편의 얼굴이 겹쳐졌다. 오늘 밤은 남편한테 꼭 미안하다는 말을 할 것이다. 그리고 사랑한다고 말해야겠다. 서둘러 돌아오는 프리웨이를 푸른 달빛이 조용히 따라붙었다.

세상의
아침 풍경

어젯밤에 비가 내렸다. 모처럼 내린 비에 메마른 대지가 목을 축이고 활짝 기지개를 켰다. 뒤뜰에서 새들이 동창이 밝았다고 빨리 나오라고 쩩쩩쩩 지저귀었다. 그러고 보니 또 늦잠을 잤다. 요즘 느슨해진 내 운동량은 나이 탓일까, 게으름 탓일까. 나른한 하품을 내뿜으며 산책길로 들어선 나는 긴 숨을 들이쉬었다 내뱉었다를 되풀이했다. 머리끝에서 발끝까지 휘감는 짭짤한 바닷바람 냄새는 언제 맡아도 좋다.

휑 스쳐가는 바람에 난쟁이처럼 몽톡한 풀들이 와르르 넘어졌다 아무 일도 없다는 듯 금세 일어났다. 내 인생에 부딪친 수많은 난관들이 저 풀잎들을 자빠뜨리고 가는 바람이었다는 생각이 든다. 아무리 세찬 바람도 저 작은 풀 한 포기를 베지 못하는 것을,

우리는 작은 일에 번개보다 빨리 상처 입고 쓰러지는지 알 수가 없다. 안개를 헤치고 산봉우리 위로 성큼 올라서는 아침 해가 보름달 같다.

어둠이 세상을 껴안는 동안 해님은 어디에 다녀왔을까. 온 밤 홀로 지샌 달님은 아침 일찍 달려온 햇님이 고맙기만 하다. 정인을 두고 떠나는 연인처럼 저만치 멀어져가고 있다. 듬성듬성 박힌 나무들과 팜트리들도 그동안 켜켜이 쌓인 먼지를 씻고 살랑거린다. 크고 작은 습지의 라군에 박힌 고목들까지 오늘은 촉촉한 냄새를 풍긴다. 수십 마리의 새들이 고목 위에서 꼼짝 않고 물속을 지키다 날카로운 부리로 순식간에 물고기를 낚아챈다. 물속을 마음대로 휘젓는 물고기들이 어쩌다 공중을 나는 새들의 밥이 되는지 알다가도 모를 일이다.

산타애나 강이 흐르는 방파제 둑길과 모래 둔지에 놓인 벤치에서 사람들은 쉬기도 하고 책을 읽기도 한다. 수십 마리의 새떼가 무리지어 날아간다. 이곳이 싫으면 저곳으로, 저곳이 싫으면 또 다른 세상으로 훨훨 날아가는 새들은 얼마나 자유로운 영혼인가. 썰물이 빠져나간 습지에 수백 마리의 새들이 머리를 박고 있다. 물이 다시 차기 전에 양껏 배를 채우기 위해서다. 세상에 살아 있는 모든 동식물의 가장 원초적인 욕구인 식욕, 그것은 새들도 마찬가지다.

밀물과 썰물은 보통 7~8시간 차로 이뤄진다. 내가 걷는 이 시간은 늘 썰물일 때가 많다. 퍼시픽 코스트 하이웨이로 들어선다. 차량들은 하나같이 총알처럼 속력을 낸다. 그렇게 목을 조인 가속 페달로 어디를 가는 것일까. 아무리 기를 쓰고 달려도 도착 시간에는 별 차이가 없다. 오직 마음이 바쁠 뿐이다.

내 종착역은 워너 길과 퍼시픽 코너에 있는 '잭 인 더 박스'다. 나도 빨리 도착하고 싶어 속도를 낸다. 길가의 야생화들이 차들이 바람을 일으킬 때마다 허리를 굽혔다 일어선다. 알아서 먼저 굽히는 저들의 낮은 몸가짐이 이 모진 시달림에도 꺾이지 않는 삶의 지혜인 것 같다.

얼마쯤 달리자 내 조깅 속도는 점점 느려진다. 숨이 차 그만 멈추고 싶다. 길 옆에 띄엄띄엄 일정한 간격으로 이정표가 서 있다. 죽어라 속도를 낼 땐 보이지 않던 것들이 속도를 줄이자 금방 눈에 들어온다. 거리를 측정하기 위한 이정표다. 내가 들어선 지점에서부터 '잭 인 더 박스'까지 열다섯 개의 이정표가 서 있다. 이 짧은 거리에 세워진 열다섯 개의 이정표, 지금껏 걸어온 내 인생엔 몇 개의 이정표가 있었으며 아직 가야 할, 남아 있는 내 인생엔 몇 개의 이정표가 더 필요할까.

이른 아침, 해변은 서핑을 타는 젊은이들이 문을 연다. 바다는 그들을 기다렸다는 듯 파도로 마중을 나온다. 롤러코스터를 타듯 서퍼들은 서핑 보드를 가슴에 안고 포효한 사자처럼 날렵하게 물속으로 뛰어든다. 집채만 한 파도에 묻혀 서퍼는 세상을 한 바퀴 뻥 돌고 다시 몸을 세운다.

두 쌍의 남녀가 모래사장을 걷는다. 다정하게 손을 잡은 한 쌍은 연인이요, 저만치 간격을 두고 떨어져 따로 걷는 한 쌍은 부부일 것이다. 동서양이 별반 다르지 않다. 손을 꼭 잡고 서로 어깨를 기대며 다정히 걷는 연인들이 부럽다. 새삼 이 나이에 사랑의 황홀함을 바라지는 않겠지만 사랑 없이 사느니 차라리 바닷가에 이름 없는 돌이고 싶다. 나는 죽는 날까지 늘 가슴 아픈 사랑을 하다 갈 것이다.

안개 걷힌 날, 카타리나 섬은 이웃처럼 다가선다. 바닷가 마른 모래는 파삭파삭 발이 빠지고 발자국도 금방 지워진다. 발목을 간질이다 발등을 사르르 덮으며 흘러내리는 모래가 애인의 입맞춤처럼 간지럽다. 오늘 아침 백사장은 촉촉이 젖어 사박사박 걷기가 좋다. 내가 살아 있음을 확인하듯 나는 발자국을 꼭꼭 박아 또렷하게 남기며 걷는다.

한 떼의 갈매기가 낮은 비행을 하다 푸드득 모래사장에 내려앉는다. 어떤 놈은 부리로 모래를 바리바리 파헤치고, 어떤 놈은 뒤뚱뒤뚱 제잠거리다 부리나케 쫓아가고, 어떤 놈은 실밥 같은 눈을 아리바리 굴린다. 하는 짓들은 모두 달라도 부지런히 먹이를 찾는 중이다. 아, 저쪽에 사랑에 빠진 두 놈이 있다. 한 놈은 밑에 깔리고 다른 한 놈은 등 위에 올라타 있다. 보기 드문 아름다운 풍경에 찰칵 사진을 찍는다.

밀려오는 파도 속에 부서지는 얼굴들, 그리운 얼굴, 미운 얼굴, 싫은 얼굴, 좋은 얼굴, 전에 만났던 얼굴, 지금 보는 얼굴들이 있다. 어떤 얼굴은 그립고 어떤 얼굴은 고개를 돌리게 한다. 허나 그들은 모두 나의 과거, 나의 현재 그리고 미래다. 차가운 물속에 손을 담그며 부서진 얼굴들을 하나하나 건져올린다.

잭인 더 박스로 들어가 커피 한 잔을 시킨다. 사거리에 빨간 불이 켜지고 모든 차들이 스톱을 한다. 사거리 풍경이 신호등 아래 모자이크 된다. 화장을 하는 사람, 전화기에 소리를 지르는 사람, 음악을 틀고 온몸을 흔들어대는 젊은이, 힐끔힐끔 여자들을 훔쳐보는 남자, 실없는 윙크로 눈을 피곤하게 하는 남자, 애견과 입 맞추다 코를 박는 사람, 창문을 내리는 사람, 창문을 올리는 사람, 세상의 온갖 동영상이 한순간에 찍힌다.

갑자기 찍 소리가 고막을 찌른다. 왼쪽으로 돌던 차와 반대 방향에서 직진하던 차가 마주쳤다. 후다닥 밖으로 뛰어나간다. 얼마나 진하게 서로 키스를 했는지 앞 범퍼가 볼썽사납다. 차들은 둘 다 망가져서 하나는 왼쪽으로 또 하나는 오른쪽으로 머리를 틀었다. 삽시간에 교통이 마비된다. 신호등은 파란불로 바뀌었다. 누가 잘못했을까, 너무 순간적이라 나도 기억이 나지 않는다. 경찰차가 요란한 사이렌을 울리며 들이닥쳐 교통정리를 한다. 운전자들은 서로 잘못이 없다고 우기는 모양이다. 하나의 신호등 푸른불에 다른 두 방향의 운전자가 잘못이 없다니 아무래도 자동차 잘못임에 틀림이 없다.

곧 언제 그런 일이 있었느냐는 듯 차들은 다시 갈 길을 달리기 시작한다. 세상은 늘 다른 사람 때문에 내가 손해 보며 사는 것 같다. 비에 씻긴 퍼시픽 코스트 하이웨이 위로 서늘한 갯바람이 얼굴을 때리며 스쳐간다. 하이웨이에서 무슨 일이 있었느냐는 듯 길가의 작은 풀잎들 수줍게 엎드린다.

다시
봄이
오는 소리

🌿

몸이 나른하다. 오늘 아침에는 무슨 일이 있어도 짐에 운동하러 갈 거라고 어젯밤에 단단히 결심했는데 또 허사가 돼버렸다. 신경을 너무 쓴 탓인지 꼭두새벽에 잠이 깼다. 야광 시계가 2시를 가리키고 있었다. 금요일 새벽 2시. 짐은 5시에 문을 연다. 3시간을 때울 방법이 없었다. 잠을 더 자는 수밖에.

다시 잠을 청하려 이리저리 뒤척였지만 머리는 찬물에 씻은 듯 개운하고 눈은 별처럼 초롱초롱하다. 자주는 아니지만 가끔 이런 때가 일 년에 몇 번쯤 있다. 한데 요즘은 그 횟수가 늘었다. 느닷없이 한밤중에 잠이 깨 올빼미처럼 눈을 굴리는 밤, 아무리 잡으려 해도 나를 뿌리치고 달아나는 잠, 번민하는 주승처럼 긴 밤을 뒤척여보지 않은 사람은 그 심란함을 알 수가 없다.

이럴 때 나는 버릇처럼 머리맡의 컴퓨터를 켠다. 그리고 기꺼이 한국 드라마 사이트를 휘적휘적 더듬어댄다. 한밤중, 예고 없이 침입한 무뢰한을 밀어내는 데 이보다 더 좋은 방법이 없다는 나름대로의 변명이다.

지난날 부동산 에이전트였던 내 일터는 하루하루 긴장과 경쟁의 늪이었고 스트레스의 연속이었다. 유난히 경쟁이 심해 실패를 용납할 수 없었다. 자칫 발을 잘못 디디면 돈을 벌기는커녕 소송에 말려들어 쓰디쓴 좌절을 맛보기도 한다. 그 탱탱한 긴장감이 나를 한눈 팔지 못하는 천리마처럼 달리게 했다. 덕분에 커리어 우먼으로 우뚝서고 경제적 안정을 이룬 것도 사실이다. 그러나 그 스트레스는 이미 딱딱하게 굳어져 쳐낼 수 없는 돌이 돼 있었다.

그 압박감이 나를 남보다 일찍 일터에서 끌어내렸는지도 모른다. 은퇴 후 용도 폐기된 것 같은 자괴감이 수시로 몰려왔다. 처음엔 늘어지게 기지개를 켜며 일어나는 여유, 경쟁 없는 생활, 승부하지 않는 삶 그리고 무엇을 하든 별로 구애받지 않는 일상에 날아갈 것 같았다. 그것도 잠시, 시간이 흐를수록 창가에 가득히 퍼지는 햇살을 보며 무기력증에 빠져들었다. 이 어설픈 삶을 위해 꽤 좋은 수입과 어렵게 쌓아올린 커리어를 팽개친 것인지 누워서 천장을 보며 자꾸 한숨이 나왔다.

내게 주어진 삶을 다하지 않고 억지로 문을 닫아버린 것 같았다. 아직도 왕성한 젊음과 끓는 열정이 있는데 꼬리를 잘라버린 것은 아닌지. 옛날에 일에 몰입하면서도 〈댈러스〉라는 미국 연속극을 놓치지 않고 보았다. 1978~1991년까지 장장 13년간 방영된 〈댈러스〉는 미국뿐 아니라 유럽에서도 굉장한 인기를 끌었다.

드라마가 워낙 파란만장하고 재미있어 한국에서도 DVD가 제작됐다는 얘기를 들었다. 그때 나는 주인공, J. R 유잉을 눈여겨보았다. 인간적으로 존경할 만한 사람은 못 돼도 뛰어난 사업가적 능력이 있어, 순간순간 무력해지는 나를 추슬러준 멘토역할을 톡톡히 해주었다.

TV 드라마에 빠지는 것은 백해무익인지 모른다. 거기에 몰입하는 시간만큼 창작에 몰두하고 내가 배우고 있는 기타 연습을 한다면 나는 벌써 시인이요, 유명한 작가이며 웬만한 기타리스트가 됐을지도 모른다. 드라마를 많이 본다고 소설가가 되는 것도 아니니 분명 시간 낭비다. 허나 나는 그것도 삶의 한 방식이라고 둘러대며 여기저기 드라마를 찾아헤매는 집시가 된다.

이 새벽도 그렇다. 잠이 달아난 시간에 컴퓨터를 켜고 드라마를 클릭한다. 눈은 드라마에 꽂히지만 실은 잠을 찾아헤매는 여정이다. 그러나 아무리 드라마로 눈이 피곤해져도 외출나간 잠은 돌아오지 않는다. 특별히 보고 싶은 드라마가 있는 것도 아니어서 한 곳에 오래 머물지 못하고 아이들 물총 쏘듯 그냥 클릭 클릭을 쏘

아댄다. 홍수처럼 쏟아지는 드라마 천국이지만 내 마음은 하나도 젖지 않는다.

뱅글뱅글 커서를 돌려대며 술래잡기하듯 일일, 주말, 주중 연속 극에 무차별 클릭이 거미줄처럼 깔리고 술 취한 나그네처럼 이곳저 곳 기웃거리다 시들해지면 다시 집시 여인이 돼 또 다른 곳으로 떠 난다. 넘치는 드라마에 푹 젖은 클릭, 잠에서 깬 지 벌써 한 시간 이 지났다. 5시가 되려면 아직도 두 시간이 남았다. 기다리는 잠은 오지 않고, 똑딱똑딱 초침소리 따라 달아난 잠을 쫓는 추노의 애 끊은 클릭 소리만 절간의 풍경 소리처럼 밤을 가른다. 어디를 가야 잃어버린 내 잠을 다시 잡아올 수 있을까

팽이 돌리듯 컴퓨터 커서를 돌리다 그마저 시들해지면 이메일로 간다. 눈처럼 날리는 재탕된 이메일, 지인이 정성껏 보내준 메일을 잘 정리해 또 다른 지인들에게 보내기도 한다. 그러나 언제부터인 지 그마저 시들해졌다. 지금은 아침 햇살처럼 반짝 뜨는 것이 아니 면 쓰레기통에 던진다.

허나 요즘은 메일보다는 톡톡 튀는 카카오톡에 더 식상하는 일 이 많다. 이미 몇 번씩 받은 글, 사진, 동영상이 생판 모르는 이의 아이디를 달고 내 자판에 톡톡 내려앉을 때의 그 짜증스러움. 스마 트폰의 무능인지 카톡의 분열증인지 알 수가 없다. 그 무엇이 방황 하는 내 마음을 붙들랴. 가라앉고 뜨는 것이 모두 내 인생인 것을,

늘 뜨는 인생만 쳐다보게 된다.

4시가 넘도록 뒤척이다 어찌어찌 잠에 떨어진 모양이다. 눈을 뜨
니 일곱 시다. 짐이 다섯 시에 문을 연다고 일곱 시에 오지 말란 법
은 없다. 그러나 나는 짐이 처음 딱 문을 여는 그 순간, 쏴하게 가
슴을 치는 그 느낌이 좋다. 멀고 먼 경주에서 마지막 발을 내딛어
테이프를 끊는 환희에 찬 그 느낌 말이다. 그 순간을 놓치면 나는
이런저런 핑계로 또 내일로 미룬다. 살면서 나는 얼마나 많은 오지
않는 내일을 기약했을까. 뭉그적대다 나른한 기지개를 켜고 뱀이
허물을 벗듯 이불 속에서 빠져나온다. 아래층으로 내려와 뒷문을
활짝 열고 지천으로 뜰에 깔린 햇살을 밟는다.

쿠키가 쪼르르 달려와 꼬리를 흔들어댄다. 뒤뜰 화단에 하얀 히
야신스가 소담스레 피었다. 아무리 손짓해도 눈길 한 번 주지 않는
매미만 한 허밍 버드, 살랑대는 꽃잎 위에 파르르 날개를 접고 앉
는다. 아! 봄이다. 밤새 나를 뒤척거리게 한 것, 나른한 게으름으로
아침 일찍 짐gym에 가지 못한 것 모두 봄이 오는 몸부림이었다.

나
여기
가고 있다

🌿

발밑에서 파삭 무엇인가 깨지는 것 같았다. 산책을 멈추고 내려다보았다. 깨진 달팽이 하나가 꼬무락거리고 있었다. 부서진 껍질 속으로 몸을 집어넣으려 애를 쓰고 있었다. 그러나 껍질이 다 부서져 살아날 가망은 없어 보였다. 짙은 안개 때문에 보지 못한 것 같았다.

가슴이 뜨끔했다. 분명 실수였지만 살아 있는 생명을 죽였다는 꺼림칙한 기분을 떨칠 수가 없었다. 나쁜 짓을 하다 들킨 것처럼 얼른 주위를 둘러보았다. 뿌연 물안개만 바람따라 꾸물꾸물 흩어지고 있었다. 꼬무락거리던 달팽이도 더 이상 움직이지 않았다. 씁쓸한 기분으로 가던 길을 다시 걷기 시작했다.

산책길에는 크고 작은 달팽이들이 친구의 죽음 같은 것은 아랑곳없이 집 한 채를 무겁게 지고 천천히 가고 있다. 행선지를 동료나

가족에게 알리려는 것일까, 아니면 귀향길이 걱정되어서일까. 느릿느릿 가면서 끈적끈적한 하얀 줄을 남기며 가고 있다. 저 달팽이들은 어디서 와서 어디로 가는 것일까.

이곳은 갯바람이 시도 때도 없이 바닷물을 퍼 날라 이른 아침과 늦은 밤은 잿빛 안개로 한치 앞을 볼 수 없을 때가 많다. 덕분에 뿌리까지 말라붙는 바튼 가뭄에도 나무와 풀들은 흥건한 샤워를 하고 진주 같은 물방울로 몸단장을 하기도 한다. 햇볕 좋은 날은 산책길 아래 빗장이 끝없이 열려 태평양 바다가 푸른 융단처럼 펼쳐져 무작정 그곳으로 달려가고 싶은 충동을 느낀다.

산책길은 주로 선인장, 세이지 브러시, 캘리포니아 버크휘트, 버지니아 피클휘트 등 사막에서 자라는 땅딸막하고 앙상한 풀들이 대부분이다. 산책길 양쪽에 늘어선 늙은 나무들도 갯바람에 부대껴 까칠하기는 매한가지다. 어느 해 폭풍에 넘어진 고목들이 두서없이 누워 다람쥐와 코튼 토끼들의 쉼터가 되고 있다.

나는 달팽이를 무척 싫어했다. 이유는 그것들이 내가 아끼던 선인장과 꽃 나무들을 모두 망쳐버렸기 때문이었다. 우리 집 뒤뜰에는 커다란 공작선인장 화분들이 여러 개 있다. 이 선인장들은 함박만 한 진분홍 꽃을 일 년에 딱 한 번 휘늘어지게 피웠다. 꽃은 며칠 가지 않지만 그 화려함이 장미꽃 못지않다. 또 그 옆으로 백합, 임 페이션트, 사이클론 등등 갖가지 꽃들이 만발해 뒤뜰을 내다보며 벌 나비들이 날아드는 것을 지켜보곤 했다.

그러던 어느 날 줄기를 꼿꼿이 세우며 쑥쑥 뻗어가던 그 선인장이 갑자기 시들시들 처지기 시작했다. 물이 부족해서인가 하고 흥건히 물을 준 뒤 화분을 돌려놓았다. 그러나 선인장은 황달에 걸린 듯 하루가 다르게 누런 버짐을 피우더니 마침내 줄기를 내리고 죽기 시작했다. 거름 때문인가 하고 거름을 주려고 늘어진 잎을 들췄다. 오 마이 갓, 나는 손에 든 거름통을 떨어뜨리며 비명을 질렀다. 선인장 줄기 밑에 뒹구는 것들이 모두 달팽이였다. 북북 기는 놈, 비실거리며 넘어지는 놈, 잎에 달라붙어 해롱대는 놈, 혀를 쭉 내미는 놈, 비틀비틀 엎어지는 놈 등등.

곧 정신을 차리고 장갑을 찾아 낀 뒤 팔을 걷어붙이고 달팽이 제거 작업을 폈다. 화분뿐 아니라 화단 전체에 습기가 찬 곳은 모두 달팽이들의 놀이터였다. 달팽이들이 그 선인장과 아름다운 꽃나무들을 다 망쳤다고 생각하니 그것들이 꼴도 보기 싫었다. 내친김에 약까지 사다 흥건히 뿌려 다시는 발을 붙이지 못하게 했다.

그 뒤 길에서 달팽이를 보면 생각없이 밟아버렸다. 그런 무자비한 살인에 달팽이는 비명을 지르지도, 대항을 하지도, 원망을 하지도 않고 내 발밑에서 깨지는 것을 운명처럼 받아들였다. 아무런 불평 없이 힘 한번 써보지 못하고 밟히는 달팽이들을 보며 그것들은 그렇게 밟아도 되는 것이라고 생각했다. 그러던 내가 오늘 아침 실수로 밟아버린 달팽이 하나가 목에 걸린 가시처럼 찔리는 것은 무엇 때문일까. 달팽이가 밟힐 때 픽하고 지른 지극히 짧은 외마디 비명. 부서진 껍질 속으로 몸을 밀어넣으려 몸부림치던 녀석의 마지막 몸놀림이 머릿속에서 지워지지 않았다. 뼈가 없어 힘도 없는, 생각해 보면 달팽이는 내 적수가 아니었다. 내게 대항할 능력도, 의지도, 나와 싸울 힘도 없었다. 달팽이보다 몇 십 배 더 작은 개미 한 마리가 물어뜯을 만큼의 힘도 없는 달팽이를 상대로 그런 잔인한 폭력을 쓴다는 것은, 이유가 어찌됐든 정당화할 수 없는 죄악이었다. 게임에 이기고서도 속임수나 반칙을 해 패배감에서 벗어날 수 없는 심난한 마음 바로 그것이었다.

달팽이가 내게 끼친 해악, 그것은 내 꽃나무를 망친 것이다. 그렇다 해도 그것이 달팽이가 내 발에 밟혀 죽어야 할 이유는 아니다. 세상의 모든 생명은 하느님이 창조하신 것이니, 달팽이의 여린 삶도 보호받을 권리가 있다는 생각이 머리를 채우기 시작했다.

달팽이는 먼 옛날 그들의 조상이 호기심으로 육지로 왔다가 길을 잃었다고 한다. 그래서 고향이 그리워 늘 낮은 곳으로 간다는 달팽이. 달팽이는 물냄새를 맡고 온다고 한다. 그 작은 몸의 어디로 냄새를 맡는 것일까. 녀석들이 촉촉한 산책길을 두 눈을 쏘옥 내밀고 혀를 날름거리며 앞서거니뒤서거니 간다. 가다가 어디서 비바람을 만날지 무서운 적을 만날지 걱정하지 않는다. 여행 중 폭풍을 만나면 쉴 수 있고 적과 부딪치면 몸을 숨길 수 있는 집이 있는 것은 그나마 다행한 일이다.

달팽이의 가늘고 여린 삶을 생각해 본다. 그리고 내가 걸어온 삶을 돌아다본다. 아들을 선호하는 아버지가 딸인 나를 초등학교도 보내지 않았던 어린 시절이 떠오른다. 그 어둡고 막막한 시절에 어머니 덕택으로 천막학교를 다녔고 다시 공민학교를 거쳐 굽이굽이 험한 길을 돌고 돌아 여기까지 왔다. 마음은 누구보다 앞서 가고 있었지만, 달팽이처럼 기댈 울타리나 붙잡을 가지 하나 없이 발발 떨며 시작부터 먼 발치에서 남보다 뒤처졌다. 그러나 쉴 수 없는 길이었고 꼭 가야 하는 길이기에 뚜벅뚜벅 걸어왔다. 때로는 힘센 누군가의 발밑에 밟혀 무수히 상처를 입고, 깨진 달팽이가 몸속으로 머리를 집어넣듯 움츠리고 움츠렸다. 그때마다 얼마나 많이 밟히고 깨졌을까.

그렇게 쉬지 않고 기어온 달팽이의 길, 그것은 바로 나의 삶이었다. 걸어야 할 길이라고 믿었기에 걷는 길, 기어코 가야 하는 길이기에 가는 길. 그래서 하얀 줄 하나 남기며 느릿느릿 가는 달팽이처럼 오늘도 '나 여기 가고 있다'.

아끼고 사랑하면
가족이다

🌿

요즘 들어 쿠키가 간절하게 보고 싶다. 까만 눈을 초롱거리며 어
디선가 나타나 내 손에 얼굴을 비벼댈 것 같다. 사랑하는 가족이
어딘가로 홀연히 사라져버린 안타까움, 쿠키를 그리워하다 보면 더
잘 보살펴주지 못한 후회가 앞선다. 제 명대로 살았어도 얼마 못
살았을 테지만, 쿠키를 그토록 허망하게 보낸 것이 꼭 내 잘못 같
아서다. 애완동물을 키우다 필연적으로 헤어져야 할 때의 그 심란
함을 나는 잘 알고 있다. '백설공주'를, '미스티'를 보내며 아주 오
래전에는 '샌디'를 보내면서도 가슴이 아렸었다. 그들을 보낸 뒤 다
시는 개를 기르지 않겠다고 다짐을 했지만 전생의 인연인지 쿠키
는 그 다짐을 가볍게 밀어내고 내 품안으로 들어왔다.

머칠 전 늦은 오후, 집을 나와 있는 내게 작은아들로부터 전화가

왔다. 쿠키가 보이지 않는다는 것이다. 나는 쿠키가 또 우리 집 대문을 빠져나가 동네 고샅길을 쓸고 다니는 것이라 생각했다. 쿠키는 얌전한 개였지만 내가 밖의 화단에서 풀을 뽑으면 사립문을 긁어대며 몸살을 쳤다. 나한테 오고 싶어서다. 나는 그런 쿠키를 이길 수 없어 문을 열어주곤 했다.

그날 아침, 일찌감치 집을 나가면서 나는 같은 골목에 사는 큰아들에게 저녁때 집에 들러 쿠키를 좀 살펴봐달라고 부탁했다. 눈앞에 다가오는 쿠키의 불행을 예감했던 것일까. 하룻밤 나들이지만 왠지 혼자 집을 지킬 쿠키가 마음에 걸렸다. 내 부탁을 받은 아들이 오후에 우리 집에 들렀다가 쿠키가 보이지 않자 작은아들에게 연락을 한 것이다.

쿠키는 원래 작은아들의 개였다. 15여 년 전 동부에서 법대를 다닌 아들과 함께 3년을 동고동락했다. 곱실곱실 푸들푸들한 하얀 털에 까맣고 구슬같이 똥글한 눈을 가진 쿠키는 중국산 시추였다. 앙증스런 외모에 순하디 순한 곱살스러운 개였다. 당시 캘리포니아를 떠나본 적 없던 아들이 흰 눈 속에 갇혀 보낸 3년이라는 동부의 긴 겨울, 서로 의지하며 외로움을 달래준 가족이었다.

아들은 법대를 졸업하고 쿠키를 데리고 왔다. 그때 우리 집엔 이미 두 마리의 개 '미스티'와 '백설공주'가 있었다. 둘 다 중국산 피크니스 종으로 세 마리가 그만그만한 사이즈였다. 그 중에 대장은 단연 '미스티'였다. '미스티'는 식탐이 많고 질투가 심하고 사나웠다. 별 저항 없이 백설공주와 쿠키를 발밑에 꿇렸다. 그럼에도 셋은 삼총사처럼 잘 어울렸다.

작은아들이 LA에 직장을 잡으면서 쿠키는 나를 떠났다가 수년 후 아들이 다시 오렌지카운티로 오면서 내게로 왔다. 그때 삼총사처럼 어울리던 미스티는 이미 세상을 떠난 뒤였고 3년 전에는 자매처럼 의지하던 백설공주마저 쿠키 곁을 떠나갔다. 말은 못하지만 나는 쿠키가 미스티와 백설공주를 얼마나 그리워하는지 알고 있었다. 쿠키는 그것을 애잔한 눈빛으로 말했다.

쿠키가 완전히 내게 온 것은 2년 전이다. 쿠키는 그때 왼쪽 눈에 심한 부상을 입고 있었다. 골프 스윙 연습을 하던 작은아들을 뒤에서 지켜보다 그가 휘두르는 골프채에 왼쪽 눈을 맞았다. 실핏줄이 터져 찐득거리는 쿠키의 눈을 휴지로 자근자근 눌러 닦아주고 약을 넣어주며 가슴이 저렸다. 쿠키는 실명을 면할 수 없었다.

얼마나 아팠을까 불쌍한 것, 눈이 빠질 것 같은 고통에 킹킹거리지도 않고, 질퍽하게 눈곱 낀 눈으로 나를 쳐다보았다. 실타래처럼 터진 핏줄을 가만가만 눌러주며 쿠키를 꼭 껴안았다. "아프지? 말 좀 해봐. 내가 네 대신 아팠으면 좋겠어." 쿠키는 쓰라린 내 맘을 다 안다는 듯 젖은 눈을 들어 애절하게 나를 쳐다보았다. 왜 하필 거기서 스윙 연습을 했을까. 미련한 녀석 같으니. 아들이 때려주고 싶도록 미웠다.

쿠키는 내 꽁무니를 그림자처럼 따라다녔다. 볼사치카 트레일 언덕에 산책을 나갈 때 나는 늘 쿠키를 데리고 다녔다. 쿠키는 여기저기 킁킁거리면서도 내 곁에 바짝 따라붙어 내가 뛰면 달리고, 멈춰서면 같이 바다를 내려다보았다.

나는 쿠키를 목욕시키고 직접 머리를 깎아주곤 했다. 애견 미용실에 데려다주면 쉬울 테지만, 허리가 끊어질 듯 아파도 쿠키와 몇 시간을 오붓하게 지내는 맛에 힘든 줄 몰랐다. 3시간이 넘는 긴 시간 내게 몸을 맡기고 말없이 따라주는 쿠키가 기특해 끌어안고 사랑한다고 수십 번씩 속삭여주었다.

쿠키는 우리 집 차고에서 살았다. 마음 같아서는 집 안으로 들이고 싶었지만 남편의 반대가 심했다. 내게 오고 싶어 차고 문을 빡빡 긁어대는 쿠키를 야단치기도 했지만 그런 내 마음도 어느새 쿠키가 있는 차고 쪽으로 달려가고 있었다.

여름에는 쿠키에게 더 많은 손이 갔다. 벼룩 때문이었다. 수시로 약을 뿌려주고 늘 목욕을 시켜도 벼룩들은 쿠키를 놓아주지 않았다. 오히려 몸이 가려운 그녀가 풀밭에 누워 등을 비벼대면 벼룩들은 젖은 모래알처럼 달라붙었다.

그날 아침 나와의 마지막을 알았을까. 쿠키의 눈이 유난히 젖어 있었다. 살살 눈을 닦아주고 쿠키의 밥그릇과 물그릇을 채운 뒤 남편과 나는 아침 8시 쯤 집을 나섰다. 작은아들의 전화를 받고 잘 찾아보라고 했지만 그날 밤 내내 나는 잠을 이루지 못했다. 다음날 일찌감치 집으로 돌아왔다. 차고 문 옆에 입도 대지 않은 쿠키의 밥그릇과 물그릇이 바람에 날리고 있었다.

가슴이 방방 뛰었다. 가방을 던져놓고 밖으로 나와 골목길을 돌며 쿠키를 불러보았다. 이 골목 저 골목 다른 골목을 모두 돌았지만 쿠키는 보이지 않았다. 힘이 빠져 집으로 오는 길에 옆 골목에 사는 한국 아줌마를 만났다. 우리 개를 보지 못했느냐고 묻자 자기 딸네도 개 두 마리를 잃었다가 오백 달러를 주고 경찰서에서 찾아왔다고 거기로 가보라고 했다. 경찰이 아니라 동물 보호센터를 말하는 것 같았다. 남편도 애가 타는 모양이었다. 내가 쿠키한테 너무 많은 정을 쏟고 또 쿠키가 나만 좋아해 늘 투덜거렸지만 그인들 어찌 쿠키가 걱정되지 않겠는가. 저녁 늦게 남편이 침통한 표정으로 옆집 나오미의 얘기를 들려주었다.

우리가 집을 떠난 뒤 아침 9시쯤 나오미가 차를 타고 나가려는 찰나 골목길에 커다란 코요테가 하나 나타났다. 반사적으로 놀란 그녀가 빵빵 혼Horn을 눌러대고 코요테는 그녀 집 대문을 훌쩍 뛰어넘어 우리 집 담장 위로 올라섰다. 그 순간 코요테는 뒤뜰에서 한가히 선탠을 즐기는 쿠키를 못 봤을 리 없다.

내가 집에 있었더라면……. 그 시간 집을 비운 나는 쿠키를 코요테에게 통째로 던져준 셈이었다. 아들은 엄마가 집에 있었다 해도 쿠키를 구하지 못했을 것이라고 나를 위로했다. 집 안에 있는 내가 뒤뜰에서 쿠키를 채가는 코요테를 무슨 수로 쫓아갈 수 있겠느냐고. 아들이 쿠키를 찾는 전단지를 만들었지만 나오미의 얘기를 듣고 희망을 접었다.

가족은 사람만이 아니다. 살며 정들고 아끼고 서로 사랑하고 그리우면 그들이 바로 내 가족이다. 초롱초롱한 눈의 깜찍한 쿠키, 또랑또랑한 모습으로 늘 내 뒤를 졸졸 따라다니던 쿠키가 어디선가 쪼르르 달려와 내 품에 안길 것 같다. 쿠키야 너 어디 있니, 보고 싶다.

조롱박이
여물 때

이번 가을은 옛날 시골 집 생각이 유난히 난다. 거실 벽에 걸린 조롱박 때문이다. 조롱박이 벽에 걸린 것은 뭐니 뭐니 해도 남편 덕이다. 그러나 남편은 내가 저것을 보고 피식피식 웃는 이유를 몰라 고개를 갸웃거리며 싱거운 사람이라고 한마디 한다.

조롱박은 내가 다니는 교회에서 가져왔다. 몇 달 전부터 나는 주일날 교회본당 입구에서 멀리 떨어진 담장 쪽에 주차를 하기 시작했다. 얼마 전 누군가가 내 차 운전석 문에 커다란 흠집을 내놓고 사라져 거금을 들여 수리한 뒤부터였다. 사람들이 붐비는 쪽에서는 또 그런 일이 생기지 말란 법이 없어 멀찍이 피한 셈이다.

교회 담장은 뒷집에서 무단 침입한 나뭇가지와 나뭇잎들, 헝클어진 담장넝쿨, 이름 모를 이파리, 제멋대로 자란 잡초들로 어수선

했다. 그날도 차를 세우고 내리는데 축 늘어진 잎사귀들 사이로 우윳빛 뽀얀 것이 얼핏얼핏 보였다. 반지르르 눈길을 끄는 물체가 궁금해 가만가만 걸어가 늘어진 이파리들을 들춰보았다. 손바닥만 한 잎사귀들 사이에 매끈하고 동그란 것이 대롱거렸다. 호박인가 하고 자세히 들여다보니 조롱박이었다.

어머나! 어떻게 이런 것이 여기에? 어릴 적 한국에서 아침이슬을 방울방울 몸에 달고 초가지붕 위에 둥글둥글 누워 있던 조롱박이었다. 그 뒤 본 적이 없어 까맣게 잊고 있었다. 하도 신기해 대단한 발견이나 한 듯 저만치 지나가는 권사님을 큰 소리로 불렀다. "권사님, 이리 좀 와보세요. 이거 박 맞지요?" "어머, 정말 박이네." 기억조차 까마득한 박을 교회에서 본 것이 믿기지 않아 애들처럼 서로 손을 잡고 호들갑을 떨었다.

"그럼 지금부터 이 조롱박은 내꺼다." "저 집에서 넘어온 것 같은데 그래도 돼?" 권사님이 양심에 걸리는지 한마디 했다. 나는 미국의 법 지식을 갖다 대며 미국에서는 담장 넘어온 것은 이쪽에 기득권이 있다고 유식하게 설명을 늘어놓았다. "여기다 내 이름 써 놓을래요. 누구 다른 사람이 손대지 못하게." 나는 얼른 핸드백에서 볼펜을 꺼내 내 이름을 쓰기 시작했다.

미끄러질 듯 반질반질한 박은 시달림을 받는 게 싫은지 볼펜을 계속 밀어냈다. 나는 교회 사물실에서 싸인 펜을 가져와 내 이름을 큼지막하게 썼다. 눈에 딱 띄는 것이 정말 박 주인이 된 것 같았다. "내 이름도 써줘. 나도 봤잖아." 아까 주저하던 때완 달리 권사님도 내 옆에 등록을 원했다. 한 사람보다는 두 사람의 이름이 더 그럴 듯해 보였다. 그 뒤 일요일마다 오가며 조롱박을 들여다보았다.

화장지로 먼지를 닦아주기도 하고 햇빛을 잘 받도록 무성한 잎을 떼주기도 하고 돌려주기도 하며 틈나는 대로 조롱박을 가꿨다. 얼마 전에 서리가 내리더니 담장 위 잎사귀들이 물기를 빼고 피들피들 말라들었다. 주위의 나뭇잎과 넝쿨들도 캘리포니아의 따스한 햇살과는 상관없이 계절을 탔다. 조롱박은 껍질을 단단히 굳히며 대롱대롱 매달려 있었다.

만져보니 돌처럼 단단했다. 그만하면 속이 다 찬 것 같았다. 다 익었을까. 몇 번을 망설이다 조바심이 나 더 이상 기다리지 못하고 조롱박을 땄다. 얼떨결에 박을 따긴 했지만, 그 다음 무엇을 해야 할지 알 수가 없었다. 나이가 지긋한 교회 어른께 물어보았다. 흥부가 박을 타듯 가운데를 썰어 속을 빼고 푹 삶아서 말리면 바가지가 된다 했다.

아무래도 자신이 없어 같이 이름을 새긴 권사님에게 조롱박을 떠넘겼다. "남편한테 쪼개 달래서 예쁜 바가지 하나 만들어보세요. 혹시 자르다 보물 쏟아지면 저한테도 알리시고요." "혼자 다 가질

거다. 안 줄 거야." 권사님이 눈을 곱게 흘기며 박을 가져갔다.

다음 일요일 날 교회에서 권사님이 나를 불렀다. 남편이 박을 탈 줄 몰라 도로 가져왔다는 것이다. 아니 도로 가져오다니. 뭐야 그럼 나더러 어떡하라고. 이러지도 저러지도 못한 채 괜한 것을 떠맡았다는 생각이 들었다. 할 수 없이 조롱박을 갖고 집으로 왔다. 집에 오는 길에 옆좌석 밑에 놔둔 조롱박이 브레이크를 밟을 때마다 데굴데굴 이리저리 굴렀다. 혹시 깨질까 싶어 운전석 옆에 올려놓고 시트벨트를 매려 하니 너무 작아 맬 수가 없었다. 한 손으로 조롱박을 잡고 조심조심 운전을 해 집으로 왔다.

집에 온 뒤 조롱박을 까맣게 잊어버렸다. 이튿날 아침 차 문을 열다 객석에 얌전히 쪼그린 조롱박을 보았다. 박을 집 안으로 가지고 들어왔다. 요리조리 돌려보고 만져보니 조막만 한 게 별 것 아니란 생각이 들었다. 묵직한 식칼로 가운데를 내려치면 한 방에 너끈히 쪼갤 수 있을 것 같았다.

부엌 카운터에 조심스럽게 박을 올려놓았다. 적당히 눈짐작을 한 뒤 식칼을 한가운데 대고 칼자루와 칼끝을 있는 힘을 다해 눌렀다. 조롱박은 웃긴다는 듯 쏙 빠져나가 또르르 굴렀다. 박을 다시 집어다 아주 단단히 잡은 뒤 까치발을 딛고 가슴을 바짝 대고 씩씩거리며 힘껏 내려눌렀다. 그러자 조롱박은 웃기지 말라는 듯 또르르 굴러 오른쪽으로 빠져나갔다. 조롱박과 어이없는 힘겨루기를 몇 번 되풀이하자 이마에 송송 땀이 맺히고 어깨까지 뻐근해, 제풀에 지친 나는 부엌 바닥에 주저앉아버렸다.

지쳐서 축 늘어진 나와 달리 여전히 탱글탱글한 조롱박을 보니 슬그머니 화가 났다. 이까짓 조롱박에게 질 수는 없지. 나는 조롱박을 편편한 부엌 바닥으로 옮겼다. 아무래도 서서 끙끙댈 일이 아니었다. 자리를 옮겨 힘을 제대로 쓸 수 있는 자세에서 한 방 내려치는 것이 빠를 것 같았다.

싱크대 옆 카운터는 높아서 힘을 쓸 수 없지만 부엌 바닥이야 누가 더 유리하겠는가. 단번에 승부를 낼 요량으로 자를 대고 조롱박 한가운데에 금을 그었다. 내려치는 연습을 몇 번 한 뒤 식칼을 높이 들고 사무라이처럼 단번에 내리쳤다. 조롱박은 축구공처럼 튕겨나가 식탁 밑으로 떼굴떼굴 굴렀다. 조롱박을 쪼개야 할 식칼이 내 손을 떠나 쨍 하는 금속성을 내며 부엌 바닥의 타일을 까고 곡예사처럼 날아가 부엌 캐비닛 문짝에 꽂혔다. 나는 뒤로 벌렁 넘어져버렸다.

"아니, 이게 뭐야?" 텔레비전을 보던 남편이 부엌으로 뛰어왔다. "무슨 일이야?" 넓적한 사발만큼 커진 남편의 눈을 보며 나는 겸연쩍게 피식 웃었다. 부엌 바닥을 훑어본 남편이 상황 판단을 했는지 "이건 톱으로 썰어야지, 멍청하긴." 어처구니없다는 듯 핀잔을 주었다. "뭐야 저이. 도와주지도 않으면서. 미국 사람은 박을 모르나." 하긴 남편이 한국의 박을 알 리 없다. 괜히 남편에게 눈을 흘기고 밖으로 나와버렸다.

나갔다 오니 조롱박이 하얀 뱃살을 드러내고 부엌 카운터에 누워 있었다. 우둔하고 멍청한 아내가 불쌍했던지 남편이 박을 톱으로 잘 쪼개놓았다. 남편이 고맙고 신통해 윙크를 해주고 콧노래를 라라라 부르며 속을 파내고 큼직한 찜통에 올려놓았다. 바깥에서 며칠 말리니 한국의 시골 정취를 듬뿍 풍기는 작고 앙증스런 두 쪽의 바가지가 되었다. 톱질을 너무 잘한 남편 덕에 내 이름은 달아나고 권사님 이름만 선명하게 주인행세를 했다.

벽에 걸린 조롱박을 또 한번 쳐다본다. 볼수록 피식피식 웃음이 난다. 찜통에 올려놓고 공부하러 가다 가스불을 안 끈 생각에 남편한테 아무리 전화를 해도 받지 않아 집에 와 짜증을 부린 일, 밤에 들여놓는 것을 잊어버려 이슬에 흠뻑 젖은 바가지를 망치는 줄 알고 애탔던 일 등등, 동그랗게 나란히 걸린 조롱박은 우리 어머니 젖가슴 같기도 하고 내 고향 작은 산 언덕 같기도 하다. 사르르 눈을 감으면 이슬 수북이 내린 고향집 초가지붕에 하얗게 영근 조롱박들이 띄엄띄엄 누워 있다. 어머니가 가마솥에서 바가지로 누룽지를 훑어내며 부엌문을 열고 내다보신다. 금년 가을은 조롱박 덕분에 고향 집 가을 냄새를 만끽한다. 초가지붕 위 둥근 달빛 아래 느슨하게 누워 있는 조롱박을 타며 고향집으로 달려간다.

11월을
보내며

추수감사절을 남편과 둘이 쓸쓸하게 보냈다. 해마다 집에서 차리던 추수감사절 저녁을 금년부터 아들네 집에서 했으면 싶었다. 두 아들 다 따로 살고 있어 둘 중 한 집에서 저녁을 준비하기로 했다. 그러나 애교스럽게 "제가 할게요." 하던 작은며느리는 막상 감사절인 목요일 아침까지 아무런 연락이 없었다. 전화를 해 어찌된 일이냐고 물어보기도 쑥스러워 그냥 넘겨버렸다. 결국 금년 추수감사절은 허탈한 마음만 부풀리고 지나갔다. 늘 두 아들네와 오붓하게 차리던 감사절 저녁을 빠뜨린 것이 이렇게 섭섭할 줄은 미처 몰랐다. 그 서운함은 며칠이나 계속되었다.

11월 29일, 엊그제가 봄인가 싶더니 어느새 한 해의 끝자락에 섰다. 굽이치는 바다를 건너 높고 험한 산을 홀로 넘어온 것 같은

이 자리. 문득 지난 열 달 동안 무엇을 했을까 하는 생각이 든다. 한 해의 마지막에 서며 해마다 느끼는 아쉬움이다. 한 해의 끝자락에서 나도 모르게 내뿜는 후회, 내가 안고 가는 것들, 나를 안고 가는 것들을 다스리고 제어하고 비워내는 것이 바로 나라는 사실을 깨닫지 못해서일까. 아니 깨달았다 해도 달라질 것은 별로 없을 것이다. 누구의 말처럼 인생은 어차피 후회하게 돼 있다. 사는 것이 상처 입는 일이고 사는 것이 흔들리는 것이라고 하지 않는가.

뒤뜰에 우두커니 쭈그린 늙은 강아지 쿠키가 응접실 안을 간절한 눈빛으로 들여다본다. 샛별처럼 빛나던 까만 눈가에 질척하게 달라붙은 눈곱. 한참을 기웃거리던 쿠키가 무딘 발톱으로 뒤뜰 슬라이딩 도어 창살을 박박 긁어댄다. 말 못하는 쿠키도 가버린 시간은 아쉽고 바람처럼 끼어드는 외로움은 견딜 수 없는 모양이다. 개인들 홀로 가는 삶이 어찌 즐겁기만 하랴.

모든 것이 시들어가는 11월. 낯선 도시에 선 나그네 같다. 딱히 갈 곳이 있는 것도 아니면서 왔던 곳으로 돌아가기에는 너무나 멀리 와버린 것 같은 당혹감에 두리번거린다. 빛바랜 나뭇잎을 한 옴큼 움켜쥔 누런 햇살이 땅에 떨어진다. 우람한 가슴으로 버티던 바위산도 뜨악한 먼지 속에 허물어져 내리고 남은 한 잎마저 쓸고 가려는 바람에게 이것만은 줄 수 없다는 듯 발가벗은 나무들이 몸을 틀어댄다. 생기 넘치던 푸른 잎에 잔인하게 내려앉은 거뭇거뭇한 상흔들. 잎 떨어진 나뭇가지에 앉은 새, 홀로 남은 외로움인지 갈 곳 몰라 토해내는 슬픔인지 목이 터지게 울어댄다.

변심한 연인처럼 멀어져가는 11월, 그 뒷모습을 지켜보는 공허한 눈빛 속에 내가 서 있다. 지나온 생을 후회 없이 살았다는 사람은 얼마나 될까. 아니 살아온 생이 아니라 올 한 해를, 한 달을, 일주일을 그리고 오늘 하루를 만족하게 살았다는 사람은 또 몇이나 될까.

이마 위에 주름살을 하나 더 보태며 저물어가는 이 해의 끝머리에서 쉬지 않고 달리는 인생이라는 기차를 본다. 십 년 전 나는 십 년 후 내가 어느 역에 어떤 모습으로 설지 몰랐다. 거울 속에 비친 낯선 얼굴, 밭이랑처럼 퍼지는 주름살 속에 또렷이 자리잡는 흔적. 아주 오랫동안 보지 못했던 그것이 어느 날 선명하게 모습을 드러내는 순간이다.

나이를 한 살 더 먹는다는 것, 세월은 흐르는 것이 아니라 쌓이는 것이라고들 한다. 뭐라 말을 바꾸던 그것은 살아온 날보다 살아갈 날이 짧아진다는 것을 의미한다. 그러나 돌이켜보면 지나간 그 시간들은 나름대로 뿌리를 내리고 성장을 해 마지막 열매를 맺고 있다. 우리들의 지난 삶의 모습을 있는 그대로 드러내 주는 작업을 한 것이다. 지난 세월 나는 그것을 알지 못했고 지금도 마찬가지다. 그것을 몰라도 괜찮다. 모르는 대로 우주의 뜻에 순응하면 된다.

바로 그것이 우리의 삶이요 인생이기 때문이다.

인생이라는 기차를 타고 편도 여행을 하면서 우리가 배운 것은 우리가 살면서 그토록 갈망하던 이 세상의 모든 것, 그 욕망의 가방이 우리의 여행길에 무거운 짐 외에는 아무 것도 아니란 사실을 알게 된 것이다. 그리고 그렇게 아무렇게나 쑤셔 넣었던 욕망의 짐을 풀어헤쳐 달리는 기차의 창을 열고 내던져야 한다는 것을 알게 된 것이다.

시원한 바람에 몸을 맡기고 내려서 잠시 쉬었다 가도 되는 인생이고 푸른 잔디에 누워 별을 세고 꿈을 꾸며 밤이슬 젖으며 천천히 걸어서 가도 되는 여행이다. 늦었다고 야단치는 이 없으며 빨리 가라고 등 떠미는 이 없잖은가. 이제 좌절과 절망이 더 이상 나를 쓰러뜨리지 못한다는 것도 알았다.

비탈에 선 한 그루의 나무는 절벽 밑을 내려다보지 않는다. 더 적극적으로 뿌리를 내려 땅속의 물을 빨아올리고 깊은 골짜기를 찾아 넘어지지 않게 몸을 세운다. 길가의 들풀은 바람에 머리를 숙일 뿐 쓰러지지 않는다. 자신이 있어야 할 곳을 알고 가야 할 길을 알기 때문이다.

시냇물이 흘러 강이 되고 바다가 되듯 자연에 순응해 가다 보면 정다운 사람 만나 손을 잡고 가기도 한다. 가다가 깨어져도 아물지 않는 상처가 있어도 우린 서로 어루만지며 가야 한다. 그것이 인생이라는 편도 여행을 마다않고 떠나는 이유이다. 우리의 편도 여행의 마지막을 달리는 11월, 잃어버린 것에 슬퍼할 시간이 없다. 등에 진 무거운 짐 벗어던지고 지천으로 쏟아지는 햇살을 안고 빈 가슴으로 여유롭게 달리고 싶다.

결코 가볍지
않은
인연들

　문득 모나리자 미용실 생각이 났다. 서둘러 번호를 찾아 다이얼을 돌렸다. "여보세요. 거기 모나리자 미용실 맞습니까? 혹시 그 미용실, 준 윤이라는 분이 하던 미용실 아닙니까?" "그렇습니다." "아! 그분 좀 바꿔주세요." "그분 돌아가셨어요." "네? 뭐라고요. 돌아가셨다고요? 언제요?" "한 4,5년 됐어요." "4,5년? 그럼 혹시 그분 자녀들 연락처는?" "모릅니다. 저도 그분이 헤어쇼 할 때 무대에서 먼발치로 뵌 적이 있어요. 이렇게 잊지 않고 찾아주시는 것을 보니 댁은 참 좋은 분이네요." "아, 아니에요. 저는 그런 사람 아닙니다." 나는 말끝을 맺지 못하고 전화기를 내려놓고 말았다.

　크리스마스 무렵 어느 문학 모임의 시상식에 참석하려 LA의 버몬트 길을 운전하던 중이었다. 퇴근 시간이 가까워 길거리의 차량들은 거북이처럼 기어가고 있었다. 차가 설 때마다 길 양쪽에 무질 서하게 내걸린 수많은 간판들이 눈에 들어왔다. 무심히 그 간판들을 바라보던 나는 순간 눈을 크게 떴다. 반짝이는 네온불빛 속에 불조차 켜 있지 않은 초라한 미용실 간판 '모나리자'였다.

'어? 저 미용실이 아직도 저기?' 갑자기 타임머신을 타고 30여 년 전으로 돌아간 느낌이었다. '저건 준 언니가 하던 미용실인데?' 그러고 보니 LA에 와본 지가 몇 십 년은 된 것 같았다. 헌팅턴 비치에서 살다 보니 LA에 올 일은 거의 없었다. LA에 드나들기 시작한 것은 은퇴하고 취미 삼아 수필을 공부하면서부터였다. 자연스럽게 문단에 서게 되고 문학 동호회에 가입하면서 이런저런 문학 행사에 참석하게 되었다. 대부분의 문학 동호회 모임이나 행사는 거의 다 LA에서 치러지곤 했다.

30년이 넘는 세월 동안 나는 준 언니를 까맣게 잊고 있었다. 어쩌면 준 언니가 아직도 LA에서 미용실을 하고 있을지도 모른다는 생각이 들었다. 곧 신호등이 바뀌어 그곳을 떠났지만 내 머릿속은 온통 준 언니 생각으로 가득했다. 왜 나는 그동안 언니를 완전히 잊고 있었을까. 준 언니는 그렇게 쉽게 잊을 수 있는 인연이 아니었다. 그날 저녁 시상식장에서도 줄곧 그 낡은 모나리자 미용실 간판이 머릿속을 떠나지 않았다.

내가 기억하는 준 언니의 '모나리자' 미용실은 상당히 크고 화려했다. 일하는 미용사가 열 명이 넘었고 손님들은 늘 붐볐고 준 언니는 당당한 '모나리자'의 원장이었다. 그 동안 무슨 일이 생긴 걸까. 언니의 성격상 모나리자 미용실을 저렇게 초라하게 내버려둘 사람이 아니었다. 갑자기 준 언니의 소식이 궁금해 견딜 수가 없었다. 그 뒤로 몇 번인가 버몬트 길을 지나다니며 전화를 해보리라 생각했다. 한번 미용실에 들러보리라 벼르기도 했지만 나이 탓인지 LA에 갈 때마다 잊어버리고 집에 온 후에야 생각나곤 했다.

준 언니는 호놀룰루로 이민 온 내가 미국에서 처음 만난 한국 사람이다. 네브라스카에 살던 시고모님은 해마다 호놀룰루에서 겨울을 보냈다. 그때마다 시고모는 와이키키 비치의 일리카이 호텔에 묵었는데, 준 언니는 시고모의 미용사였다. 시고모는 내게 준 언니를 소개해주었고 아는 사람이 없던 나는 준 언니에게 많이 의지했다. 형제가 없는 언니도 나를 동생처럼 살펴주었다.

무역을 하는 남편 윤씨는 늘 동남아 쪽이나 한국을 들락거려 준 언니는 남매를 데리고 기러기 엄마처럼 살고 있었다. 헤더는 전 남편의 딸이고 마이클은 재혼한 윤씨와의 사이에서 난 아들이었다. 언니는 쉬는 날이면 두 아이를 데리고 와이키키 해변에 있는 우리 집에 놀러오곤 했다.

내가 하와이에 정착한 뒤 3년 쯤 지난 후 준 언니는 캘리포니아로 이사를 했다. 물론 마이클 아빠가 원해서였다. 마이클 아빠는 전에도 여러 가지 무역에 손을 댔다. 그가 종목을 바꿀 때마다 그 비용이 준 언니의 주머니에서 나와 가끔 두 사람 사이에 말다툼을 하는 것 같았다. 나도 남편이 직장을 찾지 못한 데다 섬 생활에 무료함을 느껴 LA로 옮겨왔다.

몇 개월 후 나는 부동산 면허증을 딴 뒤 시동생이 사는 시골 레드랜드로 다시 이사했다. 그리고 준 언니는 LA로 이사한 이삼 년 후 남편 윤씨 때문에 다시 뉴욕으로 갔다. 집까지 팔고 떠나는 언니의 뒤치다꺼리를 내가 다 해주었다. 그러나 일 년도 채 되지 않아 LA로 되돌아왔고 마지막 카드로 모나리자 미용실을 열었다.

그 즈음 나는 부동산 에이전트로서 심한 갈등을 겪고 있었다. 부동산 일을 시작한 지 3년이 되건만 별다른 진전이 없었다. 고민을 하던 중 우연한 기회에 그 동네에서 암웨이 판매를 하는 한국 사람을 만나게 되었다. 짧은 시간에 큰돈을 벌 수 있다는 말에 솔깃해 나는 그녀 밑에 판매원으로 등록했다. 내 돈 주고 먼저 물건을 구입한 후 그것을 다시 파는 세일스였다. 금방 돈을 벌 것처럼 물건을 잔뜩 샀지만 사실 판로는 막막했다. 방 안에 쌓인 산더미 같은 물건들을 보자 고민이 태산처럼 쌓이기 시작했다. 저 물건들을 누구한테 팔 것인가.

그때 준 언니의 미용실이 떠올랐다. 미용실은 아주 성공적이었다. 거기 오는 손님들만 잡으면 물건 파는 것은 문제가 될 것 같지 않았다. 준비를 단단히 해가지고 준 언니의 미용실을 찾았다. 미용사들은 정신없이 바쁘고 손님들이 붐비고 보기만 해도 활기가 넘쳤다. 언니는 잘 차려입고 우아한 손님들과 환담을 나누고 있었다. 나는 물건들로 가득 채워진 가방을 테이블 옆에 놓으며 준 언니에게 낯간지러운 부탁을 했다.

내 설명을 들은 준 언니의 얼굴이 몹시 싸늘했다. 무를 자르듯 단호하게 안 된다고 하는 준 언니의 얼굴을 멍하게 쳐다보며 나는 눈물을 찔끔거렸다. 어떻게 가방을 들고 미용실을 나왔는지 기억이 나지 않는다. 지금 생각하면 너무나 어처구니없는 발상이었다. 내 머리를 쥐어박지 않은 것이 다행이었다. 그러나 그때는 준 언니가 얼마나 매정하고 섭섭했던지 뒤도 돌아보지 않고 와버린 후로 언니와의 연락을 끊어버렸다.

그 뒤 오기가 발동해 나는 암웨이 판매를 집어치우고 부동산 사업에 몰두했다. 준 언니 미용실에서 당했던 그 모멸감을 떠올리며 한눈 팔지 않고 뛰었다. 피나는 노력 끝에 우리 사무실의 톱 에이전트가 되고 점점 발전해 부동산 에이전트로서 단단한 반석을 쌓아올렸다. 몇 년 후 나는 오렌지카운티로 이사해 새 사무실을 열고 부동산 사업을 꾸리느라 정신없는 세월을 보냈다.

준 언니는 그렇게 해서 30년 넘는 세월을 까맣게 잊고 살았다. 준 언니가 그렇게 허망하게 갈 줄 알았더라면 진즉 찾아보고 화해했을 것을. 내 자부심의 밑거름이 되어준 준 언니에게 진심으로 감사했어야 했다. 너무 고집스런 성격 탓에 오랫동안 망각했었다. 버몬트 길의 모나리자 미용실 간판이 가까이 다가왔다 서서히 멀어져간다.

커피
한 잔을
마시며

모닝커피 한 잔이 내 책상 위에 놓인다. 남편은 아침마다 맥도날드 식당에서 아이스커피와 일품 커피 한 잔씩을 사온다. 아이스커피는 자신의 것이고 크림과 설탕을 많이 탄 일품 커피는 내가 마시는 것이다. 처음엔 이른 아침부터 차가운 아이스커피를 마시는 남편이 이상했지만 이제는 습관이 돼 무덤덤하다.

세계 인구의 반이 커피를 마신다고 한다. 커피는 이제 우리들의 일상이 돼버렸다. 요즘은 한국에서도 밥이나 김치를 먹는 것보다 커피를 더 많이 마신다고 한다. 사람들은 왜 커피를 마실까, 그 많은 사람들이 하루에 마시는 커피의 양은 얼마나 될까, 그들은 어떤 커피를 마시며 커피의 맛과 향을 제대로 알고 마시는 것일까. 커피 한 잔을 앞에 놓고 갖가지 질문이 꼬리를 문다.

베토벤은 커피를 식탁의 벗으로 생각해 매일 아침 커피를 거른 적이 없었으며, '자유가 아니면 죽음을 달라.'고 영국에 외쳤던 미국 정치가 패트릭 헨리, 커피는 맛과 향에 값을 지불한다는 커피 컨설턴트 마이클 시베츠, 커피는 악마처럼 검고 천사처럼 순수하며 사랑처럼 달콤하다는 프랑스의 정치가 탈레랑, 성공한 모든 여성들 뒤에는 많은 양의 커피가 있다는 미국의 코미디 작가 스테파니 파이로의 예찬론을 보며 커피가 얼마나 많은 사람들의 사랑을 받는지 알 수 있다.

커피가 그렇게 사랑을 받는 이유는 무엇일까. 커피는 현대인에게 소통의 통로다. 누가 뭐라고 하던 커피만큼 사람들 사이의 관계를 쉽게 연결시키고 편안하게 해주는 것이 세상에 또 있을까. 커피는 너와 나, 나와 나, 나와 우리, 너와 우리, 너와 그들 사이의 문을 여는 행복의 열쇠다. 언제 어디서 누구를 만나 무엇을 하든 "커피 한 잔 하실까요?"로 시작되는 소통의 길을 그 누가 막을 수 있는가.

오래 전 내가 미국에 온 지 얼마 되지 않았을 때의 일이다. 호텔에 묵고 있던 시숙 내외가 우리 집을 방문했다. 영어가 서툰 데다 큰동서는 좀 권위적인 분위기마저 풍겨 어렵던 시절이었다. 아마 시숙님이 오랫동안 해군 제독으로 있었기 때문에 군대생활에서 젖은 습관 때문인 것 같았다. 큰동서는 사 년에 한 번씩 만나는 시댁의 리유니언Reunion 모임에서 만난 것이 전부였다. 시댁 모임에 큰

동서와 내 밑으로 셋이나 되는 미국인 동서들이 모였지만 나는 그들이 나누는 대화에 끼지 못하고 한쪽에서 애들을 데리고 놀거나 부엌일을 거들거나 방에서 혼자 책을 읽곤 해 개인적으로 가까워질 기회가 없었다.

시숙 부부는 어쩌다 캘리포니아를 방문해도 형제들 집에 머물지 않았다. 번거롭게 하지 않으려는 배려였으리라. 그날 나는 부지런히 커피를 끓여 내오고 몇 가지 준비한 스낵을 내놓으며 부산을 떨었다. 내 앞에 앉아서 홀짝홀짝 블랙커피를 마시던 큰동서가 내 일품 커피를 보더니 고개를 갸우뚱했다. "그게 뭐야, 자네 설탕물 마시나?" 동그란 초록색 눈을 구슬처럼 또르르 굴리며 놀란 듯 내게 물었다. 너무 생뚱한 질문에 나는 말문이 막혀 당황했다.

내가 당황해하는 것을 보고 그녀는 곧 "댓츠 오케이." 하고 손을 저었지만 제풀에 얼어버린 나는 일어서다 커피를 엎지르고 말았다. 뜨거운 커피가 내 허벅지로 흘러내렸다. "오, 마이 가드, 오 마이 가드." 어쩔 줄 모르는 동서를 보며 나는 비명을 목구멍으로 삼켰다. 큰동서는 자기 여동생도 커피에 설탕과 크림을 탄다고 느닷없는 말까지 해가며 미안해했다. 뜨거운 커피 한 잔을 입 대신 다리로 마신 뒤 우린 마침내 껴안고 눈물이 날 정도로 박장대소를 했다. 지금도 큰동서는 나를 보면 그때의 내 일품 커피 얘기를 하고 배꼽을 잡는다.

커피는 소통의 문이다. 우리 일상생활에 깊숙이 녹아든 문화요 생활이다. 그래서 사람들은 커피를 마신다. 오늘 아침 내 책상에 놓인 커피 한 잔. 뚜껑을 여는 순간 코끝을 간질이는 그윽한 향, 막힌 가슴이 탁 트이고 온몸의 감각을 깨우는, 커피의 맛은 잘 몰라도 깊은 숨을 들이마시며 진정한 소통의 의미를 깨닫는다.

내 책상 위의 커피 한 잔, 뚜껑을 열고 바닐라 향 크림을 한 방울 더 떨어뜨린다. 한결 부드러워진 커피가 쓴맛을 거두고 모락모락 오늘 하루 소통의 창을 연다.

일등 손님의
자격

장거리 여행을 할 때마다 느끼는 것이 있다. 널찍하고 안락한 일등석을 지나 좁디좁은 일반석으로 가며 다음에는 나도 꼭 일등석을 타겠다는 생각을 한다. 돈만 내면 누구나 탈 수 있는 일등석이지만 아직까지 타보진 않았다. 비행기도 일등 이등 하는 말 대신 요즘은 퍼스트, 비즈니스, 이코노믹 혹은 트레블러 클래스라 바꿔 부른다. 이름을 바꾼다고 느낌까지 바뀔까. 비행기를 탈 때마다 절실한 계급의식을 느낀다. 때로는 삼등인생의 열등감이 느껴지기도 한다.

그러나 막상 여행을 하게 되면 나는 또 인터넷을 샅샅이 뒤져 제일 싼 비행기의 일반석에 예약을 한다. 일등석과 삼등석의 비행기 값이 엄청난 차이가 나기 때문이다. 일등석은 일반석 요금의 다섯 배 이상의 돈을 치러야 하기 때문에 나 같은 소시민에게는 여전히 아득한 이야기일 수밖에 없다.

국제선의 일반석, 즉 삼등석은 비행기의 왼쪽 창 옆으로 세 사람이 나란히 앉고 통로를 두고 가운데 네 사람을 앉힌 뒤 또 통로, 그리고 오른쪽으로 나머지 세 사람. 한 줄에 열사람씩 앉게 되어 있다. 앞뒤 좌석 사이가 고양이 새끼 한 마리 들락거릴 정도라 나같이 짧은 다리도 오금을 펴기가 쉽지 않다. 그러니 긴 다리의 고충이야 말해 무엇하랴. 어디 앞뒤뿐인가. 옆 사람과의 좌석 사이도 팔 하나 제대로 움직일 수 없을 만큼 인색하다.

나는 비행기를 탈 때 창 쪽을 선호한다. 그나마 밖을 내다볼 수 있다는 이유 때문인데 창문을 통해 바깥세상을 내다보면 가슴이 조금은 후련해진다. 한 번은 체중이 오버한 여성이 내 옆에 앉게 되었다. 그녀의 굵은 팔이 나와 그녀 좌석 사이의 경계를 넘어 내 가슴의 반 정도를 무단 점령해버릴 때, 나는 삼등 인생의 비애를 또 한 번 느끼며 소리를 지르고 싶었다. 그러나 정작 울고 싶었던 때는 화장실에 가야할 때였다. 참다 참다 견딜 수 없어 일어섰을 때 그녀가 먼저 일어서야 했는데 그 뚝심 좋은 팔이 내 빈약한 가슴을 여지없이 뭉개버린 것이다. 미안하다는 그녀에게 화를 낼 수도 없고 더구나 비행기 탓은 아니어서 또 한 번 삼등 인생의 비애를 홀로 풀어야 했다.

그 좁은 공간에 웅크려 앉아 장장 열 시간 이상을 견디며 어찌 일등석 생각이 간절하지 않겠는가. 저절로 한숨을 쉰다. 다리를 쭉 펴고 늘어지게 기지개를 켜며 잠을 자든 독서를 하든 음악이나 영화를 감상하며 한정된 공간에서 나만의 세계를 마음껏 누리는 자리. 이 모든 것이 카지노 슬롯머신만큼 돈값을 한다.

일등석을 타지는 못해도 나는 그쪽, 가려진 커튼 쪽의 사람들이 늘 궁금하다. 내가 앉은 자리의 다섯 배 값을 선뜻 내고 공간의 자유를 마음껏 누리는 그들은 누구며 어떤 삶을 사는 사람들일까. 나는 삼등석 칸으로 이동하며 일등석에 느긋하게 자리 잡고 앉아 있는 그들을 힐끗거리며 말을 걸어보고 싶은 충동을 느낀다.

'퍼스트클래스 승객은 펜을 빌리지 않는다.' 16년간 국제선 퍼스트클래스를 담당했던 일본인 스튜어디스 미즈키 아키꼬Mizuki Akiko가 쓴 책의 제목이다. 제목부터가 묘한 뉘앙스를 풍긴다. 나도 늘 펜을 갖고 다닌다. 오랫동안 사업을 하며 몸에 밴 습관이다. 습관이란 그냥 무의식 중에 반복되는 것이라 챙기지 않고는 뭔가 불편하다. 펜을 갖고 다니는 것이 일등석을 타는 손님들의 습관 중 첫 번째라니 나도 일등 손님이 될 첫 진입로를 통과한 셈이다.

얼마 전 한국인의 위신을 바닥까지 추락시킨 대한항공 부사장 사건을 보며 비행기의 일등석이 삼등석과 어떻게 다른지를 알아보았다. 그녀처럼 태어날 때부터 금수저를 물고 태어난 인생이 과연 몇이나 될까. 대부분의 사람들은 작은 꿈 하나를 이루기 위해 평생 부단한 노력을 한다. 중간에 깨지는 꿈도 있고 죽을 때까지 이루지 못하는 꿈도 많다. 그러나 사는 동안 하나의 꿈을 이루기 위해 최선을 다했다면 설령 이루지 못한 꿈이라 해도 그것은 헛된 꿈이 아니며 못 이룬 꿈이 아니다. 누군가는 반드시 그 바통을 이어받을 것이기 때문이다.

일반석과 일등석의 서비스는 버스와 리무진만큼이나 차이가 난다. 죽을 때까지 리무진을 타보지 못한 사람도 있을 것이고 일생에 한 번 결혼식 때 타본 사람도 있을 것이다. 리무진을 타본 사람들은 그 화려함과 안락함을 잘 안다. 일등석은 얄팍한 담요 한 장을 던져주는 대신 거위털 이불이 주어지며 원하면 비행 중 입는 실내복도 제공된다. 상류층 3% 정도가 탄다는 국제선의 경우 일반석 300석에 일등석이 9석이니 그야말로 상위 3%다. 일등석 승객은 앞에 비상구를 통해 탑승한다. 승무원은 거기서 기다리다 손님을 좌석으로 안내하고 짐이나, 재킷, 코트 등을 받아 보관한다. 아키꼬가 말하는 일등석 손님들은 어떤 사람들일까.

일등석 손님들은 독서광이다. 늘 손에 책을 갖고 있는데 베스트셀러나 소설이 아닌 역사서나 전기전 같은 책들, 읽으며 꼭꼭 메모를 하고 줄을 그어 금방 다시 찾을 수 있게 한다. 남의 말에 귀를 기울인다. 누구하고나 쉽게 소통하는 사람들, 타인의 경험을 통해 배우고 자신의 것을 나눌 줄 안다. 항상 상대방을 배려한다. 가령 승무원에게 코트를 맡길 때에도 돌려서 걸기 쉽게 준다든지, 가령 승무원이 실수를 했을 때 먼저 운을 뗀 뒤 기분 나쁘지 않게 충고를 한다.

국제선에서 식사가 끝나면 입국서류 기입용지를 나눠준다. 그때 일반석에서는 여기저기서 펜을 빌려 쓴다. 승무원이 준비한 펜은 이리저리 옮겨 다니다 분실되기 일쑤다. 일등석 손님은 펜을 빌리는 사람이 없다. 자기 펜을 갖고 있기 때문이다.

비행기 여행에서 공간만큼 절실한 것은 없다. 언젠가는 나도 일반석의 다섯 배를 내고 일등석을 탈 수 있는 날이 올지 모른다. 그러나 일등석을 타기 전에 과연 일등석에 탈 수 있는 자격이 되는지를 한 번쯤 생각해보는 것은 어떨까.

비행기 여행 때마다 부러워하던 일등석, 설사 로또에 당첨돼 벼락부자가 돼도 그 자리에 앉을 수 있는 자격은 따로 있는 것 아닐까. 일등석을 돈으로 살 수는 있겠지만 거기 앉을 수 있는 일등 손님의 인격과 자격은 돈으로 살 수 있는 것이 아니기 때문이다. 노블리스 오블리제를 갖춘 사람만이 진정한 일등 손님의 자격일 것이다.

하얀 쌀죽

잔뜩 찌푸린 날씨가 금방 소나기라도 뿌릴 것 같다. 헝클어진 머리를 쓸어올리며 밖을 내다보았다. 휘잉 몰아치는 바람에 나무들이 몸살을 앓는다. 몸이 천근처럼 무겁고 사방이 쑤셨다. 아프지 않은 곳이 없다. 흔들리는 나뭇잎 사이로 아스라이 보이는 얼굴, 걱정스레 나를 지켜보는 어머니의 얼굴이다.

감기에 걸린 지 2주가 다 되어간다. 도무지 수그러들 기미가 없는 독감을 TV에서도 연일 톱뉴스로 다루며 조심할 것을 알린다. 예나 지금이나 몸이 아프면 어머니 생각이 절로 난다. 무심한 남편은 내가 아픈 것조차 모르는 모양이다. 며칠을 끙끙거리고 누워 있어도 아내의 상태를 모르던 남편이 이제서야 "어디 아파?" 하고 묻는다. 이럴 때 나는 침묵으로 섭섭함과 미움을 대신 한다.

젖은 빨래처럼 늘어진 나를 보며 남편이 안쓰러운 듯 뭘 먹겠느냐고 묻는다. 아무 것도 먹고 싶지 않다고 손사래를 치자 그것이 신호등의 파란불인 듯 남편은 두 번 다시 묻지 않고 아래층으로 내려가버린다. 쿵쿵거리며 계단을 내려가는 발자국 소리가 영원히 돌아오지 않을 이별처럼 가슴을 친다.

독감 예방주사도 맞고 건강에 자신만만하던 나를 한방에 KO시킨 것은 밤새 찾아드는 기침이다. 창자가 끊어질 듯, 오장을 받치는 기침이 태풍처럼 목을 타고 차오른다. 한 번 콜록대기 시작하면 발정난 강아지처럼 몸을 틀며 방바닥을 굴렀다. 기침이 멈추고 정신을 차리면 침대에서 떠매가도 모를 만큼 깊은 잠에 빠진 남편이 깰까, 혹시 감기가 전염되지 않을까 신경이 쓰였다. 바닥에 삼단 요를 깔며 혼자 아픈 것이 천만다행이라 싶다.

감기몸살은 여름날 한바탕 쏟아지는 소나기처럼 며칠 지나면 저절로 나으리라 생각했다. 감기는 의사한테 가도 2주, 안 가도 2주라고들 한다. 그래서 의사한테 가지 않고 버텨보았지만 2주가 다 되도록 오히려 더 심해질 뿐 호전될 기미가 전혀 없다.

두 아들은 우리 집 가까이 살지만 엄마가 아픈 것조차 모른다. 자식들이란 저희들이 필요할 때나 부모를 찾는지 전화 한 통 없는 것이 섭섭함을 넘어 괘씸하기까지 하다. 오다가다 한 번쯤 얼굴을 디밀어도 되고 그냥 손가락만 까딱하면 언제든 통화할 수 있는데 그 번거로움마저 외면한다. 그렇다고 자식들에게 아픈 것을 꾸역꾸역 알리고 싶지도 않다. 이럴 때 남편이 센스 있게 엄마가 아프다는 것을 아들들에게 귀띔해주면 좋으련만, 남편은 그런 융통성과는 담을 쌓은 사람이다.

남편은 나와 아들 사이에 의견 충돌이 생기면 나에게만 매번 참으라고 한다. 아들에게 엄마한테 무슨 말 버릇이냐고 한 마디 해주면 막힌 하수도 터지듯 시원할 것 같은데 아무리 힌트를 줘도 먹통이다. 남편 복이 있어야 자식 복도 있다고들 한다. 남편이 저렇게 무심한데 자식들을 탓해 무엇하랴.

그동안 물과 주스로 버텨온 몸이 이제는 바닥을 드러냈다. 비틀거리며 아래층 부엌으로 내려왔다. 누워 있는 동안 내내 옛날에 어머니가 쒀주던 따끈한 하얀 쌀죽 생각이 머릿속에서 떠나지 않았다. 쌀죽을 쒀볼까 했지만 해본 적이 없어 심난했다. 그야말로 흰죽이니 대단한 것도 아니리라. 냄비에 쌀을 씻어 넣고 웬만큼 물을 부어 가스 불에 올려놓았다. 맞춰놓은 알람이 울리면 불을 끄라고 남편에게 일러두고 다시 이층으로 올라와 드러누웠다. 새삼 외로움이 온몸을 덮친다. 남편과 자식이 있어도 들판에 버려진 허수아비 같다는 생각이 든다. 남편은 아래층에서 TV에 젖고 나는 이층에서 외로움을 타고 눈물에 젖는다.

어릴 때 유난히 병치레가 잦았던 나, 내가 아프면 어머니는 늘 따끈한 하얀 쌀죽을 쒀 먹었다. 아마 그것밖에 해줄 것이 없었으리라. 어머니는 먹기 싫다고 투정부리는 나를 이리 달래고 저리 얼러 죽 한 그릇을 억지로 다 먹였다. 괜히 싫다고 고집을 피웠지만 죽 한 그릇을 다 먹고 어머니의 품에서 곤히 잠들곤 했다. 그렇게 어머니의 정성어린 간호를 받고 한숨 푹 자고 나면 신기하게도 기운을 차렸다.

내가 아플 때 어머니는 어설픈 무당 노릇을 하기도 했다. 쌀을 한 옴큼 보자기에 싸서 내 머리 위를 꼭꼭 찍어 누른 다음 무딘 식칼을 머리 위로 빙빙 돌리며 귀신 쫓는 주문을 했다. 주문이라고 해서 특별한 것이 아니고 점쟁이가 하듯 두 손을 모아 싹싹 비는 기원이었다. 나는 미신을 믿지 않았지만 며칠 후 어머니의 그 치료는 신통방통하게 나를 회복시키곤 했다.

밤새 기침에 시달린 나는 약을 먹고 스르르 잠이 들었다. 요란한 알람 소리에 눈을 번쩍 떴다. 방 안에 연기가 자욱하다. 후다닥 복도로 뛰어나오니 아래층에서 검은 연기가 물씬물씬 올라오고 있다. 총알처럼 부엌으로 뛰어내려갔다. 가스 불 위의 냄비가 뿌지직 뿌지직 널을 뛰고 파란 불꽃이 너울너울 춤을 춘다.

얼른 가스 불을 끄고 문들을 열었다. 앞문, 뒷문, 페디오 슬라이딩 도어 창문 등등, 문이란 문은 모두 열었다. 그때 남편이 헐레벌떡 뛰어들어왔다. 남편을 보자 안심인지 노여움인지 알 수 없는 설음이 복받쳐 엉엉 울고 말았다. 가스 불에 죽을 올려놓고 좀 보라고 했더니 그 시간에 무엇을 했기에 이 사단이 벌어진 것일까! 잠깐 앓아누운 그 짧은 시간마저 나를 돌봐줄 사람이 없다는 설움에 계속 훌쩍거렸다.

짜랑짜랑 고막을 찢는 스모크 알람이 골목길의 적막을 깼고, 뒤뜰의 강아지가 덩달아 짖어댔다. 남편이 얼른 알람을 열고 스톱을 시켰다. 기침에 시달리는 나를 보고 약국에 갔던 모양이다. 어머니의 쌀죽은 고사하고 새 남비만 태우고 말았다.

다음날 나는 결국 의사한테 갔다. 의사도 감기에는 특별한 약이 없다고 했지만 의사한테 거는 환자의 기대 때문일까. 처방 약을 먹으며 마음이 차분히 가라앉고 기침도 내리고 빠른 회복을 보였다. 2주를 꼬박 채운 독감은 그때서야 나를 해방시켜주었다.

남편은 하얀 쌀죽을 태운 대신 깡통에 든 치킨 누들 수프를 끓여주었다. 나는 그걸 말끔히 먹어치웠다. 먹을 만했다. 연민의 표정으로 나를 바라보는 남편의 얼굴에 빙긋이 웃는 어머니의 얼굴이 겹쳐졌다. 나는 남편의 손을 꼭 잡고 다정히 속삭인다. "여보, 당신 치킨 수프 일품이야."

초인종이 요란스럽게 울렸다. 손자들이 두 아들과 함께 들어섰다. "할머니, 사랑해요." 손자들이 나를 꼭 껴안았다. 갑자기 기운이 솟았다. 창문 밖 나뭇가지에 후드득 빗방울이 떨어졌다.

모든 것은
생각하기
나름

별만큼 밤을 아름답게 장식하는 것은 없다. 캄캄한 세상을 환하게 은빛으로 수놓은 밤하늘의 별들, 저 별들이 없다면 밤은 참으로 삭막하고 쓸쓸할 것이다. 그래서 세상을 빛낸 사람들을 우리는 스타라고 부르는지 모른다. 캘리포니아 할리우드, 바로 스타들이 탄생하는 고향이다. 캘리포니아로 이사한 뒤 모처럼 시간을 내 할리우드 구경을 나섰다.

달리는 차 안에서 흥얼흥얼 콧노래가 절로 나왔다. 10번 프리웨이를 타고 서쪽으로 한참 달리다 101번 프리웨이로 바꿔 타고 몇 킬로 달리지 않아 텔레비전에서 보던 할리우드에 도착했다. 구름 한 점 없는 푸른 하늘이 손에 잡힐 듯 내려앉았다.

동서로 이어진 할리우드 블리바드에서 남북의 바인 스트리트를 거쳐 선셋 블리바드로 연결되는 곳이 '명예의 거리(Walk of Fame)'였다. 지금껏 많은 스타들이 대리석에 새겨졌고 해마다 20명 정도의 새로운 스타들이 탄생한다고 한다. 작열하는 햇빛 아래 그들의 별이 유난히 반짝였지만 내가 아는 스타들은 손가락으로 꼽을 정도였다.

명예의 거리에 새겨진 별들은 영화, TV, 연극, 라디오, 음반계로 나뉘어 있었지만, 내가 아는 스타들은 대부분 영화에서 본 배우들 그것도 주연 배우들이 전부였다. 한국에도 널리 알려진 클린트 이스트우드의 핸드 프린팅을 비롯해 마릴린 먼로, 록 허드슨, 제임스 딘, 엘리자벳 테일러, 오드리 햅번, 잉그리트 버그만, 나탈리 우드, 존 웨인 등등 그들의 별을 찾는 것은 그리 어렵지 않았다. 클린트 이스트 우드의 별 위에서 스파게티 웨스턴 서부극을, 지하철 환풍구 위에서 말려 올라가는 흰 원피스 자락을 잡아내리는 마릴린 몬로의 '7년만의 외출' 영화 장면이 떠오르기도 했다.

세계의 멜팅팟 할리우드, 왁스 박물관, 리플리스 빌리브 잇 오어 낫 박물관, 즐비한 기념품 센터들 그리고 수많은 볼거리들로 나는 정신이 홀랑 빠졌다. 아찔한 패션으로 거리를 활보하는 유행족도 눈에 띄었다. 할리우드에서 받아들이지 못하는 것은 없는 것 같았다. 외관을 탑, 사자, 용으로 장식해 중국풍이 나는 할리우드의 명물 멘스 차이니스 극장 앞은 남대문 시장 같았다. 바로 그 앞에 스타들의 핸드 프린팅과 발 프린팅이 있다. 사람들은 자기들 손과 발을 스타들 사이즈와 대보고 킬킬거리며 야단들이었다.

"왜 백을 열어놓고 다녀?" 하며 남편이 어깨를 툭 쳤다. "뭐?" 나는 반사적으로 내 숄더백을 내려다보았다. 백이 얼굴을 훤히 내밀고 선탠을 하고 있었다. 거기 있어야 할 내 지갑이 보이지 않았다. "어머, 소매치기?" 금방 내 곁을 스쳐간 인도 남자가 퍼뜩 떠올라 두리번거렸지만 어느새 사라지고 없었다. 조심할 것을. 풍선처럼 빵빵하던 기분이 물거품처럼 내려앉았다. 한국에서도 당한 적 없던 소매치기를 미국에서, 그것도 아름답기 그지없는 할리우드 명예의 거리에서 당하다니 믿을 수가 없었다.

옛날 내가 살던 서울의 버스나 기차, 시장 등 사람들이 붐비는 곳은 그야말로 소매치기들의 소굴이었다. 내 친구들도 소매치기를 당했고 남편도 세 번이나 지갑을 털렸다. 그러나 나는 억세게 몸을 사려 그런 일이 한 번도 없었다. 내가 어릴 때 들었던 미국은 가게를 지키는 이도 없고 손님 스스로 물건 값을 내고 간다는 정직한 나라였다. 미국에 살면서 그런 꿈 같은 나라는 아니지만 그래도 이만하면 괜찮다는 믿음이 있었다. 그런데 그 소매치기 사건 이후로 미국에 대한 믿음이 깨지고 말았다. 하긴 하루가 다르게 변하는 세상에 미국이라고 다르겠는가. 요즘은 미국도 매일 범죄 뉴스가 신문과 텔레비전을 장식하지 않은가 얼마 전 아침나절에 양탄자를 보러 어느 가게에 간 적이 있었다. 좀 둘러보다 그냥 나오려 할 때였다. 저쪽 구석에서 유심히 나를 지켜보던 남자가 내가 만지작거리던 양탄자를 가리키며 얼마면 사겠냐고 흥정을 붙였다. 이미 사고 싶은 마음이 사그라졌지만 그냥 나와버릴 분위기가 아니었다. 가게 주인은 유대인이었다. 그들에게는 그날 가게에 들른 첫 손님에게 무조건 물건을 팔아야 하는 마수라는 것이 있음을 나중에야 알았다. 첫 손님이 그냥 가면 하루 종일 재수가 없다는 것. 마지못해 양탄자를 사가지고 나오며 기분이 썩 좋지 않았는데 우리나라에도 있는 마수 문화가 유대인들에게도 있다는 것을 알자 그들이 아주 친숙하게 느껴졌다. 작은 양탄자 하나가 그의 장사에 도움이 되고 또 낯선 세상을 알게 해주니 세상만사 '일체유심조'라, 정말 모든 것이 마음먹기에 달렸다. 찜찜하던 기분이 한결 상쾌해졌다.

텔레비전에서 다섯 살짜리 아이가 베푼 선행에 대해 보도하고 있다. 정직하고 깨끗한 이미지가 좀 퇴색했어도 비록 소매치기가 있고, 범죄가 있고, 속임수가 있어도 저렇게 타인을 배려하는 마음이 멜팅팟 속에 끓고 있는 한 미국 사회는 더 나아질 것이며 또 누군가는 자기보다 못한 사람을 돕기 위해 늘 마음의 문을 열 것이다.

운전면허증, 카드, 비즈니스 라이선스 등을 재발급 받으며 그 소매치기를 원망하기도 했다. 그런데 두 달쯤 지난 어느 날 발신인의 이름이 없는 우편물이 하나 배달되었다. 내 운전면허증과 카드 등이 짤막한 메모와 함께 들어 있었다. "당신의 돈은 좀 빌려 씁니다. 다음부터는 돈 좀 많이 갖고 다니세요.""저 때문에 얼마나 번거로 웠는지도 모르고 참, 염치없는 놈이네." 내 불평을 자르며 남편이 한 마디 보탰다. "조금만 일찍 보냈으면 좋았을 걸. 그래도 녀석 제법 센스가 있어. 몇 푼 안 되지만 그 녀석한테 도움이 됐을 테니 다행이군."

남편의 말이 과히 거슬리지 않는 것을 보면 그는 그렇게 나쁜 사람이 아닐 것이란 생각이 들었다. 오히려 친숙하게 느껴지는 것은 그래도 잊지 않고 내 물건을 보내줬기 때문이다. 모든 게 마음먹기에 달린 것 같다. 일체유심조라는 말이 사전적인 의미 이상으로 이해가 되지 않더니 이제야 확연하게 가슴에 와 닿았다.

유리창 문을 열자 수많은 별들이 강물처럼 흐르고 있다. 저 멀리 빛나는 별똥 하나가 낙하하듯 떨어져내린다.

4부

미국 친구들을 위해

I thought it was a mother's work
엄마는 그래도 되는 줄 알았습니다

Father my heavenly father
아버지, 아버지, 우리 아버지

My Older Brother
오빠 생각

Rice porridge
하얀 쌀죽

Perception is Everything
모든 것은 생각하기 나름

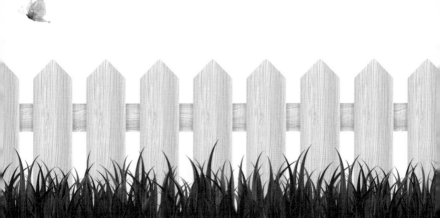

I thought it was a mother's work
엄마는 그래도 되는 줄 알았습니다

Toiling a whole day in a rice field/I thought it was a mother's work/Rushing to gobble down a bowl of cold rice on 'Bootoomaak' (Traditional Korean cooking range)/It was okay because she was a mother/Beating laundry with a cudgel in an icy stream with bare hands/I thought it was what a mother was supposed to do/Saying I am full, I don't have an appetite, she stayed hungry while her family got full/I thought she was fine as she always said/Her rough heels made grating noises on the comforters/I still thought this was all part of being a mother/Her fingernails were worn out and almost gone so clipping was unnecessary…

This poem was written by Sim Soon Duck, a Korean poet from Pyung Chang, Gangwon Do in South Korea to express how much she missed her late mother. Today, as I remember my late mother, a pink blouse comes to mind. Although pink is my favorite color, whenever I choose to wear this pink blouse I feel a sense of anguish.

Years ago, as Autumn faded into Winter, we moved into our own house. After many years of moving from one rental house to another, I finally became a homeowner. Although it may have been a very simple dwelling, I was excited to make it my new home. I was so eager to show it off to my Mother. I remember writing a letter to her saying that she should come and visit our new home as soon as the farming season ended.

After getting permission from my grouchy father, she came to visit me in Seoul. Her wrinkled face wrought with a bright smile exclaimed, "Thanks to my daughter, I can finally see Seoul." It made me happy that she seemed so proud of me.

Wandering through the streets of Seoul my mother asked,

"Is it Fair Day today?" "Why is it so crowded?" To her it must have seemed like people were packed on the streets. It was like Ocean waves as people pushed their way to get where they needed to go. Moreover, buses and cars honked loudly jockeying for position on the road. Taxis constantly swerved in and out from the curb to catch customers. As my Mother's jaw opened wide in amazement I exclaimed, "Mom, everyday is a Fair Day here in Seoul."

Her childlike enthusiasm made me wonder why had I not invited her sooner? I could see the awe in her wrinkled innocent eyes. Her cheeks, now filled with blotches, were once bright and powdery like a peach. She had gone a gradual and hard aging process from all her years working on the farm serving her demanding and cantankerous husband.

My family lived in K City until the end of my freshman year of high school. After that year we moved to the countryside. This is when my Mother's duress and adversity began to grow. Even though my father was nagging and controlling, while living in the city, she had been saved from the laborious and stressful physical labor the country farm life demanded. When life in the country started, all the manual labor became the burden of my Mother—her fragile body would be broken down over time.

My father did not know anything about farming. He expected everyone else to toil the fields—exempting himself from any manual labor. No one was immune from hard labor··· relatives, acquaintances, his children and wife were expected to do everything. My father's attitude caused my elder brother to leave home a long time ago, refusing to deal with the abuse. My youngest brother spent most of his time with his peers and refused to help my mother.

I also made excuses to not help my mother, always telling her I was studying. The truth was I couldn't see myself doing farming work. I felt like such an uncaring daughter as I looked at mom's wrinkled and furrowed face. Years of hard work and perseverance had taken a toll on her.

My mother had always regretted her lack of schooling. "I wish I could get an education! I would have been a retailer." She had always stressed the importance of education and how it makes a person useful and valuable to society—always pleading with her kids to study hard. But my father's abuse was too much for my brothers to stick around and heed her advice. In the end, of all her children, I became my mother's greatest hope and pride. She believed in me the most, hoping one day I would become a judge or at least a high school teacher.

No matter how hard the work was in the fields, Mother always refused to have help from her children. Instead, she constantly stressed the need for education and how this would save a woman from her husband's disrespect. I wasn't even allowed to wash the dishes much less work in the rice fields. Throughout all this she developed severe back pains. It got worse every year as her sleepless nights increased in frequency. I tried to give her massages for her aching shoulders, but every time I did, she would push me away. She would tell me she was fine and to go study. It was hard to see my mother with such aching limbs. I could only try to comfort her in the moment and try to make her life more comfortable. Despite her sacrifices I did not become a judge or a high school teacher–I was far from it.

Even during her stay my mother would clean my house. After her housekeeping was done, she was in a hurry to return home. Before her departure, we made a trip out to the market to shop for groceries. At one point I had lost sight of her. As I looked around to find her I finally spotted her in front of a woman's clothing store. Under the bright neon sign the window magnificently displayed a variety of vibrant and beautiful dresses. Lined up to appeal to passer-bys, there were chiffon dresses, pencil skirts and skimpy intimate lingerie.

I could see my mother staring at a pink lacy blouse that illuminated her face as she stared at it. Her light brown skirt shifted in the wind, almost calling her to it. The skirt she was wearing was one of the only nice Sunday clothes she owned. I had bought it for her with my first salary. She wore it for our outing this day instead of one of her two usual baggy pants she would wear at home.

My mother's sole source of income was as a farmer. She had a small plot of land in which she would grow vegetables. Every Fair day she would go sell thirty bunches of cabbages she had grown by herself. Like clockwork, with the cash she would buy ten mackerels and nothing else. Her routine was to search the market up and down and find the fish seller with whom she could haggle the best deal from. Through her tireless bartering skills, she would end up with quite a bargain every time.

At the time I was ashamed that she had to be such a relentless haggler. I would routinely keep my distance from her during the times she haggled her way to a better deal. Those days, I could not appreciate her sacrifice in saving a few bucks she would eventually spend on me.

As she stared at the window, I approached my mom, grabbing her hand, "Mom, look at the pink blouse. Isn't it pretty? Let's go inside and have a better look." As I led my mother into the store I asked the store clerk to see the blouse closer up. "What blouse?" my mother asked… "I don't need it. I don't have anywhere to go and the blouse does not even fit me. Never mind, let's go home." Nonetheless, I asked the price. I could not afford it.

Still wanting to get my mother something, I decided on a nice polka dot night gown. "Mom, next time I will buy you that pink blouse." "It's okay," she replied. "This dress will do for me. I have never given you enough, so don't worry about it. Just take good care of yourself." She waved her hands in front of me to distract me from saying anything more.

This would be some of the last words I remember from my mom. A few months after she left I received a telegram that "Mom passed away." Arriving at mom's house, it hit home that she was no longer in this world. She had slipped and fallen sustaining a concussion while changing a block of compressed coal for fuel. This is how she left the world. I was overwhelmed by sadness knowing I could not be there for her during her last moments on this earth to provide some comfort on her deathbed.

My eyes wept uncontrollably. The sky's snow drifted down as if to mirror my sorrow inside. On the way home from the funeral I stopped by the store with the pink blouse. As I stared into the shop, I could feel her presence. It was as if her image was reflecting on the window - looking back at me. Years later I'm still reminded of my mother every time I wear a pink blouse. I can remember the look in her eyes as she stood outside the store admiring it. Her frail nature so vivid as she dreamed of a better life—I remember that lonely look in her eyes—filled with loneliness. Whenever I wear a pink blouse I am reminded of her image in front of the store. I also think of how clueless of a daughter I was growing up. This sentiment is poignantly reflected by the poem "I Thought it was a Mother's Work".

Father my heavenly father

아버지, 아버지, 우리 아버지

In mid-November, just two weeks after arriving in the United States with my husband, I received a telegram that my father had passed away. Now miles away, it was the first contact I had with anything happening overseas. I really had no reaction when I heard the news. It did not bring me sadness nor did I shed a tear. It felt as if a tightly wound rope that was suffocating my body finally let loose and all the energy in my body sapped out. The rope that constricted me my whole life was so much a part of me. It represented the angst and pain of living a fearful life – trying so hard to escape the grasp of my father's wrath. I could finally breath at ease.

Stomach cancer finally spelled the end for my father. Father often said that he had cancer, but nobody in our family believed him. Not only was our knowledge about cancer limited, but it seemed unlikely that someone who could bring such heartache and turmoil to a family was shaken by a life threatening disease. It always felt like Father was bigger than life and nothing man-made or otherwise could bring down his ominous façade. I could never even think of this possibility.

After Mother's passing in January of the same year, Father was still full of energy. Energy, combined with his selfish, cold, stubborn and hot-headed temper made him unbearable as a child. However, not even a half a year after Mother left, this once unbeatable figure was now in his waning years of life. I took Father to one of the best University hospitals in Korea before leaving for the United States. Doctor said there was not much we could do and just to do what he likes. Father stayed with us in Seoul before we departed for America.

Staring at Father's spot marked face, I pondered what life was really about. It was only natural as I was on the verge of losing both parents within a span of 10 months and leaving for America to start a whole new life. Just 10 months ago I had heard news of Mother's sudden and tragic accident. While changing the briquettes in the kitchen late one night, she fainted and never woke up. I'm not sure if she died once she passed out, I will never know. But I remember being enraged at Father's actions when I found out that he just left her lying there. I questioned his inaction of not bringing Mother to the hospital, scarring his kids and family one last time before Mother's death. I had too much and screamed at Father for causing Mother's death. He slapped me across my face accusing me of being a bad daughter.

Mother always wanted to gain her freedom from Father. She was finally at peace escaping through her death. Perhaps it was the easiest way for her to end the abuse. All throughout her life Father would blame Mother for all the problems in the family. When I was younger I would always think he was right. So even if Father coughed out loud, I would tug Mother's skirt and beg her to apologize to Father with me. As I grew up and saw my friend's father, I started to dislike him and who he was. I would always plead with mother to leave so we could live somewhere far away from Father. I'm not sure if it was due to love or pity, but she never left him despite the abuse.

About two months after Mother's passing, Father brought home another woman. Perhaps I could not fully understand the misery Father felt over losing his wife with whom he ruled supremely over. Even on a freezing cold blistering night, while everyone was huddled in the warmest part of the house, he would make Mother go fetch him a cup of water in the corner of the room. He would never do it himself, because he was the supreme ruler of all. Keep your mouth shut or bear his wrath. No one would ever dare defy his orders. After Mother's death there was no chance love could ever be shared amongst our family within those walls. In my mind our relationship was over. Sure enough, in just two months when his money ran out, the new lover flew away like a bird in a tree.

Growing up, there were many activities we dared not show in front of Father. Among them were speaking loudly, fighting, laughing loudly, playing outdoors and inviting friends over—all taboo activities. When Father would return home from anywhere we learned to make sure all of us greeted him at the gate. Father would cough loudly sitting on the floor as Mother washed his feet like a masseuse. Time and again I would promise myself that I would not get married to be a slave to a man like this.

He could never admit to any of his mistakes. Every failure was the fault of Mother, including his own social shortcomings. Though he was mean, selfish and stubborn, Father was very keen and smart. Never did I get away with lying to Father. Once he hit me and I ran away—he knew exactly where I ran to and tracked me down. It was a hectic and nervous existence trying to please Father. I always felt there was nothing I could do to live up to his authoritative standards.

As an uneducated man, my father was truly a genius. Growing up I would hear many tales of his magical abilities.

When my elder brother was sick as an infant, Father once ran at supernatural speeds to get help, saving him on the brink of death. Another tale was often told of Father saving a friend's son who had been overtaken by spirits. Time after time we would hear tales of super powers Father possessed. Never once did Mother disavow any of the stories.

Our neighbors would never oppose Father once he came to a conclusion. Father was not rich nor did he have strength, but he did possess charisma that could captivate an audience. At times, I did have pride in Father but the way he handled conflict was very hard to handle. I wanted a Father who could sit back during times of conflict and assess the situation through tempered analysis. Instead, Father used anger and fear to control us.

Father also had a great memory. No matter how much time would pass, Father would not forget things he saw and heard. He once memorized a book with 2,000 Chinese characters, able to recite it verbatim. He would close his eyes and recite the exact strokes with his hands. Father taught my younger brother, my cousin and me how to write

Chinese letters with this book. With a keen mind I took to it very well. However, my cousin and brother did not have academic acumen and would often be smacked about the head for failing to grasp lessons. I admired Father for his smart brain. Other than this, I could find little redeeming about his presence.

He was so smart and enchanting that many of the famous figures of K City would visit him. The list of visitors included the mayor, police commissioner, chief tax officer, CEO of K Pharmaceutical Company and high level educators. Despite not receiving any formal education, he was always confident in front of these people. Engaging in fierce intellectual debates would be the norm and Father was highly influential. It seemed like nobody could beat my father in a debate. Looking back, perhaps because of his strong will, they just let him win.

Father was not good looking or tall. He had sunken-in eyes and was physically diminutive. In spite of all of his physical shortcomings he always possessed a sparkle in his eye. When our eyes met, his gaze would feel like a pierce through my heart. It could zap my energy with a look of intimidation. For many years I could not conjure up any love for Father. Though we never dared to voice it, he must have been aware that his children hated him. Perhaps this is why he dominated us with his presence–to have some control over us. Father was unable to grasp the concept that force did not always equal righteousness. As a family, this simple concept was lost on all of us. Had we understood his mind and why he felt certain ways I believe my feelings for him might be different today. I can't help but think that if we understood his madness and could touch his heart with a bit of sunshine, our perception, and that of Father's would have been different throughout the years. Perhaps this would have changed all of our lives as well.

My Older Brother

오빠 생각

It has been several years since my older brother passed away. Whenever I think of him, I always have regret. I feel guilty over not treating him better when he was alive and not doing the things he liked. Older brother passed away from liver cancer, a common diagnosis in Korea. He was ill for almost two months before we found out his cancer-ridden state. He was previously mis-diagnosed with a simple cold and we subsequently lost out on the ability to get him proper treatment. I heard that cancer comes in like a tsunami, sweeping away life in its final moments. When we finally found out his diagnosis, it was too late and he was given only six months to live. He did not even make it that long, taking his final breath just four months later.

Though everybody experiences hardships in their lifetime, my brother's life was particularly turbulent since he was young. He was always shy and timid, reluctant to stand out in front of people. Upon meeting new people, he would usually listen to them speak rather than talk about himself or share his ideas.

However my father wanted my brother to be a stand out amongst the crowd. This was difficult in school because he was near the bottom of the academic bracket. Brother was never chosen as class president or leadership positions, but Father stubbornly tried to make him stand tall and proud in front of others. My brother did not have the social attributes to satisfy Father, as he was more of a shy and tenderhearted individual. Father always demanded so much of him when we were growing up. As kids, my brother would often get scolded and be forced to do push-ups for not acting in a way Father deemed appropriate for a first-born boy. We all endured the harsh treatment of father. My younger brother and I would routinely shake at our knees when dealing with him. I was always scolded for being "arrogant". In the eyes of Father, since I was good at school, I would often forget and neglect my responsibility as a girl to help take care of the family. My younger brother was scolded for being undisciplined mostly attributable to being the youngest in the family.

My older brother was expected to be honorable and set a good example for his younger siblings. I could imagine he may have wanted to run away from his responsibilities due to an overwhelming sense of helplessness. He was often taken for granted, as a lot was expected out of him with little appreciation in return. His existence reminds me of the lone weed growing in a crack on the sidewalk–stepped on and forgotten. I am sure at times he must have felt like a punch–drunk boxer barely able to stand up. My immature younger brother and myself thought little of our older brother and often would ignore what he said.

I chalk it up to my Father's greed and narcissism for wanting older brother to be socially important and successful. Father's dream was to make our family respected, enforcing it through the discipline of his children, especially his oldest son. He enjoyed the fact his kids would do whatever he said, whenever he said it. Though his expectations may have been noble, they wore on all of us, especially older brother. The constant pressure to live up to a certain reputation at all cost did way more harm than good for him. In a sense, his life was robbed— he was a prisoner that had no choice. I can understand Father's desires, but the execution in achieving them were counterproductive and only drove his son further away from him emotionally.

Older brother would always need to be on his toes, as Father would test him without notice. If he answered incorrectly, it would be met with a swift smack across the head. At a young age Brother would become so afraid of Father that he would shiver at the sound of Father's cough. Brother's social phobia grew over the year as Father's disapproval also grew. This caused Father to scold Brother even more saying he was not much of a man.

However, Brother was not as foolish or clumsy as father thought. He was great with his hands, had a good eye for detail and was very creative, which were all traits that Father did not possess. His wood working abilities were amazing, building many intricate items over the years. Many of the items were truly unique. His techniques encompassed emotion and creativity in beautiful ways. Father's excessive intervention in his life made him lose interest in studying while diminishing his confidence. Having barely graduated from high school, Brother did not continue on to college. Because of this, Father's disappointment grew even more.

When I was in high school Older Brother got married to a woman he never met, handpicked by father. Perhaps he thought Father would be less disappointed in him if he were obedient. Brother gave birth to three daughters. Father could barely hold on to his disappointment when his second granddaughter was born. When the third was also a girl, he kicked Brother out of the house on a cold winter day. That night I cried with my mom who was also crying and cursing Father in the backyard.

That winter, after Brother left, our home was very cold in temperature and in spirit. The frozen ice did not melt for a long time. Even when spring would bring the flowers and the leaves would fall in autumn, it still felt like an ice glacier was covering the entire house. Mother's eyes sagged in like a deep valley. Our gate was always open awaiting the potential return of older Brother. A creek in the gate caused by the wind would cause Mother's eyes to open wide imagining for a brief moment of his return. It would never come to fruition though and her momentary sparkle would fade away with a big sigh.

Finally Brother returned home after giving birth to his fourth child who was a son. It had been four years since he left and Father believed that only a son could redeem the family. Brother continued to care for Father as if nothing happened. I was unable to build up the courage to ask about his four years away from home.

A few months after Mother's passing due to cerebral hemorrhage, Father also fell ill to stomach cancer. That year I came home to the United States with my husband. After I left, Brother took care of Father at our home in Korea and stayed with him until his final breath. Sometimes I wonder how many other fathers were so persistent on the success of their son. I also wonder how Father felt upon taking his last breaths and never seeing what he considered to be success for his son. I can somewhat understand how he felt after raising my own children. But I also feel like I cannot pass on my own dreams to my children as Father did to his. To me, this is no way to live life.

At a later age I invited my two brothers to immigrate to the United States. Old Brother had few friends while living in the states. He did not enjoy the typical activities his peers enjoyed such as golf. However, there was one thing he did enjoy. He loved going to Las Vegas once or twice a year. He would excitedly explain that the state line would appear after passing Barstow and a few hills–this really got him excited. He memorized the way to Vegas like his own backyard. We enjoyed his tales, laughing and anointing him the nickname, "Dr.Casino."

Our trips to Las Vegas would often begin with Brother

humming gleefully. Being tone deaf, it was amusing to watch as Brother would often make up his own songs and lyrics. He was not very rich so he did not gamble with much. Once he lost all of his money he would still be jolly and try to teach me how to play. He would always be the one to lose all his money first, so we laughed and jokingly remarked how we just need to do the exact opposite of what 'Doc' says. He always had a lot of fun trying to coach me back then. If I had known that he would go so soon, I would have given him a few hundred dollars more each time we went. To me, it would have been a small price to pay to see and remember him in such good spirits. Whether it would have been for just a few more hours, simply watching him smile and be happy would have been a tremendous reward. Thinking back, I regret that I did not give him enough and sometimes feel like I was too stingy.

Two months before Brother left us, we took a trip to Las Vegas. During our trip he did not do much. He did not hum and make up songs, he did not give directions, nor he did he coach us. I know a lot of it was due to his sickness, but

I also wonder if he was solemnly thinking that this may be his last trip with us.

I still regret not being able to travel more with Brother. I wonder if he has finally been able to put down the burden of having to stand above others and is receiving the warm love of Father up in Heaven. I hope that Father also believes that he can be proud of his son. Today, I miss Brother even more. I can imagine him standing beside me at the casino, coaching me the way he used to after humming off-tune all the way through the desert.

Rice porridge
하얀 쌀죽

The sky was gloomy and forbidding, you could just feel a storm brewing. Trees were trembling in the wind just waiting to be whipped around by Mother Nature. I too was churning inside, stricken with a severe body ache. As I tried to keep my hair tidied up and looking somewhat presentable, I could feel the uneasiness around me and inside me. Amongst the leaves of the rustling trees, I could see the outline of my concerned mother's face. She was always there to take care of me in these times of need.

It was flu season and two weeks since I started to feel ill. This seemed like it would never go away. Every year on the news you would hear the warnings of flu season and consistent reminders to take good care of your health. Unfortunately, I had come down with a bug and it hit me with furious strength. I sat alone upstairs in my bedroom while my husband was seemingly unaware of my diminished capacity. Sadly, I'm not sure he even cared enough to find out. It had been weeks and he seemed oblivious to my true suffering. Occasionally, when he would hear my groaning and whimpering he would stick his head into the room asking if I were okay. I would wave him off, trying to tell him I had no appetite, not uttering a single word. I could not speak enough to make him care. As if my hand gestures were a signal that I was okay, he descended back downstairs without probing further.

My body felt like a wet blanket, unable to dry off in the rainforest. I could do little to alleviate myself of this constant torment. Endless days and nights into the abyss coughing and coughing to no end. Once the coughing started it did not stop. I would wiggle around on the floor with a persistent hack until I passed out from exhaustion.

My throat hurt so much I wish I could cut it out of my body. All the while I was concerned that my endless thrashing and coughing in the middle of the night might bother my husband while he slept. Or worse, what if he came down with something because of me?

Stubbornly, I had not gone to see the doctor yet. I thought this common cold would pass after a few days like a temporary summer shower. But we were now going on two weeks since I had fallen victim to this illness. It seemed like there was no light at the end of the tunnel. The symptoms seemed to get worse as the days passed.

My sons lived in the neighborhood but they had no clue I was sick. They would usually drop by when they needed something from me. I felt neglected and at times I felt they were ungrateful. They would seldom even call to say hello much less stop by to see me. They lived just around the corner and still did not lift their finger to call me. I did not want to reach out to them in my state, as I did not want to be a bother. I wished my husband would call my sons and inform them of how sick their mother is. Hopefully he would tell them how much I struggled at night and how they should be concerned for their mother. Unfortunately, I had no luck in having my husband inform to my sons so how much could I really expect from them? After all, like the old saying goes, 'like father like son'.

For two weeks I fed on only water and juice making me dizzy and weak most of the time. At one point I could not stand it any longer and made the torturous and brave venture down the stairs into the kitchen. Every step of the way I could feel my body aching but I knew I needed some sort of nourishment. I had been craving for this special rice porridge my mother used to make when I was younger. This special elixir would hit the spot right about now. This is what I needed⋯ the warm white rice soup that could cure every ache and pain. But how do I make it? I never paid much attention to the process. My mother's magical hands seemingly made it. Breaking down the ingredients it just seemed like rice and water so that is what I mixed together. I placed the rice porridge pot onto the stove, asking my husband to check the timer for me. Slowly I dragged myself up the stairs to lie back down. Lying in bed I suddenly felt lonely. My sickness was so bad that even when my husband was near I felt like a scarecrow left alone in an empty harvested field. He was content downstairs and I laid alone upstairs in despair. Tears welled up in my eyes.

I started to remember the porridge my mother made me when I was a sick kid. Perhaps it was all she could afford. She would coax me into eating it and despite my constant refusal I would finally manage to eat the whole bowl falling asleep in her arms. Back then I needed my mother's love – this was enough to cure all my ills. At times she would act as a Shaman by wrapping a handful of rice wrapped in a handkerchief and pressing it to my forehead. She would even twirl a butcher knife around my head chanting a spell to exorcise the spirits. Though I did not share her superstitions I always felt like her chanting and praying would cure me eventually. Since I could hardly get a wink of sleep, this night I forced myself to take some medication and I fell asleep right away.

Beep! Beep! Beep! A loud alarm shook me awake. Smoke

filled up the corners of my room. Running downstairs, I rushed to see what was going on. Smoke was billowing up the stairs. Dashing into the kitchen, there was the pot sitting on the stove squeaking and dancing around with a blue flame enveloping it.

I rushed in to shut off the stove and opened everything I could get access to—the front door, the back door, the patio door and windows. As my husband rushed in I burst into tears. I am not exactly sure what overcame me at that moment. Perhaps I felt relieved to finally see him in this hectic moment. Or perhaps my pent up anger finally exploded. Where had he been? What was he doing? The only thing I had asked him to do was to keep an eye on the porridge. Could he not even do this one little simple favor for me in my time of dire need?

The smoke detector was blaring loudly throughout the neighborhood. Both of our dogs and neighbors' dogs were barking loudly. My husband finally turned off the alarm and said he had gone out to the pharmacy after I had gone to bed. Needless to say, the porridge was burnt and so was a brand new pot. We were fortunate enough to not have burned down the kitchen or even the house.

The next day I went to go see the doctor who told me there was no cure for the flu. However, he did prescribe me some good medication and after a few days the cough waned and I felt my strength return. Eventually I recovered from this illness.

As my strength returned my husband boiled a can of noodle soup for me. It was not rice porridge but it was his attempt to help with a cure. Although it could not replace my mother's magical rice porridge, I did finish the whole can of soup. I glanced up to see my husband sitting across the table from me and at that moment my mother's image flashed upon his face. I reached across the table and grabbed his hand, "Darling, your soup is Number 1."

The doorbell rang suddenly and my sons came in with my grandchildren following quickly behind. Rushing towards me my grandchildren shouted, "I love you grandma!" and hugged me tightly. Suddenly, I felt rejuvenated in their arms. Raindrops started to fall outside and through the rustling branches it seemed to wash away all my the prior angst. This was a new day and the world seemed brighter again.

Perception is Everything
모든 것은 생각하기 나름

Stars can light up a dark desolate night. Just looking in the sky you can see their special sparkle. Perhaps this is why celebrities are often referred to as "stars". They have that special something that makes them sparkle amongst the rest of us.

Today I went to Hollywood, California, the birthplace of the "movie star". The entire 1 hour drive was magical. I hummed blissfully while sitting in the car on the 101 freeway. It was going to be a magical day. With the sun out shining brightly, the streets gleamed of magic.

As I strolled down the sidewalk, I could see the marble

shining back at me – the Walk of Fame Stars were larger than life. Although I could not recognize all the stars' names, I did recognize Clint Eastwood, Marilyn Monroe, Audrey Hepburn, Natalie Wood, John Wayne and Robert Taylor just to name a few. To me, these names were science fiction come true. My jaw literally dropped as I strolled past one true Hollywood legend after another. I can remember their movies as I stared at each name in amazement. Their names brought back so many fun memories with friends who adored them just like I did.

I could not believe that I was finally in Hollywood. It was always a place larger than life and the melting pot of the world. As I continued down the street we stepped in many of the tourist attractions. The Wax Museum, Ripley's Believe it or Not, El Capital Theatre··· the list goes on and on. The hustle and bustle, the endless souvenir shops, the tourists packing the sidewalks – it was all so much to take in. The possibilities were endless in Hollywood. At times I got so lost in the euphoria that it felt as though I was at the epicenter of the world.

Standing on Hollywood Boulevard, with the world famous Sunset Strip just minutes away, nothing seemed impossible in this town. The famous restaurants that lined the streets, the exotic sights and the beautiful people were all eye candy. Travel just a few minutes down the road and take in a concert at the Hollywood Bowl—it was a world of wonder and magic. I could see why people came from all over the world to this land of enchantment.

There was even superheroes dressed as Superman, Darth Vader and the Incredible Hulk. While performing and posing for pictures you can see there were real people under the costumes. It was a daily competition for survival to get a few extra bucks from tourists. My kids were scared of the larger than life Incredible Hulk. They had seen him on TV and really liked the show, but in person my kids ran away scared when I tried to take their picture with the big green man.

As I stood in front of the Mann's Chinese Theatre I was reminded of Namdaemun (South Gate) in Seoul during Lunar New Year Day. A red pagoda and a Chinese dragon decorate it's façade evoking exotic beauty. I wanted go in, but the interior was overwhelmed by the aesthetic beauty on it's outside.

The streets were packed as you could hardly move without bumping into someone. Some tourists were having fun comparing their handprints with those of the stars. Above the north end of the Walk of Fame stood the legendary "Hollywood" sign perched high up above the hill overlooking the 101 freeway. The letters were so bold as if they may just come to life. As the day passed, the sidewalks became even more crowded. Everywhere you looked you could see colorful bold and distracting signs luring you into the souvenier shops with their promised sales.

"Why did you leave your purse open?" I heard my husband ask. I was too enthralled in sightseeing that I did not realize my surroundings. I looked down and noticed it was open and exposed to the world. As I reached inside I could not feel my wallet. It had gone missing! Wait, I noticed a man who walked closely and quickly by me. In retrospect I knew that this man must have swiped my wallet as I was daydreaming of the world around me. All of a sudden, the magic in the air disappeared. My spirit was deflated. I had never experienced something like this—not my entire life in Korea! It was such a shock to me that something like this could happen in such a magical place. Seoul used to have a big problem with pickpockets. I had known many people who at one time or another had been victims of this crime. Even my husband had been victimized three times. But I always had my guard up when living in Korea and it had never happened to me.

Perhaps America was not what I envisioned it to be. Today, I think that it has changed quite a bit from when I was younger. As a kid I always believed that America was built on honesty and integrity in everyday life. I envisioned a country where patrons would pay for everything whether or not there was a shopkeeper in the store. It was a land where integrity stood above everything else. My stolen wallet put a serious dent into this belief. At that moment and continuing into the future my perspective changed. The world was changing and it was just a sign of the times. Nowadays we hear so many horrific news stories that it is easy to be jaded. This is something I have come to accept as reality.

A while back I stopped by a store to shop for a floor rug. Inside, an older Jewish man approached me in the store as he knew I looked interested in his merchandise. Even though I was just looking around, I could tell he really wanted to make a sale. I was about to leave when he seemed even more desperate to make a deal. I could see the look in his eyes as he knew I was a somewhat interested customer. There is a saying Koreans use called "Ma-soo". Loosely translated it says that the future luck of your business for the day can be forecasted by the first sale of the day. If the first interested customer of the day leaves your store without a purchase then the rest of your day may be doomed. Under this superstition the shopkeeper will do everything he has to do to make a sale even if the sale is not that profitable. This is because the luck from that sale will lay the groundwork for the rest of the day. Many Jewish people also believe in this superstition. For this reason I believe he was very persistent with me. It was as if he would not let me leave until I bought the rug I was admiring. In actuality, the rug was too much for me that day and I was resigned to leave, but the persistence of the owner was bringing the price lower and lower. His belief in Ma-soo showed as I ultimately could not pass up his deal.

Throughout these experiences in the United States a saying comes to mind–Perception is Everything. The purchase of the rug was not only for my benefit–it was also for the benefit of the store owner. Though I might have walked out without purchasing the rug, my purchase would help the owner and ultimately contribute to our economy. Everything comes down to the way you perceive things in your own mind.

When I look back at the pickpocket incident I still remember the shock I felt when it happened. It tarnished what I once believed in. Although pickpockets may occur with alarming frequency these days and crime still happens a lot more than we would wish I am still hopeful. Though fraud is rampant in our society I still want to believe in the goodness of mankind. I want to believe that this melting pot boils empathy and compassion. I want to believe that we can smile with our neighbors and enjoy the little things in life. I want to believe that our love and compassion will always be born from our warm and true hearts.

Although tarnished by the pickpocketing, these beliefs are still with me. Sometimes it is difficult to still have faith in those beliefs, especially after having to take the time to have my driver's license and credit cards re-issued. About two months later I received an unexpected package in the mail. I opened it up and inside I saw my stolen credit cards and driver's license with a small note that read, "I borrowed your cash, but please have more cash with you for me next time." I was flabbergasted when I read this. How can this jerk have the nerve to send me a note like this? What a shameless bastard! I was grumbling incoherently to myself about the nerve of this guy as my husband remarked, "He should have sent them earlier, but at least he was witty. How nice it is to hear that at least your cash was useful for him!" I couldn't help but crack a smile and laugh. The window to my soul had been opened up once again and this time a cool breeze was flowing through. That night I looked up to the starry sky and said to myself, "Perception is Everything."

At that moment, somewhere far out in the distance, a bright shooting star fell to Earth.

삶의 제자리를 찾아주는 여정

-임지나의 수필집 『나 여기 가고 있다』

김동혁(수필평론가)

　자의식自意識은 이야기를 통해 발현될 때 비로소 그것의 몸(身)을 가지게 된다. 그러므로 이야기는 자기표현의 최전선에서 활약하는 도구로서 기억을 구체화시키는 가장 효과적인 방법이다. 이런 의미에서 이야기는 일상을 키워나가는 손때 묻은 도구이고 또 한편으로는 자기를 확인하고 보존하는 수단이다. 우리는 이야기를 통해 타자의 존재를 인정하고 그것을 바탕으로 자기를 올바로 인지할 수 있다. 말하자면 고립의 두려움과 한계를 알아가면서 인간은 세상의 흐름에 몸을 맡기고 나아가 타자의 삶을 인정하고 또 적당한 관여를 하게 된다.

　수필은 결국 짧은 산문 형식의 이야기다. 조금만 더 부연하자면 삶과 세계에 대한 깨달음을 짧은 산문 형식에 담아 표현하는 양식이라고 말할 수 있다. 그렇다면 이 장르의 바운더리Boundary 속에서 글을 짓는 이들은 스스로의 삶과 타자의 양상 그리고 세상의 흐름에 대해 고민하려고 발 벗고 나선 이들이다. 물론 이것은 아마도 글을 쓰려는 이들의 특수한 태생일지도 모른다. 물론 우리는 그 태생에 관해 잘 알고 있다. 자의든 타의든 글을 써야 하는 그 본능적 작업이 가끔은 얼마나 고통스러운 일이며, 또 한편으로는 얼마나 소모적인 일인가를. 그리고 그 고통스러운 탐색의 과정을 글의 전면에서 완전히 배제하고 천연덕스러운 어조로 읊조리려야 하는 일, 건드리기 싫은 일상의 이면을 찾아 그것에 빌붙은 내밀한 의미를 포착하는 일, 그리고 세상의 단상을 보여주면서 삶의 전체적 의미로 확산될 수 있도록 하는 것이 얼마나 어려운 일인지를.

따라서 이 글은 우리네 일상을 소재로 그 이면에 깃들인 한 수필집의 '일상'과 일상의 '이면'을 엿보는 소소한 여정이 될 것이다. 그 과정에서 인간의 살아감에 대한 의미를 찾아낸 한 수필가의 고뇌와 건전한 태생을 함께 엿볼 수 있기를 기대한다.

가족, 아껴둔 이야기와 쏟아 부은 이야기

임지나의 수필 「생애 첫 가출의 추억」은 이런 이야기로 시작한다. 작가는 어느 날, 이층 계단을 오르다가 몽당연필에 발을 찔려 자리에 주저앉는다. 발바닥에는 연필에서 부러져 나온 까만 심이 박혀버렸다. 몽당연필은 저만치 날아가 아무렇게나 뒹굴고 있었다. 작가는 발바닥에 박힌 심을 뽑고 상처를 조치했다. 그리고 며칠이

지난 후 작가는 그 연필을 다시 만나게 된다. 연필은 세면대 앞 서랍장 한구석에 얌전히 모셔져 있는 상태였다. 작가는 묻는다.

　"누가 이것을 서랍에 넣어두었나?"

　작가의 기억은 아픈 발을 어루만지던 순간까지가 전부이다. 상처를 남긴 노란 몽당연필의 행방은 관심의 대상이 아니었다. 심이 박힌 아픈 발을 만지느라 저만치 날아간 사고의 원인을 수습하지는 않았다. 말하자면 연필은 작가에게 있어 '아버지의 매운 불호령'처럼, 어머니의 부고를 알리는 '한없이 짧은 전보'처럼 잊혀지고 버려진 소재素材였다. 그런데 이 '별 것 아닌 것'을 우연히 발견하고 그것을 다시금 들여다보는 시선이 바로 임지나의 수필적 플롯을 형성시키는 과정이며 수필가로서의 '시선'을 드러내는 중요한 단서이다. 아파서 잊어버리려 한 것들 혹은 잊어버려서 미안했던 것들을 이야기로 만들어 각각의 제자리를 찾아놓은 작업이 바로 『나 여기 가고 있다』이다.

　겨울로 접어들며 동생과 나는 서서히 회복세를 보였다. 동생의 머리가 성글성글 메워지기 시작하고 부챗살처럼 구겨졌던 살가죽이 다리미질하는 듯 펴지기 시작했다. 높고 높은 하늘이라 말들을 한다. 그 고난의 시간, 어머니는 저 하늘보다 더 높은 사랑으로 우리 남매를 살려냈다. 날개 없는 천사, 어머니의 그 눈물겨운 간호와 희생이 없었다면 과연 오늘 내가 여기 있

을 수 있을까. 물이 철철 넘치던 우리 집 우물가에서 메르스쯤
아무것도 아니란 듯 어머니가 두레박으로 시원한 물을 연신 퍼
올렸다.

—「엄마는 세상에서 가장 위대한 간호사」에서

『나 여기 가고 있다』를 통해 작가가 제자리를 찾으려 한 두 가
지의 큰 층위는 부모에 대한 기억과 작가의 이민생활이다. 그 중
작가가 이야기의 반경을 가장 폭넓게 담은 대상은 어머니다. 작가
는 어머니를 추억하는 자리에서 기억이 허락하는 모든 이야기를
다 하려고 애썼다. 그런데 그 의도와는 다르게 어머니가 담긴 이야
기의 끝은 자꾸만 미완으로 읽힌다. 그 이유는 작가와 어머니 간
의 관계가 대단히 일방적인 구도 속에 놓여 있었기 때문이다. 세상
의 많은 어머니가 그렇듯이 『나 여기 가고 있다』 속 어머니도 자식
의 가슴속에 터무니없이 큰 빚을 남겨놓고 너무나 갑작스레 세상
을 떠났다. 장질부사에 걸려 사경을 헤매는 자식을 부여안고 "너희
들은 절대 죽지 않는다. 내가 그렇게 두지 않을 것이다."라며 세상
과 운명을 엄한 눈으로 노려보던 어머니였다. 하지만 우리는 이제
야 안다. 그런 어머니가 모처럼 만의 서울 나들이에서 '분홍색 블
라우스'를 눈여겨볼 줄 아는, 그 블라우스만큼이나 하늘거리는 마
음을 가진 여자였음을.

그런데 자식들은 늘 어머니의 자리에 분홍이 아닌 '물방울무늬
잠옷' 같은 무채색을 칠해 놓는다. 때로는 형편을 핑계 삼아, 어떨
때는 시간을 이유로, 혹은 응당 그래도 괜찮다는 듯이 우리가 어

머니의 삶을 돌보는 것을 유보하는 사이 세월이 흐르고 있었다. 마치 오래된 나무의 굵은 둥치만 보고 더 이상 물을 끌어당길 힘을 잃어버린 뿌리를 돌보지 않는 무능한 정원사처럼 대부분의 자식들은 그렇게 어머니를 잃었다. 작가는 세월의 더께 탓인지 너무나 급작스럽던 '모친 사망'이라는 전보가 주는 충격에는 말을 아낀 대신, 어머니를 죽음에 이르게 한 이유는 무척 담담히 적어놓았다.

어머니가 시골로 내려간 몇 개월 뒤 어느 차가운 겨울날 전보 한 장이 날아들었다. '모친 사망'이라 적혀 있었다. 내가 시골에 도착했을 때, 어머니는 이미 이 세상 사람이 아니었다. 늦은 밤 연탄을 갈다 뇌진탕으로 쓰러진 어머니. 아버지는 어머니를 병원에 데려가지도 않고 그대로 돌아가시게 했다. 내가 필요한 그 순간에 나는 아무것도 하지 못했고 임종조차 지키지 못했다.
　　　　　　　　　　　—「엄마는 그래도 되는 줄 알았습니다」에서

이 글이 주는 뭉클함은 어머니의 죽음 자체가 아니라 그 죽음의 이유가 너무나 일상적이기 때문이다. 어머니는 겨울밤, 방을 식지 않게 하려다가 세상을 떠났다. 분홍색 블라우스가 아닌 물방울무늬 잠옷을 입고 어머니는 늘 하던 일을 했고, 그 하던 일이 있어 그날까지의 시골집은 충분히 따뜻했다. 또한 그 온기는 내 자식들이 사는 저 서울 하늘까지 아울러서, 고된 일상을 마치고 돌아오는 작가에게 삶의 희망 같은 것으로 환원되어 전해졌을 것이다.

앞서 『나 여기 가고 있다』는 '아파서 잊어버리려 한 것들과 잊어버려서 미안했던 것들'을 이야기로 만들어 각각의 제자리에 놓아두려 한 작가의 긴 작업이라고 언급했었다. 그런 의미에서 이 책에 등장하는 어머니는 잊어버려서 미안했던 것들에 관한 이야기를 만드는 구심점이며 그 자체다. 작가는 늘 하던 일을 하는 사람, 늘 하던 대로 놓아두어도 되는 사람, 바로 어머니에 관한 서글픈 반성문을 되도록 정성스레 그리고 길게 쓰기 위해 애썼다. 하지만 어찌된 셈인지 그 긴 글에 담긴 사유의 폭은 그리 넓지 않았다. 기억의 저먼 곳에서부터 어머니에 관한 무언가를 되도록 많이 찾아내 글의 이곳저곳에 배치하려고 한 흔적은 보이지만 제자리걸음이었다.

사람들은 소중한 것을 응축시켜 가장 깊은 곳에 숨기려는 본능을 가지고 있다. 그래야 잊지 않고 오래 보관할 수 있기 때문이다. 아마도 작가에게 있어 어머니의 기억은 그녀가 건넌 태평양만큼이나 넓고 깊지만 오래오래 응축되어 이제는 가슴 깊은 곳에 박힌 돌 같은 것이 아니었을까 생각해 봤다. 그렇다면 이 수필집의 다른 한 축, 아파서 잊어버리려 했던 것들은 어떻게 형상화되어 있을까? 그런데 여기서 짚고 넘어가야 할 수필 장르의 평범하고도 묘한 특색 한 가지가 있다. 바로 사실이다.

수필은 누가 뭐래도 사실을 다루는 장르다. 사실을 다루는 이 특색으로 인해 수필의 장르적 반경은 무한정 늘어나기도 하고 한편 한없이 쪼그라들기도 한다. 일상 혹은 기억을 있는 그대로 글로 옮기는 것은 쉬운 일이 아니다. 사실도 글이 되기 위해서는 아니 읽히는 글이 되기 위해서는 반드시 가공이 필요하다. 혹자들은 이러한 가공을 '수필적 페르소나'라고 부른다. 말하자면 가면을 쓴 사실인 셈이다. 이것은 조금이라도 수필을 써본 이라면 누구나 알고 있는 일이다. 아무리 수필이 가진 최고의 가치가 사실의 미학이라 하더라도 세상과 삶을 그대로 글로 옮기는 것은 불가능하다.

그런 의미에서 소설은 수필에 비해 장르적 반경이 훨씬 넓다. 소설은 진실을 찾기 위한 '교묘하고 철저한 거짓말'이기 때문이다. 거짓말에는 한계가 없다. 거짓말은 사실인 '척'하기 위해 무엇이든 이용한다. 하지만 수필은 그럴 수가 없다. 거짓말을 할 수도 없고 그렇다고 있는 모든 것을 옮길 수도 없다. 그래서 수필은 그 한계를 극복하기 위하여 사실에 적당한 가면을 씌운다. 그 가면은 가리기 위한 가면이 아니다. 말하자면 보여주기 위한 가면이며 글의 진정성眞正性 높이기 위한 도구이다.

아버지가 나를 불러 앉혔다. "그래 미국에 가라. 그러나 내 돈 오백만 원을 먼저 갚고 가라." 당시 그 돈은 서울에 웬만한 집 한 채 값이었다. 나는 그 오백만 원이 무엇을 뜻하는지 몰라 아버지를 멀뚱멀뚱 쳐다보았다. "그 돈은 지금까지 내가 너를 키워준 비용이다. 부모 말을 듣지 않고 네 멋대로 살겠다니, 내 돈은 갚고 가야지." 지금까지 나를 키운 값, 오백만 원! 그러니까 내 인생이 오백만 원짜리란 말인가. 어찌 그것뿐이란 말인가. 나는, 그 오백만 원의 열배 아니 백배가 되고 싶었다.

　　　　　　　　　　　　　—「나를 키운 양육비는 오백만 원?」에서

이 작품집에서 작가의 역량이 최고로 발휘된 흔적은 단연코 아버지의 자리일 것이다. 작가는 어머니의 자리에 많은 기억을 쏟아 놓고도 할 말을 다 하지 못했지만 아버지의 자리에는 몇 개의 단상으로 할 말을 다 한 듯하다. 작가가 남긴 아버지의 기억을 천천히 읽어 내려가면서 왠지 작가는 할 말을 다 해야 할 것 같은 느낌을 받았다. 그 몇 개의 단상으로 수많은 이야기를 이끌어낸 기술이 바로 이 작품집 속 페르소나다. 그리고 아버지와의 사실들에 가면을 씌움으로 해서 결국 작가의 글은 진정성을 얻었다.

작가가 이 작품 속에 담길 아버지의 자리를 마련하기 위해 얼마나 긴 시간을 보냈는지는 알 수 없다. 하지만 그 글을 만들어가는 동안 작가는 그 옛날로 다시 돌아가 아버지를 두려워했고 원망했고 악다구니를 썼고 섭섭해 했던 것 같다. 그리고 가슴 아팠던 많은 사실을 글로 만들려 했다. 많은 기억을 끌어와 긴 문장을 만들고 싶어 했다. 하지만 그럴 수가 없었다. 왜냐하면 작가는 아버지의 자리를 모두 만든 후에 작품집을 통해 아버지께 전하고 싶은 이야기가 무엇인지 비로소 알았기 때문이다. 어쩌면 집필의 기간 동안 그것을 의도했는지 모른다.

나를 키워준 값 오백만 원을 내놓고 가라던 아버지, 그렇게 허망하게 가시기 전에 그까짓 오백만 원 아버지 손에 쥐어드렸더라면 노여움이 좀 풀렸을까. 아버지가 정말 양육비를 받고 싶어 그러지는 않았을 거라고 생각하면서도 그때는 많이 슬펐다. 조금만 더 빨리 인생을 알았더라면 한 번쯤 아버지의 노여움을 풀기 위해 노력했을 것을. 그러면 잠시나마 아버지의 사랑스런 딸로 살 수도 있었을 텐데. 그러한 회한을 수술할 수 없는 암처럼 가슴에 끼고 고통스럽게 살아왔다.

오늘 사랑하는 남편과 두 아들과 손자들을 오순도순 밥상 앞에 둘러앉히고 행복해 하는 딸을 보고 하늘에서 지금쯤 아버지의 섭섭한 마음도 다 풀어지지 않았을까.

— 「나를 키운 양육비는 오백만 원?」에서

이 작품집 속 아버지의 자리는 결국 '화해'를 위해 만들어진 것이다. 이 화해를 위해 작가는 사실에 수많은 가면을 씌웠고 그 의도는 적절하게 맞아 들어갔다. 작가가 그린 어머니는 당신 스스로 가슴 아픈 존재였다. 하지만 아버지의 흔적에는 관계와 기억이 만들어낸 불편함과 서글픔이 서려 있었다. 그래서 작가는 이 글들을 통해 아버지와의 못다 한 이야기를 나누고 서로의 관계를 회복하고 싶어 했다.

소중한 이들, 그들의 자리를 사랑하기

사람이라면 누구나 기억이라는 이름의 수필 한 편을 가슴에 품고 산다. 하지만 마음에 물처럼 고인 기억의 개개한 사연을 문장으로 형상화시키는 일은 누구나 하는 일이 아니다. 대부분의 경우 기억은 설명의 범주를 넘어서지 못한 채 소나기처럼 흩어진다. 결국 동어의 반복에 불과한 설명이 표현으로 화化하기 위해서는 반드시 매개가 필요하다. 이를테면 이민과 같은…….

『나 여기 가고 있다』의 또 하나의 큰 자리에는 이민자로 살아가는 작가의 삶이 그려져 있다. 이민移民이란 단순히 삶의 공간을 이동하는 이사移徙가 아니다. 나라를 떠나는 순간 자신이 살던 그 일상적 공간은 모국母國이라는 이름으로 형질이 바뀌어버린다. 이민자의 삶은 공간의 이질성을 넘어서 새로운 문화에 적응해야 하고, 어쩔 수 없이 주변인으로서의 어색함을 감내해야 한다. 그런 의미에서 작가가 들려주는 이민 생활의 단상은 그 이질성을 극복하는 데 도움을 준 소중한 이들에 대한 감사와 치열했던 스스로의 삶의 돌아보는 눈물겨운 고백에 다름 아니다.

아, 서울이라면 얼마나 좋을까. 갑자기 서울 생각이 간절했다. 아기가 아프면 바로 의사한테 갈 수 있고 무엇이든 마음대로 할 수 있는 서울이 눈앞에 아른거려 미칠 것 같았다. 괜히 미국까지 와서 고생을 사서 한다는 후회와 서러움으로 나는 길바닥에 주저앉아 훌쩍훌쩍 울기 시작했다. 사람들이 힐끔거리며 지나갔다.

　　　　　　　　　　　—「낯선 나라에서 아기를 키운다는 것」에서

어디 아기를 키우는 것뿐이었을까? 낯선 나라에서는 길을 걷는 것도, 밥을 먹는 것도, 심지어는 숨을 쉬는 이 당연한 일상들이 갓난쟁이의 걸음마처럼 위태롭다. 돌이 갓 지난 아기를 유모차에 태우고 이국의 밤거리를 헤매는 젊은 엄마의 서글픈 뜀박질이 한 편의 아름다운 드라마처럼 그려지는 이유는 그것이 새로운 삶에 맞서 보려는 서툴지만 당당한 의지로 보이기 때문이다. 어쩌면 작가는 이민자로서의 삶이 어떤 것인지 그날 밤, 다시 제 자리를 찾은 아기의 팔과 방긋 웃는 얼굴을 통해 배웠을지 모른다. 그리고 그 깨달음의 한 단면을 마치 상징처럼 이야기해준다.

"그 다음부터 나는 아기를 안을 때 팔이 아닌 몸부터 안기 시작했다."

몸을 안는다는 것은 말하자면 뻗어 나와서 잡기 편한 팔보다는 조금은 수고롭더라도 내가 다가가서 몸과 몸을 맞대겠다는 의지가 필요한 행위이다. 어쩌면 작가는 그날 밤부터 이민자로서 갖추어야 할 삶의 의지를 새롭게 다졌을 것이다. 그리고 그 옆에 오랜 세월을 함께한 한 사람이 있었다.

겨울이 시작되는 십일월 중순 남편을 따라 난생처음 비행기를 타고 미국으로 왔다. 지상의 낙원이라는 호놀룰루, 코발트빛 푸른 물결이 밀려오는 와이키키 해변, 아가씨 궁둥이처럼 부드러운 흰 모래사장, 꿈에도 본 적 없는 야자수, 전봇대보다 더 큰 팜트리, 앙증맞은 키에 자기 몸통만 한 열매를 달고 주저앉은 파인애플 트리 등 신기한 풍경이 나를 흥분시켰다. 27년 동안 까맣게 그을린 상처를 이곳에서 페인트 브러시로 깨끗이 칠해버리고 싶었다.

— 「인생의 동반자」에서

작품집을 통틀어 볼 때, 작가가 호놀룰루의 모래를 밟기까지, 그 27년은 아버지를 이해하고 어머니를 그리워한 침통한 삶의 연속이었다. 또 한편으로는 가슴속에서 주체할 수 없을 만큼 포기를 늘려가던 세상을 향한 다부진 포부를 키우던 시절이었다. 그래서 작가는 누구도 상상하지 않았던 뜻밖의 사람과 겨울이 없는 다른 세상으로 총총히 발걸음을 옮기게 된다. 하지만 누구나 알고 있듯 삶은 어느 곳에서나 누구와 함께하든 그 나름의 이면을 갖고 있기 나름이다. 『나 여기 가고 있다』에서 작가의 영원한 '인생의 동반자'는 그 이면 앞에서 상처받은 작가의 아픈 마음을 어르고 달래 지금의 작가를 완성시킨 또 다른 아버지의 모습으로 그려진다.

아마도 팔이 빠진 채 유모차에 실린 아기가 젊은 엄마를 향해 울부짖었듯, 27살에 처음 이국의 땅을 밟은 작가 역시도 남편이 자신을 살게 하리라 믿었을 것이다. 작품집을 읽는 동안, 진취적이고 조금은 저돌적인 동양 여성과 진중하고 사려 깊은 서양 남자의 묘한 결합이 극적인 운명 같은 느낌을 받게 했다. 그것은 마치 수천 킬로미터의 거리를 거슬러 제 자리를 찾아낸 아름다운 한 조각의 결합과도 같았다.

남편은 하얀 쌀죽을 태운 대신 깡통에 든 치킨 누들 수프를 끓여주었다. 나는 그걸 말끔히 먹어치웠다. 먹을 만했다. 연민의 표정으로 나를 바라보는 남편의 얼굴에 빙긋이 웃는 어머니의 얼굴이 겹쳐졌다. 나는 남편의 손을 꼭 잡고 다정히 속삭인다. "여보, 당신 치킨 수프 일품이야."

초인종이 요란스럽게 울렸다. 손자들이 두 아들과 함께 들어섰다. "할머니, 사랑해요." 손자들이 나를 꼭 껴안았다. 갑자기 기운이 솟았다. 창문 밖 나뭇가지에 후드득 빗방울이 떨어졌다.

— 「하얀 쌀죽」에서

물론 이제 작가는 감기에 걸렸다고 해도 어머니가 끓여주시는 쌀죽 맛을 볼 수는 없을 것이다. 하지만 그간 작가가 이국의 땅에서 이뤄놓은 삶의 찬란한 흔적들이 모국母國의 편안함을 상쇄하고도 남는다. 또한 그녀의 식탁 앞에 놓인 한 그릇의 담백한 먹을거리가 '죽'이 아니라 '수프'인들 어떠할까? 세상 무엇보다 소중한 혈육과 함께하는 저녁 식탁 앞이라면 그곳이 어디이든 작가의 마음속 가장 깊은 곳에 자리하고 있는 고향마을, 어머니가 끓이는 쌀죽을 기다리던 그 포근함과 다름없을 것이다.

그리고 나의 자리 찾기

어느 작품집이나 마찬가지지만 표제작은 특별한 의미가 담겨야 한다. 특히 수필집의 경우 표제로 선정될 만한 작품은 수준뿐만 아니라 작품이 '나'를 대표할 수 있어야 한다. 말하자면 표제작은 '나'를 문학적 상징의 대상으로 분석할 수 있는 심도를 가져야 한다. 그러한 의미에서 「나 여기 가고 있다」는 표제작으로서의 자격을 충분히 갖추고 있다. 작가는 작품집을 통틀어 좀체 형상화를 시도하지 않았다. 되도록 기억과 현상을 무언가에 기대지 않고 있는 그대로 전달하려고 애썼다. 하지만 표제작만은 그렇게 읽히지 않았다. 시종일관 달팽이에 스스로를 담아보고자 했다.

 그러나 쉴 수 없는 길이었고 꼭 가야 하는 길이기에 뚜벅뚜벅 걸어왔다. 때로는 힘센 누군가의 발밑에 밟혀 무수히 상처를 입고, 깨진 달팽이가 몸속으로 머리를 집어넣듯 움츠리고 움츠렸다. 그때마다 얼마나 많이 밟히고 깨졌을까.
 그렇게 쉬지 않고 기어온 달팽이의 길, 그것은 바로 나의 삶이었다. 걸어야 할 길이라고 믿었기에 걷는 길, 기어코 가야 하는 길이기에 가는 길. 그래서 하얀 줄 하나 남기며 느릿느릿 가는 달팽이처럼 오늘도 '나 여기 가고 있다'.

—「나 여기 가고 있다」에서

작품을 통해 엿볼 수 있는 작가의 현실적 삶 혹은 작가가 추구하는 삶은 물을 향해 천천히 걸어가는 달팽이의 모습이다. 그러나 정작 작품을 통해 작가가 전하고 싶었던 이야기는 연약한 달팽이의 껍질이다. 달팽이의 껍질은 외부에서 보기에 약하다 못해 별다른 효용이 없을 것처럼 보이지만 달팽이에게 있어 껍질은 생존 그 자체이다. 작가는 이미 오래 전, 달팽이를 통하지 않고도 그 사실을 알고 있었을 것이다. 말하자면 달팽이에게 껍질은 '제 자리'이며 '제자리'이다.

 그렇다면 작가의 자리는 어디였을까? 이는 분명 우문愚問일지 모른다. 하지만 『나 여기 가고 있다』는 작가가 찾으려고 했던 '자리'들의 집대성이다. 그러므로 이 책을 읽은 우리는 반드시 작가의 자리에 관해 생각하지 않을 수 없다. 작품집의 곳곳 작가는 자신의 자리를 참으로 열심히 그려놓았다. 그 자리는 차분하지만 건강했고 아련하지만 실체적이었다. 작가에게 '제 자리'는 또 '제자리'는 바로 가족이었다. 작가는 글을 써 모으는 어떤 순간에도 가족을 완전히 배척한 적이 없었다. 작가에게 가족이라는 고되고 힘든 삶을 깨우는 정서적인 각성이었으며 자신의 처지를 되돌아보고 앞길을 밝히는 비판적 성찰의 잣대였다. 『나 여기 가고 있다』는 가족의 기록, 그 이상도 이하도 아니다. 가족만큼 일상적인 소재도 없다. 하지만 작가는 그 일상적 소재들의 이면을 이야기로 만들면서 그들의 적절한 자리 하나씩을 만들었다. 이는 작가가 삶의 기록을 체계화한 작업이면서 수필이 가진 순기능을 실체화한 것이다.

때이른 더위가 찾아온 한국의 초여름, 수필집 한 권을 오래 생각하며 읽었다. 읽는 내내 삶을 소중하게 여기고 일상의 다양한 표정을 하나하나 기억해 이야기로 지어낸 작가의 진지한 모습을 상상해 봤다. 작가의 건강과 또 다른 수필적 만남을 기대해 본다.